멋진 추락

A GOOD FALL by Ha Jin
Copyright © 2009 by Ha Jin
All rights reserved.

This Korean edition was published by Sigongsa Co., Ltd. in 2011 by arrangement with Pantheon Books, an imprint of The Knopf Doubleday Group, a division of Random House, Inc. through KCC(Korea Copyright Center Inc.), Seoul.

이 책의 한국어판 저작권은 (주)한국저작권센터(KCC)를 통한 저작권자와의 독점 계약으로 (주)시공사가 소유합니다. 저작권법에 의해 한국 내에서 보호를 받는 저작물이므로 무단전재와 무단복제를 금합니다.

A Good Fall

멋진 추락

HA JIN
하 진 지음 | 왕은철 옮김

시공사

리사에게

Contents

인터넷의 해악 9
작곡가와 앵무새 17
미인 43
선택 79
원수 같은 아이들 121
십자포화 속에서 137
부끄러움 185
영문학 교수 213
연금 보장 241
계약 커플 271
벚나무 뒤의 집 301
멋진 추락 341

옮긴이의 말 371

The Bane of the Internet
인터넷의 해악

나는 여동생 유친과 편지를 주고받곤 했다. 보통 한 달에 한 번 편지를 썼는데, 편지가 쓰촨까지 가는 데는 열흘 이상 걸렸다. 유친이 결혼한 후로 가끔 연락하긴 했지만, 더 이상 전처럼 신경을 쓰지는 않았다. 그런데 5년 전부터 동생의 결혼생활에 균열이 가기 시작했다. 유친의 남편이 직장 상사와 불륜을 저질렀던 것이다. 몸을 가눌 수 없을 만큼 술에 취해 귀가하는 일이 잦아졌고, 취한 채 동생에게 폭력을 휘둘러 유산까지 하게 되었다. 동생은 내가 권유한 대로 이혼했고, 이혼 후에는 줄곧 혼자 살았다. 유친은 혼자 사는 것이 만족스러운 듯했다. 아직 스물여섯이니 다른 남자를 만나보는 것은 어떠냐고 물어봤지만, 동생은 남자라면 신물이 나는 모양이었다. 그래픽디자인 학위도 있고 능력도 있어서 혼자 사는 데 무리가 없는 듯 보였다. 4년 전에는 자기 명의의 아파트를 장만하기도 했다. 집을 살 때는 나도 2000달러를 보태주었다.

지난 가을이었나, 동생이 이메일을 쓰기 시작했다. 나는 동생과 매일 밤 이야기를 주고받을 수 있다는 생각에 무척 신이 났다. 우리는 더 이상 편지를 쓰지 않았다. 부모님께 편지로 전했던 안부도 이제는 부모님 댁 근처에 살고 있는 동생을 통해 대신 전하게 되었다. 요즘 들어 동생은 차를 사고 싶다는 말을 자주 했다. 집을 살 때 빌렸던 돈은 이미 다 갚았지만, 그래도 나는 차를 산다는 동생의 말에 걱정이 앞섰다. 우리 고향은 자전거로 반시간이면 다 둘러볼 정도로 작다. 이런 동네에서 차는 부담만 될 뿐이다. 일단 차값은 차치하고서라도 기름값, 자동차 보험료, 등록비, 유지비 등이 엄청나게 들기 때문이다. 브루클린에서 플러싱까지 통근하는 나도 차 없이 잘 다닌다며 설득해보려 했지만, 유친은 친구들 모두 차를 가지고 있다며 막무가내였다.

내가 얼마나 잘 살고 있는지 그 자식에게 보여줄 테야.

동생은 메일에 이렇게 썼다. 그 자식이란 전남편을 두고 하는 말이다. 나는 동생에게 그 사람 일은 머릿속에서 지워버리라고 했다. 무관심이야말로 가장 좋은 경멸의 표시다. 몇 주 동안 동생은 그 문제에 대해 이야기하지 않았다.

그러던 어느 날, 동생은 자동차 주행시험에 합격했다는 메일을 보내왔다. 지원료와 응시료는 모두 합쳐 3000위안이나 들었고, 담당 공무원에게 뇌물로 500위안까지 줬다고 했다.

언니, 사람은 역시 차가 있어야 해. 어제는 조카 민민이 새로 뽑은 폭스바겐을 몰고 왔지 뭐야. 그 멋진 차를 보는 순간 가슴이 송곳으로 쿡 쿡 찔리는 것 같더라. 모두들 나보다 잘 살고 있어. 더 이상 살고 싶지 않아!

나는 유친이 전남편에게 시위나 하려고 그러는 게 아니라는 걸 깨달았다. 동생은 중국 전역에 퍼진 자동차 열병에 걸려 있었던 것이다. 나는 동생에게 바보라고 꾸짖었다. 동생에게는 얼마간의 저금이 있었으며, 매년 연말이면 두둑한 보너스도 받았다. 밤에는 프리랜서로 일하며 돈을 모았다. 그런 그녀가 어쩌다가 허영심 강하고 비논리적인 사람이 돼버린 걸까. 나는 동생에게 정신 차리라고 말했다. 동생은 고향의 '모든 사람'이 차를 가지고 있으니 자기도 가져야겠다고 했다. 나는 '모든 사람'이 가졌다고 해서 그대로 따라갈 필요는 없다고 말해주었다. 동생은 내 말을 전혀 듣지 않았다. 오히려 돈을 빌려달라고 했다. 동생이 전에 8000위안 정도의 예금이 있다고 말한 적이 있어서, 그렇게 사고 싶으면 그 돈으로 사라고 했더니 그녀는 이렇게 대답했다.

언니, 지금까지 무슨 말을 들은 거야? 중국 차를 몰고 다닐 수는 없잖아. 사람들이 싸구려라고 비웃을걸. 그렇다고 비싼 일본이나 독일 차를 살 수도 없고. 한국산이나 미국산 자동차면 적당할 것 같아. 언니가 1만 달러만 빌려줘. 부탁이야, 제발. 한 번만 도와줘!

말도 안 되는 소리였다. 외제차는 중국에서 두 배 이상 비싸게 팔렸다. 포드에서 나온 토러스는 쓰촨에서 25만 위안 정도에 팔린다. 3만 달러 이상인 셈이다. 나는 유친에게 자동차는 수단에 불과한 것이니 제발 허영심을 버리라고 했다. 무슨 일이 있어도 나는 돈을 빌려주지 않을 것이다. 그건 미트볼로 개를 때리는 격이나 마찬가지다. 그래봤자 돌아오는 건 아무것도 없을 것이다. 나는 단호하게 거절했다. 퀸스에 작은 아파트라도 하나 사려면 부지런히 돈을 모아야 했기 때문이다. 가족들은 내가 곧 돈을 벌어 이 동네에서 벗어날 수 있을 거라 생각한다. 그들은 아무리 설명해도 일식집 일이 얼마나 어려운지 이해하지 못한다. 나는 하루에 열 시간씩, 일주일 내내 식당에서 일한다. 밤 10시에 퇴근할 때쯤이면 다리가 퉁퉁 부어 있다. 이런 나에게 아파트를 사는 건 꿈같은 일이다. 나도 식당 일을 그만두고 술집이나 네일살롱, 비디오 대여점 같은 내 가게를 하고 싶다. 그러기 위해서는 한 푼이라도 더 모아야만 한다.

  2주가 지나는 동안 동생과의 실랑이는 계속됐다. 나는 이메일을 주고받는 것조차 점점 짜증이 났다. 매일 아침 컴퓨터를 켜면 메시지가 와 있었다. 어떤 때는 서너 통씩 쌓여 있기도 했다. 가끔 무시할까도 생각했지만, 그런 날에는 불안해서 일을 제대로 할 수 없었다. 상한 음식을 먹고 배탈이 난 것처럼 속이 뒤틀렸다. 나는 애초에 이메일에 답장을 했던 것부터 후회하기 시작했다. 예전처럼 편지를 썼더라면 얼마나 좋았을까 싶었다. 나는 미국에 오면 고향 사람들과의 관계를 정리하고 내게 맞는 삶을 시작할 수 있다고 믿었다. 하지만 인터넷이 모든 것을 망쳐버렸다. 그들은 언제고 나를 불러낼 수 있었다. 그들이 아주 가까이에 살고 있는 듯했다.

나흘 전, 동생이 이런 메시지를 보내왔다.

언니가 도와주지 않겠다고 해서 나 스스로 방법을 찾았어. 아무튼 차가 필요해. 나한테 화내지 말고, 여기 웹사이트가 있으니 한번 들어와 봐.

출근 시간이 다되었기 때문에 웹사이트에 접속해보지는 못했다. 나는 하루 종일 동생이 무슨 생각을 하고 있을지 궁금했다. 그래서인지 왼쪽 눈꺼풀이 자꾸 씰룩거렸다. 동생이 기부금을 요청하고 있을지도 모르는 일이었다. 동생은 무척 혼란스러운 상태였고 충동적이었기 때문에 난폭한 선택을 할 수도 있었다. 그날 밤, 퇴근하고 집으로 돌아온 나는 컴퓨터를 켜자마자 소스라치게 놀라고 말았다. 동생은 인기 사이트에 이런 광고를 실어 놓았다.

건강하고 젊은 여자가 차를 사기 위해 장기를 내놓습니다. 차를 살 수만 있다면 어떤 장기든 팔 준비가 되어 있습니다. 연락주세요.

동생은 자신의 전화번호와 이메일 주소까지 남겨놓았다.

나는 동생이 허세를 부리는 것은 아닐까 생각해보았다. 어쩌면 그럴지도 몰랐다. 하지만 동생은 정말 급한 성격이었다. 그래서 빌어먹을 놈의 차를 사기 위해서라면 신장이나 각막, 간이라도 주저 없이 팔아치울지도 몰랐다. 나는 머리를 치면서 동생을 욕했다.

당장 뭔가를 해야 했다. 누군가가 이 상황을 악용하여 동생에게 연락을 할지도 몰랐다. 유친은 나의 유일한 형제였다. 동생에게 무슨 일이 일어나면 당장 나이 드신 부모님을 보살필 사람이 없다. 내가 가까이 살고 있다면 동생의 허풍에 단도직입적으로 맞설 수 있었을 테지만, 지금으로서는 달리 방도가 없었다. 나는 서둘러 메일을 보냈다.

좋아, 이 바보 같은 계집애야. 1만 달러를 보내줄 테니 당장 웹사이트에서 광고를 빼!

2분 후에 동생에게서 답신이 왔다.

고마워! 당장 뺄게. 언니는 내가 세상에서 의지할 수 있는 유일한 사람이야.

나는 이렇게 말했다.

내가 뼈 빠지게 일해서 번 돈이니까 무슨 일이 있어도 2년 안에 갚아. 우리가 주고받은 이메일을 출력해서 보관하고 있을 거니까, 떼먹을 생각은 하지 마.

동생이 답장을 보내왔다.

알았어, 언니. 좋은 꿈 꿔! ^^

동생은 문장 끝에 웃는 표시까지 덧붙여 놓았다.

나는 중얼거렸다.

"꺼져!"

그년을 몇 주만이라도 내 인생에서 몰아낼 수 있으면 좋겠다. 어딘가 평화롭고 조용한 곳으로 갈 수 있으면 좋겠다.

A Composer and His Parakeets

작곡가와 앵무새

촬영 팀과 함께 태국으로 떠나기 전, 수프리야는 친구한테 선물 받은 앵무새를 판린에게 맡겼다. 판린은 누가 준 것이냐고 묻진 않았지만, 보리라는 이름의 그 새는 남자에게서 받은 게 분명했다. 수프리야는 이전에 많은 남자들과 만났음에 틀림없었다. 인도 출신의 아름다운 여배우인 그녀는 늘 찬사 어린 눈길을 한 몸에 받고 살았다. 판린은 그녀가 뉴욕을 떠나 있을 때마다 혹시 다른 남자와 눈이 맞지 않을까 두려웠다.

그는 수프리야에게 자신이 청혼할 거라고 여러 차례 암시를 주었다. 하지만 그럴 때마다 그녀는 은근슬쩍 화제를 돌리거나 서른네 살이 넘으면 더 이상 배우로서 활동할 수 없으니 남은 5년 동안 더 많은 영화를 찍어야 한다고 말하곤 했다. 사실 그녀는 만년 조연이었다. 만약 그런 역할이라도 들어오지 않았다면, 그녀는 한 남자의 아내, 한 아이의 어머니가 되는 일을 묵묵히 받아들였을지도 모른다.

판린은 보리와 그렇게 친하지 않았다. 보리는 흰 깃에 분홍색이 도는 작은 앵무새였는데, 그는 보리를 자신의 스튜디오에 들인 적이 없었다. 수프리야는 집을 비울 때마다 동물 위탁보호소에 보리를 맡기곤 했다. 이삼 일 정도로 짧은 기간 집을 비울 때는 그냥 새장 안에 충분한 음식과 물을 넣어두고 나가기도 했다. 하지만 이번에는 석 달 정도의 긴 일정이었기 때문에 판린에게 맡긴 것이다.

  보리는 곡물 중에서도 기장을 가장 좋아했다. 애완동물 가게가 어디 있는지 몰라서 판린은 홍콩 슈퍼마켓에 가서 기장 한 봉지를 샀다. 때때로 쌀밥, 빵, 사과, 수박, 포도 등 자기가 먹는 걸 앵무새에게도 주었는데, 보리는 이런 음식을 좋아했다. 판린이 식탁 위에 음식을 놓을 때마다 보리는 한 입 달라는 듯 그 옆으로 날아오곤 했다. 수프리야가 없어서 좋은 점이 딱 하나 있다면, 그것은 중국 음식을 마음껏 먹을 수 있다는 것이었다.

  어느 날 아침, 판린은 아침을 먹으면서 보리에게 물었다.

  "너도 시리얼 먹을래?"

  새가 고리눈으로 그를 쳐다보았다. 판린은 접시에 시리얼을 조금 부어 보리 앞에 놓아주었다.

  "네 엄마가 너를 버려서 이렇게 우리 둘이 있는 거야."

  보리는 눈꺼풀을 움직이며 시리얼을 쪼았다. 어찌 된 일인지 오늘따라 새가 안쓰러워 보여서 판린은 작은 와인 잔에 우유를 약간 부어주었다.

아침식사가 끝난 후, 그는 처음으로 보리를 스튜디오로 데리고 들어갔다. 판린은 피아노를 놓을 공간이 없어 신시사이저로 작곡을 했다. 새는 책상 가장자리에 조용히 앉아 그가 써내려가는 악보를 이해하기라도 하듯 조용히 바라보고 있었다. 그런데 판린이 키보드로 곡을 치자 보리가 날개를 파닥거리고 머리를 흔들기 시작했다.

"내 곡이 마음에 드니?"

새는 아무 반응도 하지 않았다.

판린이 악보를 고칠 때, 보리가 키보드 위에 앉아 발을 굴렀다. 희미한 소리가 났다. 그러자 신이 났는지 더 굴렀다.

판린이 말했다.

"저리 가! 거치적거린다."

새가 책상 위로 날아가 앉았다. 그리고 종이 위에 악보를 그리고 있는 남자를 꼼짝도 하지 않고 다시 바라보았.

11시쯤 되었을 때, 판린이 기지개를 켜고 의자에 물러나 앉았다. 그런데 보리 옆에 두 개의 흰 점이 있는 게 보였다. 하나가 다른 하나보다 컸다.

그가 소리를 질렀다.

"염병할! 내 책상에 똥을 싸다니!"

이 말에 앵무새가 스튜디오 밖으로 휙 날아갔다. 새가 나가자 판린은 조금 진정이 되었다. 그는 갓난애와 다를 바 없는 보리한테 인내심을 가져야 한다고 스스로를 타이르면서 티슈로 똥을 닦았다.

그는 일주일에 세 번씩, 다섯 명의 학생들에게 음악 레슨을 해주었다. 그들이 내는 수강료가 그의 정기적인 수입이었다. 학생들은 37번가에 있는 그의 아파트로 와서 저녁에 두 시간씩 레슨을 받았다. 그중 하나인 워나 커난은 스물두 살 먹은 고집 센 여자였는데, 보리를 아주 좋아했다. 그녀는 집게손가락을 새를 향해 내밀며 "이리 와, 이리 와" 이렇게 말하곤 했다.

하지만 보리는 그녀가 아무리 꼬드겨도 아무런 반응을 보이지 않았다. 새는 레슨을 받기라도 하듯 판린의 무릎에 앉아 있었다. 한번은 워나가 앵무새를 잡아 자기 머리 위에 올려놓았는데, 보리는 금세 판린한테로 되돌아갔다. 그녀가 나직하게 말했다.

"멍청한 앵무새 같으니라고. 주인한테 아첨하는 것밖에 모르는구나."

판린은 한 극단과 공동 작업을 하고 있었다. 전설적인 대중 음악가 아빙을 소재로 하는 오페라 〈맹인 악사〉와 관련된 일이었다. 아빙도 처음에는 그의 아버지처럼 승려였지만, 시력을 잃고 나서 절을 떠났다. 그 후 그는 작곡을 시작했고 생계를 위해 거리에서 음악을 연주했다.

판린은 예술 창작의 우연적인 속성을 강조하는 가사를 좋아하지 않았다. 오페라에 등장하는 아빙의 대사 가운데는 "예술에 있어서 위대함이란 우연일 따름이다"라는 대목이 있는데, 판린은 그러한 논리로는 예술 이론과 시야, 혹은 목적 없이는 존재할 수 없었던 베토벤이나 차이콥스키의 위대한 심포니들을 설명할 수 없다고 생각했다. 어떤 예술도 우연적이어서는 안 되었다.

그럼에도 판린은 〈맹인 악사〉를 위한 음악에 열심히 매달렸다. 계약서에 따르면 그는 6000달러를 두 번에 걸쳐 선불로 받고, 오페라와 관련해서 벌어들이는 수입의 12퍼센트를 받게 되어 있었다. 작곡에 완전히 몰두한 그는 요즘 거의 요리를 하지 않았다. 아침 7시부터 오후 2시까지 작곡을 하고 점심을 먹으러 나갔다. 그때마다 보리를 데리고 나가는 일이 잦아졌다. 새는 주로 그의 어깨에 앉아 있었는데, 걸을 때마다 어깨를 움켜쥐는 보리의 발톱이 느껴졌다.

어느 날 오후였다. 판린은 루스벨트가에 있는 타이팬 카페에서 점심식사를 했다. 카운터에서 점심값을 계산하고 자리로 돌아와 차를 마저 마시고, 탁자 위에 1달러를 놓았다. 그러자 보리가 그걸 집어 판린의 손에 놓았다.

퉁방울눈의 웨이트리스가 소리쳤다.

"와, 새가 돈을 아네! 이 도둑아, 내 돈은 훔치지 마라!"

그날 밤, 판린은 전화로 수프리야에게 보리가 부린 묘기에 대해 얘기해주었다. 그녀는 이렇게 대답했다.

"당신이 새를 좋아하게 될 줄은 몰랐네요. 아마 나한테는 돈을 주워주지 않았을 거예요. 그건 확실해요."

"나는 그 새를 잠시 맡아주고 있는 것뿐이야. 주인은 당신이라고."

판린은 그녀가 좀 더 열광적인 반응을 보일 거라고 생각했다. 하지만 그녀의 목소리는 늘 그렇듯이 약간 졸리는 듯한 메조소프라노였다. 그는 옷장 속에 있는 그녀의 옷을 만져볼 정도로 그녀가 보고 싶다는 말을 하려다가 참았다.

보슬비가 내리는 어느 날 아침이었다. 비가 엉킨 실처럼 바람에 흔들리고 있었다. 서쪽에서 차들이 지나가는 소리가 들렸다. 판린은 구깃구깃한 시트를 덮고 침대에 누워 수프리야를 생각하고 있었다. 그녀는 늘 아이를 갖고 싶어 했다. 콜카타에 있는 그녀의 부모는 결혼하라고 성화였다. 판린은 자신이야말로 그녀가 안전하게 기댈 수 있는 사람이라고 생각했다. 그녀가 자신에게 더 잘 맞는 남자를 찾지 못할 경우 기댈 수 있는 최후의 보루 같은 사람이라고 말이다. 그는 부정적인 생각은 가급적 하지 않으려고 노력하는 대신, 두 사람 모두를 흥분시키고 녹초로 만들었던 정열적인 밤들을 떠올렸다. 그녀가 몹시 그리웠다. 하지만 그는 사랑이라는 건 타인이 베푸는 호의처럼 어느 순간에 없어질지도 모르는 것이라는 걸 알고 있었다.

갑자기 스튜디오에서 고음이 터져 나왔다. 보리가 그의 신시사이저에 앉은 것이었다.

"그만두지 못해!"

판린이 버럭 소리를 질렀다. 하지만 소리는 계속 이어졌다.

그는 침대에서 일어나 스튜디오로 향했다.

거실을 지나고 있을 때 또 다른 소음이 들렸다. 어찌 된 일인지 창문이 열려 있고 바닥에 떨어진 몇 장의 종이가 바람에 펄럭이고 있었다. 부엌으로 어떤 그림자가 지나가는 게 보였다. 그는 바로 그 뒤를 쫓았다. 한 십 대 아이가 창문을 넘고 있었다. 잡기에는 너무 늦은 타이밍이었다. 판린은 창문턱 위로 몸을 기울이고 비상구로 정신없이 도망치는 도둑을 향해 소리쳤다.

"다시 오면 콩밥 먹을 줄 알아. 염병할 놈아!"

어린 도둑은 다리를 굽히고 아래쪽 인도로 뛰어내리더니 잽싸게 일어났다. 청바지 엉덩이 부분이 젖어 있었다. 그는 금세 도로 쪽으로 사라졌다.

판린이 거실로 돌아왔을 때, 보리가 날아와 그의 가슴에 앉았다. 새는 놀랐는지 날개를 파닥거렸다. 판린은 두 손으로 앵무새를 잡고 입맞춤을 하면서 이렇게 속삭였다.

"고맙다. 무서웠니?"

보리는 새장 안에서 볼일을 봤다. 새장은 밤이나 낮이나 열려 있었다. 이삼 일마다 한 번씩, 판린은 새장 바닥에 깔린 신문지를 새것으로 바꾸어주었다. 사실 그가 살고 있는 아파트도 일종의 새장이었다. 보리는 스튜디오를 포함해 어디든 갈

수 있었다. 판린이 자는 동안 새는 새장에 있는 일이 거의 없었다. 새장 안에는 플라스틱으로 된 횃대가 있었지만, 보리는 밤에도 횃대 대신 새장 살을 발톱으로 움켜쥐고 공중에 매달린 채 잠을 잤다. 그렇게 자면 피곤하지 않을까 싶다. 그러고 보면 보리가 낮에 활발하지 못한 것도 놀라운 일은 아닌 거다.

어느 날 오후였다. 보리가 판린의 팔뚝에 앉아 있었는데, 가만히 보니 보리의 한쪽 다리가 다른 쪽보다 두꺼웠다. 그는 새를 돌려보았다. 놀랍게도 보리의 왼쪽 발에 콩알 반쪽만 한 물집이 잡혀 있었다. 플라스틱으로 된 횃대가 너무 미끄러웠거나 아니면 잠을 잘 때 움켜쥐는 철사로 된 새장 때문에 물집이 생긴 건지도 몰랐다. 보리에게 새장을 새로 사줘야 하는 건 아닐까 하는 생각이 들었다. 그는 전화번호부를 꺼내 애완동물 가게가 어디 있는지 찾아보았다.

그날 저녁, 판린은 퀸스 식물원에서 산책을 하다가 우연히 오페라 감독인 앨버트 창을 만났다. 앨버트는 조깅을 하고 있었다. 판린을 발견한 그가 조깅을 멈추자, 보리는 거대한 삼나무를 향해 날아가더니 우듬지 위로 솟구쳤다가 가지에 앉았다.

판린이 소리쳤다.

"내려와."

보리는 꿈쩍도 하지 않았다. 새는 아래로 늘어진 가지를 움켜쥐고 사람들을 내려다보고 있었다.

"저 앵무새, 엄청 못생겼네요."

앨버트는 이렇게 말하고 코를 풀었다. 그리고 운동용 바지에 손을 닦더니 다시 뛰기 시작했다. 그의 목덜미 살이 조금씩 흔들리고 있었다. 그 너머로 젊은 부부가 닥스훈트를 끌고 산책하는 모습이 보였다.

판린은 가버릴 것처럼 몸을 돌렸다. 그러자 보리가 내려와 그의 머리에 앉았다. 판린은 새를 그의 팔에 앉히고 물었다.

"너를 버릴까 봐 무서운 거야? 내 말을 듣지 않으면 다시는 너와 함께 나오지 않을 거야. 알겠어?"

그는 보리의 머리를 살짝 두드렸다.

앵무새는 그를 향해 눈을 깜빡일 뿐이었다.

판린은 보리가 나무로 된 횃대의 감촉을 좋아하는 게 분명하다고 생각했다. 그는 주위를 둘러보았다. 커다란 떡갈나무 밑에 나뭇가지가 하나 있었다. 그는 나뭇가지를 집으로 가져가 플라스틱 횃대 대신 새장에 넣었다. 그때부터 보리는 매일 밤 횃대 위에서 잤다.

우쭐해진 판린은 수프리야에게 새 횃대에 관해 말해주었다. 하지만 그녀는 뭔가에 정신이 팔렸는지 좋아하는 기색도 없었다. 그녀의 목소리에서 피곤이 묻어났다.

"보리를 당신한테 맡기고 와서 다행이에요."

그녀는 이렇게만 말했다. 그녀는 그에게 고맙다는 말도 하지 않았다. 그는 촬영이 어떻게 되어가고 있는지 묻고 싶었지만 그만두기로 했다.

오페라 작곡은 순조롭게 진행되고 있었다. 판린이 132쪽에 달하는 악보의 반을 넘겨주자 앨버트 창은, 그동안 작업이 어떻게 진행되고 있는지 몰라 궁금했던 참이라며 좋아했다. 앨버트는 이제 안심할 수 있을 것 같다고 하며, 모든 것이 제대로 되어가고 있고 여러 가수들이 계약을 체결했다고 했다. 다음 해 여름이면 오페라를 무대에 올릴 수 있을 것 같다고 했다.

앨버트는 사무실에서 시가를 피우며 초조한 듯 웃었다. 그가 판린에게 말했다.

"선금의 반을 지금 당장 드릴 수는 없을 것 같습니다."

"왜 안 된다는 거죠? 계약서에는 분명히 그렇게 돼 있잖아요."

"그건 알지만 갖고 있는 현금이 없어서요. 다음 달 초에 돈이 생기면 드릴 게요."

판린의 안색이 안 좋아지며 부얼부얼한 눈썹이 위로 치켜 올라갔다. 이제 와서 발을 빼기에는 그 작업에 너무 깊이 들어와 있었다. 하지만 앞으로 돈을 받는 데 어려움이 더 많아질 것 같아 두려웠다. 그는 앨버트 창과 작업하는 게 처음이었다.

앨버트가 탁자에 놓인 판린의 손 사이에 앉아 있는 보리를 시가로 가리키며 말했다.

"저놈의 새는 오늘따라 더 못생겨 보이네요."

이 말을 듣고, 앵무새가 날아오르더니 앨버트의 어깨에 앉았다. 그가 소리쳤다.

"이봐. 나를 좋아하는구나!"

그는 보리를 잡아서 내렸다. 그러자 새가 기겁을 하며 판린에게로 다시 날아갔다.

판린은 앨버트의 재킷을 바라보았다. 어깨에 푸르스름한 얼룩이 묻어 있었다. 그는 터져 나오는 웃음을 가까스로 참았다.

앨버트가 손가락으로 책상 위에서 장단을 맞추며 말했다.

"돈은 걱정하지 마세요. 계약서가 있으니까 만약 돈을 못 받으면 나를 고소할 수 있잖아요. 이번 경우는 예외일 뿐이에요. 돈은 후원자들이 이미 주기로 돼 있어요. 다시는 이런 일이 없도록 할게요."

판린은 기분이 나아져 그와 악수를 하고 사무실을 나왔다.

석 달 전, 〈맹인 악사〉의 계약서에 서명을 할 때, 스태튼 섬에 살고 있는 대본 작가는 작곡가가 대본을 한 자도 수정해서는 안 된다고 못을 박았다. 벤용이라는 그 망명 시인은 시와 달리 오페라는 협력을 필요로 한다는 걸 이해하지 못했다. 앨버트는 대본이 좋다는 이유로 작가가 요구한 조건을 다 들어주었다. 그런데 이것이 판린에게는 문제가 되었다. 그가 염두에 두고 있는 음악은 늘 대본과 맞아떨어지는 게 아니었다. 게다가 '부들부들하다'나 '봉건주의'와 같은 단어들은 노래로 표현할 수 있는 게 아니었다. 그는 그것들을 다른 말로 대체해야 했다.

어느 날 아침, 판린은 벤용을 만나기 위해 스태튼 섬으로 출발했다. 몇 개의 단어를 조정하기 위해서였다. 그는 보리를 데리고 갈 계획은 없었다. 그러나 아파트 밖으로 발을 내딛는 순간, 새가 문에 몸을 여러 번 부딪치며 나무 긁는 소리를 냈다. 그는 문을 열고 말했다.

"같이 가고 싶은 거야?"

앵무새가 그의 가슴으로 날아와 티셔츠를 잡고 희미한 소리를 냈다. 판린은 보리를 안아주었다. 그렇게 둘은 기차역으로 향했다.

화창한 여름날이었다. 전날 밤에 내린 소나기로 하늘은 깨끗해져 있었다. 판린은 갑판에 서서 갈매기들이 맴도는 모습을 계속 지켜보았다. 몇 마리의 갈매기들이 두 소녀가 빵부스러기를 던져주는 뱃머리에서 점잔을 빼며 걷거나 종종걸음을 쳤다. 보리도 덩달아 먹이를 주웠지만 먹지는 않았다. 판린은 앵무새가 재미로 그렇게 한다는 걸 알았지만, 그가 아무리 불러도 보리는 돌아오지 않았다. 그래서 그는 보리가 갈매기와 제비갈매기, 바다제비 사이에서 신이 나 걷는 모습을 지켜보며 옆에 서 있었다. 그는 보리가 자기보다 큰 새들을 보고도 두려워하지 않는다는 사실에 놀랐다. 그리고 한편으로는 집에서 외로웠던 게 아닐까 하는 생각을 했다.

벤용은 판린을 가까운 친구처럼 따뜻하게 맞아주었다. 그들은 두 번밖에 만난 적이 없었고, 그 두 번 모두 일 때문이었다. 판린은 마흔세 살의 나이에도 순진함을 잃지 않고, 웃을 때는 고개를 뒤로 젖히고 호탕하게 웃는 이 남자가 좋았다.

거실 소파에 앉아 판린은 대본에 있는 일부 단어가 어색하다는 걸 보여주기 위해 몇 소절을 노래로 불렀다. 그의 목소리는 평범했다. 약간 거칠기까지 했다. 그러나 그는 자신이 만든 악보를 노래로 부를 때마다, 자신만만하고 표현력이 풍부해졌다. 얼굴에는 생기가 돌고 몸에도 활기가 넘쳤다. 그는 다른 사람이 있다는 걸 잊은 것처럼 노래했다.

그가 노래를 하자 보리는 기분이 좋은지 커피테이블 위에서 날개를 파닥이고 머리를 흔들고 부리를 벌렸다 닫았다 하면서 뭔가 알아들을 수 없는 기분 좋은 소리를 냈다. 보리는 박자를 맞추기라도 하는 것처럼 구르던 발을 잠시 멈추었다. 그 모습을 보던 시인은 매우 흡족해했다.

벤용이 판린에게 물었다.

"이 새는 말을 할 줄 아나요?"

"아뇨, 못합니다. 하지만 영리해서 돈이 뭔지도 안답니다."

"얘기하는 법을 가르쳐야겠네요. 어이, 친구. 이리와 보렴."

벤용이 보리를 불렀다. 그러나 새는 그가 내민 손을 무시했다.

판린은 어렵지 않게 대본 작가의 허락을 얻어냈다. 앞으로도 이 같은 일이 있을 때마다 그와 상의하겠다는 조건에서였다. 이야기를 끝내고는 근처에 있는 작은 식당으로 점심식사를 하러 갔다. 그들은 하와이안 피자를 시켜 나눠 먹었다. 붉은 냅킨으로 입을 닦으며 벤용이 말했다.

"나는 이곳이 좋아요. 일주일에 닷새는 이곳에서 점심을 먹죠. 때로는 이곳에서 시를 쓰기도 합니다. 자, 건배합시다."

그는 맥주잔을 들어 판린의 물잔에 대고 건배를 했다.

판린은 벤용이 한 말에 놀랐다. 그는 일정한 직업이 없는 사람이었다. 글을 써서 돈을 번다는 건 불가능에 가까웠다. 그런 사람이 일주일에 다섯 차례나 외식을 한다는 건 상상할 수 없는 일이었다. 게다가 그는 영화와 음악에도 관심이 많았다. 그의 아파트에 있는 두 개의 커다란 선반은 CD로 빼곡했는데, 그중에는 DVD가 더 많았다. 간호사인 그의 아내 덕을 보는 게 틀림없었다. 판린은 그 여자의 너그러움에 감동을 받았다. 그녀는 진심으로 시를 좋아하는 것이리라.

점심을 먹은 후, 그들은 구두를 벗고 맨발로 흰모래가 깔린 해변을 산책했다. 비릿한 냄새가 났다. 바닷가로 쓸려온 해초 냄새가 섞인 비린내였다. 보리는 바다를 좋아했다. 부리로 모래를 쪼고 파도를 피해 날아다녔다.

벤용이 보리를 쳐다보며 말했다.

"아, 이곳은 바람이 참 상쾌해요. 이곳을 걸을 때마다 바다를 보며 많은 생각을 한답니다. 이처럼 거대한 물 앞에서는 삶과 죽음조차 무의미해지죠."

"그렇다면 당신한테는 뭐가 중요한가요?"

"예술이죠. 예술만이 영원하죠."

"그래서 지금까지 쉬지 않고 글을 써오신 건가요?"

"그렇죠. 나는 예술적인 자유를 최대한 활용하려고 합니다."

판린은 벤용의 모습에 겹쳐지는 자기희생적인 아내의 모습을 억누를 수가 없어 더 이상 아무 말도 하지 않았다. 벤용의 서재에서 보았던 사진 속의 그녀는 아주 예뻤다.

바람이 거세지고 검은 구름이 멀리 바다 위로 모여들고 있었다.

배가 출발할 때, 비구름이 브루클린 위로 몰려들면서 소리 없는 번갯불이 하늘을 갈랐다. 갑판 위에서는 한 남자가 대기업들이 하는 나쁜 짓들에 대해 일장 연설을 하고 있었다. 희끗희끗한 턱수염에 비쩍 마른 남자였다. 그는 눈을 감고 소리쳤다.

"형제자매들이여, 여러분의 돈을 누가 가져가는지 생각해보세요. 누가 거리에 마약을 내놓고 우리 아이들을 죽이려고 하는지 생각해보세요. 저는 알고 있습니다. 저는 그들이 날마다 하느님께 죄를 짓고 있는 걸 보고 있습니다. 이 나라에 필요한 것은 혁명입니다. 그렇게 되면 우리는 사기꾼들을 모두 감옥에 처넣거나 쿠바로 보낼 수 있을 것입니다."

판린은 그 남자의 입에서 말이 흘러나오는 모습이 신기했다. 그 사람은 귀신에 홀린 것 같았다. 눈에서는 딱딱한 빛이 새어나왔다. 다른 승객들은 그에게 아무런 주의를 기울이지 않았다.

판린이 그 남자를 유심히 보고 있을 때, 보리는 판린의 어깨를 떠나 파도를 향해 날아갔다.

"돌아와, 돌아와."

판린이 소리쳤지만, 새는 배를 따라 날고 있었다.

그때 갑자기 돌풍이 일었고, 보리가 소용돌이치는 물속으로 빠져버렸다.

"보리야! 보리야!"

핀란은 선미를 향해 달리며 소용돌이 속에서 깐닥깐닥 움직이고 있는 새한테서 눈을 떼지 않았다.

그는 신발을 벗고 물속으로 뛰어들어 보리를 향해 헤엄쳐 갔다. 헤엄치면서도 쉬지 않고 새의 이름을 불렀다. 파도가 그의 얼굴에 부딪치며 짠물이 입속으로 들어갔다. 그가 재채기를 하는 사이, 새가 시야에서 사라졌다.

"보리야, 보리야, 어디 있니?"

그는 소리를 치며 미친 듯이 주위를 둘러보았다. 그 때 30미터쯤 떨어진 큰 파도 경사면에 새가 누워 있는 게 보였다. 그는 온힘을 다해 그쪽으로 잠수했다.

배가 그의 뒤에서 속력을 늦추었다. 사람들이 갑판 위로 모였다. 한 남자가 휴대용 확성기로 소리쳤다.

"당황하지 말아요! 우리가 도와줄게요!"

마침내 판린이 보리를 잡았다. 보리는 부리를 벌리고 이미 축 늘어져 있었다. 소금기로 따끔거리는 판린의 눈에서 눈물이 쏟아졌다. 그는 앵무새의 얼굴을 들여다보고 모이주머니에서 물이 빠지도록 몸을 거꾸로 들었다. 그사이, 배가 선회해서 판린을 향해 다가왔다.

배에서 사다리가 내려왔다. 판린은 입으로 보리를 물고 물에서 나왔다. 그가 갑판에 도착하자 수염이 희끗희끗한 미치

광이 남자가 다가오더니 말없이 판린에게 신발을 건네주었다. 사람들이 모여들었다. 판린은 쇠로 된 갑판 위에 새를 누이고 몸에서 물이 빠지도록 두 손가락으로 새의 가슴을 지그시 눌렀다.

멀리서 천둥소리가 났다. 번개가 치면서 도시의 윤곽이 드러나 보였지만, 바다에는 여전히 약간의 햇빛이 남아 있었다. 배가 속도를 내서 북쪽을 향할 때, 새의 꼬인 발이 풀리더니 허공을 할퀴었다. 한 남자가 소리쳤다.

"살아났어요!"

보리가 느릿느릿 눈을 떴다. 너무나 고마운 마음에 판린이 흐느끼기 시작했다. 사람들이 환성을 질렀다. 한 중년여성이 판린과 앵무새의 모습을 카메라에 담으며 말했다.

"굉장한 일이네요."

이틀 후, 〈뉴욕타임스〉 지방 소식란에 새를 구출한 사건을 보도하는 짤막한 기사가 실렸다. 그 기사는 판린이 고민하지도 않고 다짜고짜 바다에 뛰어들어 보리를 구하는 데 얼마나 애를 썼는지를 묘사하고 있었다. 기사는 200자가 안 되는 짤막한 것이었지만, 지역사회에 대단한 화제가 되었다. 일주일이 되지 않아 소규모로 발행되는 중국어 신문인 〈북미 트리뷴〉에 판린과 보리에 관한 장문의 기사가 사진과 함께 실렸다.

어느 날 오후였다. 앨버트 창이 약속했던 선금의 반을 주기 위해 찾아왔다. 그도 새를 구출한 일에 대해 알고 있었다. 그는 판린에게 말했다.
"이 작은 앵무새가 참 대단해요. 영리해 보이지는 않는데 속임수를 잘 써요."
그는 보리를 향해 손을 내밀며 손가락을 흔들었다. 그리고 이렇게 얼렀다.
"이리 와봐라. 너, 나한테 똥 싼 건 잊지 않았겠지?"
판린이 웃었다. 보리는 여전히 움직이지 않았다. 새는 졸린 듯 눈을 반쯤 감고 있었다.
그런 다음 앨버트는 작곡이 얼마나 진척되고 있는지 물었다. 판린은 그 사건 이후로 작곡을 제대로 하지 못한 상태였다. 감독은 그에게 오페라가 예정대로 공연될 것이라고 했다. 판린은 작곡하는 일로 돌아가 더 열심히 하겠다고 약속했다.

잘 보살피고 있음에도 보리는 계속 쇠약해졌다. 많이 먹지도 않고 돌아다니지도 않았다. 낮에는 창턱에 앉아 딸꾹질을 자주 했다. 판린은 보리가 감기가 들어서 그런 건지, 아니면 나이가 들어서 그런 건지 궁금했다. 수프리야에게 나이를 물어봤지만 그녀는 잘 모르겠다고 했다.
"나이가 들긴 했을 거예요."
"무슨 말이야? 일흔이나 여든이라도 됐단 말이야?"
"잘 모르겠어요."
"전에 키우던 사람한테 물어볼 수 있어?"
"지금 태국에 있는 사람한테 무슨 소리예요!"

그는 그녀가 보리한테 별 관심이 없는 게 못마땅해 더 이상 묻지 않았다. 그는 새의 전 주인과 연락이 닿지 않는다는 말을 믿을 수 없었다.

어느 날 아침이었다. 판린은 새장 안에 보리가 뻗어 있는 걸 보고 소스라치게 놀랐다. 그는 보리를 들어올렸다. 아직도 체온이 남아 있었다. 판린은 새의 깃털을 쓰다듬으며 흐르는 눈물을 주체하지 못했다. 그는 친구를 살리지 못했던 것이다.

그는 새의 작은 몸을 식탁에 올려놓고 오랫동안 바라보았다. 앵무새는 편안해보였다. 자다가 죽은 게 틀림없었다. 판린은 보리가 그래도 노년에 고생을 하지 않았다는 사실로 위안을 삼았다.

판린은 뒤뜰에 있는 은행나무 밑에 새를 묻었다. 그는 하루 종일 아무것도 하지 못하고 스튜디오에 멍하니 앉아 있었다. 그날 저녁, 학생들이 왔지만 레슨은 하는 둥 마는 둥이었다. 그들이 돌아간 후, 그는 수프리야에게 전화를 걸었다. 그녀는 곤란한 상황인지 목소리가 좋지 않았다. 그는 흐느끼며 그녀에게 말했다.

"오늘 아침에 보리가 죽었어."

"원 세상에, 당신 형제라도 죽은 것처럼 말하네요."

"끔찍해."

"미안해요. 하지만 바보처럼 굴지 마세요. 너무 자책하지 마요. 그렇게 앵무새가 그리우면, 애완동물 가게에 가서 한 마리 사면 되잖아요."

"그 앵무새는 당신이 키우던 거잖아."

"알아요. 당신을 탓하는 게 아니에요. 미안한데, 지금은 얘기하기가 곤란한 상황이에요. 가야 돼요."

판린은 새벽까지도 잠을 이룰 수 없었다. 그는 수프리야와 했던 얘기를 되짚어보고 있었다. 괴로운 건 그녀의 심드렁한 태도였다. 그녀는 오래전부터 새가 안중에 없었던 게 틀림없었다. 다음 달에 그녀가 돌아오면 그가 먼저 헤어지자고 할까 하는 생각도 들었다. 그들이 헤어지는 건 시간문제였다.

며칠 동안 판린은 레슨을 하지 않고 작곡에만 몰두했다. 음악이 그의 펜에서 술술 흘러나왔다. 멜로디가 너무 부드럽고 새로워서 대가들의 것을 무의식적으로 베낀 것은 아닌지 염려스럽기까지 했다. 그런데 그게 아니었다. 그가 써내려 간 음조 하나하나는 매우 독창적이었다.

레슨을 받던 학생들은 그가 가르치는 걸 소홀히 하자 염려가 되는 모양이었다. 어느 날 오후, 그들은 밝은 노란색 앵무새가 들어 있는 작은 새장을 가지고 왔다. 워나가 판린에게 말했다.

"선생님 주려고 사왔어요."

어떤 새도 보리를 대신할 수는 없었다. 판린은 그들에게 고맙다고는 했지만, 그들이 보리가 살던 새장에 앵무새를 넣는 것도 신경 써서 보지 않았다. 덤덤히 저녁에 레슨 받으러 오라고 했을 뿐이다.

앵무새에게는 벌써 이름이 있었다. 데빈이었다. 판린은 매일 새를 혼자 놔두고 아무 말도 하지 않았다. 그런데 그 새는 저속한 말을 포함한 온갖 말을 마구 내뱉었다. 워나에게는 '창녀'라고도 했다. 데빈의 전 주인이 더러운 입 때문에 팔아치운 건 아닐까 싶었다. 식사시간이 되면 판린은 자기가 먹는 걸 조금 떼어 보리가 사용하던 잔에 놓아주었다. 하지만 그는 그 새가 날아가기를 바라며 종종 창문을 열어놓았다.

음악의 후반부가 완성되었다. 앨버트 창은 악보를 보더니 판린에게 전화해 만나자고 했다. 다음 날 아침, 판린은 앨버트의 사무실로 갔다. 감독이 무슨 얘기를 할지 궁금했다.
판린이 앉자마자, 앨버트가 고개를 흔들며 미소를 지었다.
"혼란스럽네요. 이 악보가 처음 것과는 너무 달라서요."
"더 좋다는 말인가요, 아니면 더 나쁘다는 말인가요?"
"그건 모르겠지만, 이 악보에는 감정이 더 실려 있는 것 같아요. 두어 소절 불러보세요. 어떤 느낌인지 한번 들어봅시다."
판린은 존재의 깊숙한 곳으로부터 음악이 흘러나오는 것처럼 한 소절, 한 소절 불렀다. 그는 마치 자신이 부모의 강요에 의해 장군의 첩이 된 연인을 그리며 슬프게 노래를 부르고 있는 맹인 악사가 된 듯한 느낌을 받았다. 그의 목소리는 슬픔으로 가득했다. 전에는 없던 일이었다.
앨버트의 조수가 말했다.
"너무 슬퍼요. 노래를 듣고 있자니 눈물이 나네요."
어찌 된 일인지 그 말을 듣고 나서 판린의 열정이 다소 사그라졌다. 그는 전반부의 몇 소절을 불러보았다. 다섯 차례 되풀이되는 아름다운 후렴구는 우아하고 경쾌하게 들렸다.
앨버트가 말했다.
"후반부는 감정이 풍부하군요. 영혼이 더 깃들어 있어요. 노여움이 없는 슬픔이랄까요, 따뜻하지만 부드러운 건 아니라고 할까요. 아무튼 놀랍습니다."
여자가 맞장구를 쳤다.
"맞아요."
판린이 한숨을 쉬었다.
"그럼 어떻게 하면 좋을까요?"
"전체를 좀 더 일관성 있게 만들어주세요."
"그렇게 하려면 몇 주일이 걸릴 겁니다."
"아직 시간은 있어요."
판린은 악보를 수정하기 시작했다. 그는 전반부를 확 뜯어고쳤다. 너무 열심히 작곡에 매달리는 바람에 일주일 후에는 꼼짝없이 침대에 누워 있어야 했다. 그러나 눈을 감아도 머릿속에는 음악이 맴돌았다. 다음 날, 그는 다시 작곡을 시작했다. 몸은 기진맥진했지만 행복했다. 미칠 듯이 작곡을 하고 있으니 황홀하기까지 했다. 먹이 주는 걸 제외하고 데빈을 돌보는 일은 거의 없었다. 앵무새가 이따금 그의 옆으로 왔지만 판린은 너무 바빠서 신경 쓸 틈이 없었다.
어느 날 오후였다. 그는 몇 시간 동안 작곡을 하고 나서 침내에 누워 휴식을 취하고 있었다. 데빈이 그의 옆으로 날아왔다. 새는 푸른색이 도는 기다란 꼬리를 간닥이더니 판린의 가슴 위로 올라왔다. 그리고 구슬 같은 눈으로 그를 쳐다보며 말했다.

"기분이 어때요?"

그는 처음에는 새가 내는 딱딱한 말소리를 알아듣지 못했다. 데빈이 숨을 헐떡이듯이 말했기 때문이었다. 판린이 못 알아들은 것을 눈치라도 챘는지 새는 말을 반복했다.

"기분이 어때요?"

판린이 미소를 지으며 말했다.

"좋아, 괜찮아."

그의 눈에 눈물이 글썽거렸다.

데빈은 밖으로 날아가더니 반쯤 열린 창문에 앉았다. 춤을 추려고 하는 것처럼 흰 커튼이 바람에 나부꼈다. 플라타너스 잎들이 바스락거렸다.

판린이 소리쳤다.

"돌아와!"

The Beauty

미인

이른 오후였다. 내리던 눈이 진눈깨비로 바뀌었다. 키세나 대로에 우산이 나타났다. 파란불이 들어오자 사람들은 갓돌에 생긴 웅덩이를 우회하거나 뛰어넘으며 도로를 건넜다. 댄 펭은 사무실 창문에 서서 차양 밑으로 과일이나 야채 노점들이 늘어서 있는 거리를 내려다보고 있었다. 그 모습은 장이 파할 때 사람들이 흩어지는 모습을 연상시켰다. 고객이 방금 전화를 걸어 날씨 때문에 오지 못할 것 같다고 했다. 댄은 53번가에 있는 콘도 주인에게 전화를 걸어 약속을 취소했다. 그러자 오후에 할 일이 없어졌다.

그는 시계를 보았다. 3시 10분이었다. 뭘 하지? 탁아소에 가서 아이를 데려올까? 아니, 하루를 이렇게 끝내기에는 너무 이른 시간이다. 그는 아내 지나에게 한번 들러보는 게 좋겠다고 생각했다. 그녀는 플러싱 센트럴 쇼핑몰에 있는 보석가게에서 일하고 있었다.

중앙로는 매우 분주했고, 인도는 지하철에서 쏟아져 나오는 사람들로 가득했다. 대부분은 외투를 입고 몇몇은 휴대전화로 통화를 하고 있었다. 두 명의 금발머리 십 대 소녀가 손을 잡고 걸어갔다. 쌍둥이자매 같았다. 책가방을 들고 끈으로 묶는 신발을 신었는데, 스커트 밑으로 다리가 훤히 드러나 보였다. 썩은 사과 냄새가 코를 찔렀다. 그는 걸음을 재촉하여 루스벨트가로 갔다. 중간에 청화 서점에 들러 《월드저널》을 사서 옆구리에 끼고 쇼핑몰로 들어갔다.

그는 보석 가게 판매원인 샐리에게 물었다.

"지나는 어디 있어요?"

"휴식시간이에요."

그녀는 포니테일로 묶은 머리를 위로 올려 쪽진 머리를 하고 있었다.

"뒤에 있나요?"

"아뇨, 아래층에 있을 거예요."

옥으로 된 다양한 찻잔 세트와 연필꽂이가 카운터에 진열돼 있었고, 볼에 홍조를 띤 샐리가 그것들을 닦고 있었다. 가게에서는 보석 말고도 몇 가지 장식품들을 팔고 있었다. 그녀 뒤에 있는 선반에는 수정으로 된 말, 보트, 백조, 연꽃, 금붕어, 다양한 종류의 앵무새, 차, 비행기 등이 진열돼 있었다. 아래층은 셰러턴 호텔 로비였다. 지나는 종종 그곳에 있는 술집에 갔다. 댄은 에스컬레이터로 가면서 속이 부글부글 끓었다. 그의 아내는 호텔의 프런트데스크 지배인인 푸밍 유와 같이 있는 게 틀림없었다. 로비는 조용했다. 로비 한가운데에는 다양한 꽃들이 꽂힌 거대한 꽃병이 둥근 탁자 위에 놓여 있었다. 술집은 뒤쪽에 있었다. 술집 유리벽에는 대나무 발이 내려져 있었다. 댄은 문가에 서서 흐릿한 실내를 살펴보았다. 의자가 빙 둘러 있는 열 개 남짓한 탁자가 보였다. 자그만 젊은 여자가 카운터에 몸을 웅크리고 잡지를 보고 있었다. 《보그》지인지도 몰랐다. 지나는 푸밍과 함께 작은 탁자를 사이에 두고 구석에 앉아 있었다. 손님은 그들밖에 없었다. 그들은 댄이 들어오는지도 모르고 대화를 이어갔다. 지나가 킥킥 웃으며 말했다.

"정말 잘하네요."

댄은 그들이 무슨 말을 하고 있는지 알 수 없었다. 들어갈지 말지 망설이고 있을 때, 푸밍이 지나에게 말했다.

"자, 가기 전에 하나만 더 줘요."

목소리가 컸다. 그는 행복해보였다.

지나가 캐슈너트를 던지자 그가 입으로 받아 소리를 내며 씹어 먹었다. 두 사람이 웃었다.

"하나 더."

그녀가 캐슈너트를 던지자 그는 입으로 냉큼 받았다.

그녀가 깔깔거리며 말했다.

"어이쿠, 우리 개 착하다."

댄은 입구를 향해 발을 끌고 돌아섰다. 그는 자신이 지나와 결혼하기 전에 푸밍이 그녀에게 구애했을 거라고 확신했다.

하지만 당시의 댄은 납작한 얼굴의 그가 심각한 경쟁자가 될 거라고는 생각하지 않았다. 지나는 이 일대에서 미인으로 알려진 여자였다. 동양인, 백인, 남미인, 흑인 할 것 없이 남자들이 지금도 그녀를 보기 위해 보석 가게에 들렀다. 가끔 그녀에게 데이트 신청을 하는 사람도 있었다. 하지만 그녀가 댄에게 해준 말에 따르면, 그녀는 자신의 남편이 질투가 심한 사람이라 큰일 난다며 늘 거절했다고 했다. 그런데 어째서 푸밍 유는 계속 만나는 걸까? 댄은 건물을 나서며 속으로 말했다.

'염병할 인간이 미인이랍시고 타고난 변덕은 못 버리는구나. 그래, 꼴좋다. 처음부터 내가 그렇게 열심히 쫓아다니는 게 아니었어.'

댄은 사무실로 돌아가지 않고 유니언 거리에 있는 선샤인 목욕탕에 갔다. 진눈깨비는 그쳤지만 바람이 불고 날씨가 추워졌다. 녹고 있던 눈이 다시 얼어붙고 있었다. 보잉 기 한 대가 머리 위에서 요란한 소리를 내며 라구아디아 공항을 향해 내려가고 있었다. 하늘은 남색으로 물들고 있었다. 도로에 차가 더 많아졌다. 네온사인이 반짝이기 시작했다. 2층 건물 지하에 있는 목욕탕은 최근에 개장했는데, 사우나, 마사지는 물론, 페디큐어까지 받을 수 있는 곳이었다. 댄은 20달러를 내고 열쇠를 받아 탈의실로 갔다. 그는 수건을 집어 잠시 목에 두르고 있었다. 건조기에서 막 나온 수건이라 아직도 따뜻했다.

그는 옷과 신문을 집어넣고 팔목에 열쇠를 차고 허리에 수건을 둘렀다. 그리고 목욕탕으로 갔다. 그는 따뜻한 물속으로 멍하니 들어갔다. 온도에 익숙해지려고 잠시 물속 계단에 앉아 목과 겨드랑이에 물을 끼얹었다. 탕에는 아무도 없었다. 그는 물속으로 더 들어가서 탕의 둥그런 가장자리를 베고 누웠다. 여덟 명 정도 들어갈 만한 탕이었다. 가장자리에는 흰색 타일이 깔려 있었다. 그는 사우나를 싫어했다. 건조한 열기 때문에 주름이 늘 것 같아서였다. 그래서 그는 이곳에 올 때마다 온탕에만 들어갔다. 김이 모락모락 나는 물에서 빈둥거리는 게 너무 편해서 아무것도 하고 싶지 않았다. 때를 벗기는 것도 머뭇거려졌다. 그러나 마음은 그렇지 못했다. 온갖 질문과 의문이 떠돌았다. 그는 아내와 푸밍이 가깝게 지내는 게 불쾌했다. 일 년 전에 딸 재스민이 태어난 이후, 그는 아내가 바람을 피우는 것은 아닐까 의심하기 시작했다. 재스민은 눈은 작고 입은 큰, 못생긴 아이였다. 아내를 닮은 것도 아니고 그를 닮은 것도 아니었다. 아내는 키가 크고 날씬했다. 코는 반듯하고 눈에는 쌍꺼풀이 졌으며 입술은 기품 있고 피부는 부드러웠다. 댄도 잘생긴 편에 속했다. 눈은 초롱초롱하고 코는 오뚝하고 머리숱이 많았다. 그들 부부가 모임에 나갈 때마다 사람들은 그들을 부러운 눈으로 쳐다보았다. 그런데 어떻게 둘 사이에서 그렇게 못생긴 딸이 나올 수 있을까.

'저 애는 내 딸이 아니야, 내 딸이 아니야!'

마음속에서 이런 소리가 들렸다. 때로 그는 푸밍이 재스민의 진짜 아빠가 아닐까 하는 생각을 하기도 했다. 적어도 작은 눈과 둥근 턱은 비슷한 것 같았다. 그래서 지나가 그 남자를 계속 만나는 건지도 몰랐다.

댄은 그녀에게 푸밍과 만나지 말라고 여러 차례 이야기했다. 그러나 그녀는 푸밍과는 아무런 사이도 아니며 단지 고향이 같기 때문에 자주 이야기하게 되는 것뿐이라고 했다. 그녀는 댄에게 이렇게 말했다.

"마음을 좀 넓게 가져요."

푸밍은 그를 만날 때마다, 이를 드러내고 웃으며 눈을 가늘게 뜨고 그를 바라보았다. 뭔가를 아는 듯한 그 미소를 대할 때마다 댄은 불안해졌다. 푸밍이 마치 이렇게 말하는 것 같았다.

"내가 너보다 네 아내에 관해 더 알지. 머리에서 발끝까지 말이야. 나는 네 아내와 그렇고 그런 사이야. 멍청한 자식아, 네가 날 어떻게 할 수 있을 것 같아?"

재스민이 태어나기 전에는 푸밍에 대해서 별로 신경 쓰지 않았다. 댄은 푸밍이 자기보다 네다섯 살 어리고, 최근 세 직원을 감독하는 자리로 승진했으며 한 시간에 12달러 정도밖에 받지 못하는 별 볼일 없는 남자로 생각했다. 그와는 대조적으로, 댄은 부동산 회사를 소유하고 있었고 그를 위해 일하는 에이전트들이 있었다. 서른일곱 살을 눈앞에 둔 그는 성숙하고 안정적이었다. 경험과 성숙미는 유머 감각처럼 매혹적이지는 않지만 나이가 많은 남자한테는 유리하게 작용할 수 있었다. 처음부터 댄은 자기가 있는 한, 푸밍이나 다른 남자들이 지나의 마음을 살 가능성은 없다고 생각했다. 하지만 한 시간 전에 술집에서 보았던 장면을 생각하자 힘이 빠지고 화도 났다. 그녀가 임신했다는 말에 결혼을 서두르지 않았다면 얼마나 좋았을까 싶었다. 그녀가 그에게 거짓말을 했는지도 모를 일이었다.

땅딸막한 남자가 어깨에 수건을 걸치고 목욕탕 안으로 들어왔다. 그가 큰 소리로 말했다.

"발 마사지 어떠세요?"

댄이 깜짝 놀라 일어나 앉았다.

"지금 몇 시죠?"

"5시 15분 전입니다."

"가야겠어요. 미안하지만 오늘은 발 마사지를 못 하겠네요."

"괜찮습니다."

남자는 이렇게 말하고 다른 손님을 찾으러 옆으로 갔다.

댄은 탕에서 나와 샤워를 하러 갔다. 그는 탈의실로 가다가 마사지 받는 곳을 지나쳤다. 닫힌 문 뒤에 있는 작은 방에서 남자의 목소리가 들렸다.

"오 예스, 오 예스!"

그때 달콤한 여자의 목소리가 들렸다.

"좋아요? 흠…… 좋아요."

여자가 그곳에서 마사지를 해주고 있는 것 같았다. 어쩌면 팁을 더 받고 남자에게 수음을 해주고 있는지도 몰랐다. 댄은 '마사지를 원하시면 사전에 예약하십시오!'라고 쓰여 있는 입구의 간판을 흘깃 바라보았다.

그는 옷을 다 입고 파카를 걸치고 목욕탕을 나왔다. 5시에 딸을 데리러 가야 했다.

그날 저녁, 아이가 잠이 든 후 댄과 지나는 거실에 앉아 이야기를 했다. 그는 유리로 된 커피테이블에 찻잔을 내려놓으며 말했다.

"오늘 오후에 셰러턴 술집에서 푸밍 유와 재밌는 놀이를 하더군. 그놈이 '가기 전에 하나만 더 줘요'라고 하자 그놈에게 캐슈너트 몇 개를 던져주면서 말이야."

지나가 얼굴을 붉히고 입을 오므렸다.

"놀이랄 것까지도 없어요. 그 사람과 나 사이에는 아무 일도 없으니 신경 쓰지 말아요."

"그 사람을 만나지 말라고 내가 몇 번이나 말했지?"

"하루아침에 모른 체할 수는 없어요. 오랜 세월을 알고 지냈으니까요."

"잘 들어. 우리가 결혼하기 전에 당신한테 남자친구가 많았다는 건 알고 있어. 당신이 정숙한 여자라면 나는 그런 것 따윈 신경 안 써."

"내가 당신을 속인다는 말인가요?"

"어째서 푸밍 유와 계속 만나는 거지? 그 사람 혹시 재스민과 무슨 관련 있는 거 아냐?"

"그 사람은 재스민에 대해 알지도 못하는데, 그게 무슨 말이에요?"

"그렇다고 그놈이 재스민의 아버지가 아니라는 법은 없잖아."

"세상에! 그 아이는 당신 아이예요! 내 말을 믿지 못하겠으면 친자 확인이라도 해보세요."

"그런 건 안 해. 아이한테 옳은 일이 아니니까. 나는 그 아이를 내 아이로 받아들일 수 있어. 하지만 더 이상 나를 창피하게 하지 마."

"내가 언제 당신을 창피하게 했다고 그래요?"

"푸밍 유를 계속 만나고 있잖아."

"솔직히 말하면, 나는 그 사람한테 관심도 없어요. 하지만 가게에 들른 사람을 다짜고짜 쫓아낼 수도 없잖아요."

"왜 안 되는데?"

"그가 고향 사람이라고 수없이 얘기했잖아요. 말해봤자 소용이 없군요. 자야겠어요. 너무 피곤해요. 재스민이 곧 깰 거예요. 시간 있을 때 잠을 좀 자둬야겠어요. 잘 자요."

그녀는 일어서서 아이가 자고 있는 방을 향해 걸어갔다.

그가 덤덤하게 말했다.

"잘 자."

그는 한숨을 쉬고 잔에 차를 더 따랐다. 그는 등나무 의자에 앉아 웹사이트에 떠 있는 글들을 대충 훑어보는 일로 돌아갔다. 사람들은 일흔다섯 살의 노벨 화학상 수상자가 스물여덟 살의 여성과 결혼하는 것이 적절한지에 대해 논쟁을 하고 있었다. 댄은 기사에 정신을 집중할 수가 없었다. 그는 아내를 신뢰할 수 없을 것 같았다. 그녀는 아직도 다른 남자들한테 관심을 갖고 있는 것 같았다. 그녀는 몇몇 남자가 자기를 쫓아다니지 않으면 인생을 즐길 수 없는 그런 류의 여자인 게 틀림없었다. 그녀를 집에 있게 했었더라면 싶었다. 4만 달러 이상을 투자해서 그녀에게 보석 가게를 차려준 게 후회스러웠다.

웹사이트에는 젊은 세대에게 잘못된 선례를 남기는 무책임한 노인이라며 과학자를 비난하는 글들 일색이었다. 물론 일부에서는 그가 여전히 낭만적이고 젊은 기백을 갖고 있다며 찬사를 보내고 있었다. 양쪽은 필명을 사용하고 있음에도 대부분, 서로를 알고 있는 모양이었다. 그들은 너무 흥분한 나머지 묻어둬야 하는 인신공격성 발언을 서슴지 않았다. 댄은 그들의 말다툼에는 관심이 없었다. 아내에 대한 생각이 머릿속을 떠나지 않았다. 그의 마음속에 많은 생각들이 오갔다. 스스로 자초한 일이었다. 발정 난 동물처럼 여자를 따라다닌 게 너무 후회되었다. 무슨 트로피를 따내듯 미녀를 얻었지만 그 대가를 혹독히 치르고 있는 중이다. 문제는 끝이 없고, 다른 남자들은 질투를 해대고 있다. 유명세를 얻었지만 사생활을 강탈당한 노벨상 수상자처럼, 이제는 마음의 평화도 잃어버렸다.

댄은 하품을 하고 눈을 비볐다. 그는 컴퓨터를 끄고 화장실에 가서 이를 닦고 다른 방으로 갔다. 그는 아내와 각방을 썼다. 종종 밤늦게까지 일을 하기 때문이기도 했고, 그녀가 아이와 함께 자기를 원했기 때문이기도 했다.

 다음 날이었다. 댄은 40번가에 있는 셜록 홈스라는 회사와 약속 시간을 잡았다. 전화로 들리는 담당자의 목소리는 진지했다. 그들은 개인 재산, 배우자 부정, 개인 역사, 가족 배경 등과 같은 다양한 일들을 조사해준다고 했다. 댄은 진짜 중국 음식을 먹을 수 있다는 이유로 스위스에서 플러싱으로 이사 올 계획인 타이완 출신의 노부부에게 타운하우스를 보여주고 난 후 사무실에 들르겠다고 했다.
 흥신소 사무실은 미용실과 사진관 위에 있었다. 안경을 쓴 홀쭉한 남자가 그를 맞았다.
 "뭘 도와드릴까요?"
 댄은 자신이 찾아온 목적을 설명했다. 턱수염이 듬성듬성 난 남자는 믿음직스럽지 못해 보였다. 형편없는 사무실 분위기도 마찬가지였다. 그러나 그는 퀸스에서 이런 종류의 일을 해주는 다른 곳을 알지 못했다.
 "콴 씨, 직원이 몇 명이나 됩니까?"
 "세계 곳곳에 사람이 있지요. 북극과 남극을 제외하고 아메리카, 아시아, 유럽, 오스트레일리아, 아프리카 등 모든 대륙에서 활동 중입니다."
 댄이 바지 뒷주머니에서 명함을 꺼내 그 사람에게 주며 말했다.
 "정말입니까? 이 두 사람의 신상에 관해 알고 싶습니다. 두 사람의 고향은 중국 진화입니다."

콴은 작은 손으로 펠트펜을 돌리며 명함을 바라보았다.

"어려운 일은 아니군요. 중국 전역에 연줄이 있으니까요. 조사해드릴 수 있습니다. 가만 보자 이름과 나이, 학력은 있군요. 그런데 그들의 가족이 진화 어디에 살고 있는지 아십니까?"

"모르겠습니다. 지나 말로는 가족들이 다 죽었답니다. 물론 나는 그걸 믿지 않습니다."

"걱정하지 마세요. 우리가 찾아보겠습니다. 그들의 신상 말고 더 알고 싶으신 건 없나요?"

"두 사람이 사귀고 있는 것 같습니다. 그들을 눈여겨봐주시겠습니까? 그들이 선을 넘으면 구체적인 증거를 잡아주십시오."

"그렇게 해드리지요."

콴은 엄청 큰 책상 위에 명함을 놓았다. 그 책상은 '최고경영자의 책상'이라는 광고로 최근에 유행하는 것이었다. 댄은 책상을 보며 번들번들한 콴을 떠올렸다. 콴은 직원이 조사에 들어가는 데 필요한 돈을 항목별로 들이밀었다. 300달러의 수임료와 시간당 50달러의 비용 외에도 의뢰인은 사설탐정이 조사를 하는 과정에서 소요되는 교통비, 숙박비, 식음료비 등 다른 비용을 지불해야 했다. 댄은 계약서에 서명을 하고 그에게 수표를 써주었다.

콴이 일어나서 문까지 그를 배웅했을 때, 댄은 그의 키가 너무도 작은 걸 보고 깜짝 놀랐다. 150센티미터가 될까 말까

하는 키였다. 키가 그렇게 작으면 너무 눈에 띄는 건 아닐지 걱정스러웠다. 콴은 잘해야 최경량급 탐정일 터였다. 그는 회계사나 소프트웨어 전문가가 되었어야 했다. 앉아서 하는 일이 그에게 더 맞을 것 같았다.

며칠 동안 재스민은 열 때문에 크게 고생했다. 아이는 밤에도 울었다. 댄은 다른 방에서 잤지만 우는 소리 때문에 늘 깨어 있었다. 지나는 아이를 병원에 데리고 가서 약을 지어왔으면서도 약을 먹이는 대신 따뜻한 물만 자주 먹였다. 아이가 아플 때면 그녀의 할머니도 그랬다고 했다. 어렸을 때부터 아이는 한두 달에 한 번씩 열이 올랐다. 그러나 지나는 그럴 때마다 약을 쓰지 않고 아이가 낫게 했다.

재스민이 걷기 시작했다. 전해오는 말에 따르면, 아이의 혀는 다리를 따라간다고 한다. 그 말은 아이가 걷게 되면 말을 하기 시작한다는 의미였다. 하지만 재스민은 방 한쪽 끝에서 다른 쪽 끝까지 아장아장 걸을 수 있음에도 아직까지 '바바(아빠)'라는 말 외에는 할 줄 몰랐다. 댄은 그 말을 들을 때마다 몸이 짜릿짜릿했다. 그는 아이를 꾀어 그 말을 여러 번 반복하게 했다. 그는 아이가 좋았다. 아이가 행복해하고 활발할 때가 특히 좋았다. 아이가 배에 올라타거나 업히고 싶어 할 때는 기뻐서 어쩔 줄 몰랐다. 그럼에도 그는 때때로 아이의 아버지가 누구인지 궁금했다. 열이 자주 오르는 것 말고도 재스민은 밤에 거의 잠을 자지 않고 새벽까지 울거나 놀았다. 댄은 언젠가 아내와 함께 코헨 의사를 찾아간 적이 있었다. 그녀는 창백한 얼굴을 한 중년의 소아과 의사였다. 의사는 아이가 울면 지칠 때까지 울게 놔두라고 했다. 그러다 지치면 아이도 울어봤자 소용없다는 걸 알고 더 이상 울지 않게 될 것이라고 했다. 그렇게 하면 아이를 독립적으로 만드는 부수적 효과도 있다고 했다. 하지만 지나는 코헨의 말에 따르지 않았다. 재스민이 울기 시작하는 순간, 그녀는 이렇게 말했다.

"엄마가 금방 갈게."

그리고 아이를 안고 방 안을 거닐며 아이를 얼렀다. 때로는 서너 시간을 그렇게 서성거렸다. 그녀의 모성과 인내심은 댄을 놀라게 했다. 어떤 날은 동이 트기 전에 그녀가 눈을 조금 붙일 수 있도록 교대해주기도 했다. 그가 우는 아이를 내버려두라고 할 때마다 그녀는 이렇게 말했다.

"독립심을 갖기에는 아직 어려요."

그녀는 아이가 자기를 소홀히 하거나 사랑하지 않는다고 느낄까 봐 두려워했다.

재스민은 오늘밤도 끊임없이 울었다. 아이는 엄마가 한시도 자장가를 그만두게 놔두질 않았다. 지나는 졸리는 목소리로 댄이 희미하게 기억하고 있는 자장가를 불러주고 있었다.

"아기토끼님, 엄마 왔으니 문 열어야죠……."

그는 이불로 얼굴을 덮어버렸다. 하지만 우는 소리는 여전히 들렸다. 아무리 노력해도 다시 잠을 잘 수 없었다.

그는 아내에게로 가서 이렇게 말했다.

"애한테 수면제나 다른 걸 먹여서 재울 수 없어? 제발 좀 울지 못하게 해."

"안 돼요. 그렇게 하면 뇌가 손상될지 몰라요."

"나쁜년이잖아. 우리를 괴롭힐 작정이군. 나는 내일 아침에 모임이 있어. 아니, 벌써 두 시간 후의 일이네."

"미안해요. 나도 일을 해야 해요."

"나쁜 것! 에스파다 부인이 그러는데 탁아소에서는 잠만 잔다더군. 거기에서는 모범적인 아이라네."

"낮과 밤이 바뀌어서 그런 것뿐이에요."

"내려놔. 울 만큼 울라고 내려놓으라고."

"여보, 그렇게 성질 내지 말아요. 곧 그칠 테니까요."

그녀의 부드러운 목소리를 듣자 그는 화가 누그러졌다. 그는 문을 닫고 방으로 돌아갔다. 그는 집 안에 있는 모든 것을 빛나게 할, 아름답고 천사 같은 아이를 갖는 게 꿈이었다. 아이가 아내나 자신을 닮기만 한다면 사내아이든 계집아이든 중요한 게 아니라고 생각했다. 작은 눈의 재스민이 태어나면서 이상적인 가족에 대한 그의 꿈은 산산이 부서졌다.

그는 다음 날 아침 회의에서 연신 하품을 했다. 그의 동료 중 하나가 그를 놀렸다.

"지난밤에 너무 심하게 한 거 아니야?"

다른 사람이 맞장구를 쳤다.

"댄, 조심해야 해. 신혼 때처럼 하면 안 되는 거야."

사람들이 왁자지껄하게 웃었다. 댄이 고개를 저으며 중얼거렸다.

"우리 딸이 아파서 밤새도록 우는 바람에 잠을 못 자서 그래요."

아이 얘기가 나오자 모든 사람이 조용해졌다. 그들은 재스민을 본 적이 있었다. 일부는 아이가 누구를 닮아 그렇게 생겼는지 궁금해했다. 그들의 침묵에 댄은 화가 났지만 애써 참았다. 포리스트 힐스에 있는 낡은 창고를 사서 콘도로 바꾸는 것에 대해 얘기를 나누고 있었기 때문이다. 그는 플러싱을 벗어나고 싶었다. 공립학교 제도는 그리 나쁜 편이 아니었지만, 그 지역 전체가 문화적으로 소외되어 있었다. 원서를 취급하는 서점은 하나도 없었다. 갤러리는 생겼다가도 곧 사라졌다. 극장은 작은 걸로, 하나밖에 없었다. 그의 친구인 앨버트 창이 운영하는 극장이었다. 이곳에 사는 대부분의 이민자들은 굳이 영어를 사용하려 하지 않았다. 어디를 둘러봐도 식당, 미용실, 소매점, 여행사, 법률사무소만이 빼곡하게 들어서 있었다. 사업 외에는 아무것도 없었다. 새로 온 사람들은 환경을 보호하려는 노력은 거의 하지 않았다. 어쩌면 그들에게는 환경을 생각하기보다 살아남는 일이 더 급했는지도 모른다. 댄은 그가 살고 있는 곳이 슬럼가로 변하지 않을까 두려웠다. 그래서 그는 창고를 개조하는 계획이 성공하는 걸 보고 싶었다. 그의 동료 중 일부도 회사가 포리스트 힐스로 옮기기를 바라고 있었다.

재스민은 일주일이 채 되기도 전에 괜찮아졌다. 하지만 지나는 댄이 의심하는 것 때문에 아직도 기분이 좋지 않았다. 그를 비난하지는 않았지만 그와 말을 하지 않으려 했다. 그녀가 과묵해지자 그는 더 화가 났다. 그는 속으로 생각했다. '그래, 너는 스스로를 착한 여자라고 생각하겠지? 나는 네가 몰래 하고 다니는 짓을 알고 있어. 조금만 기다려봐. 너에 대해 속속들이 알아낼 테니까.'

어느 날 저녁, 지나는 얼굴이 빨개져서 집으로 돌아왔다. 그녀는 딸을 무릎에 앉히고 있는 댄을 보자 문에서 순간적으로 멈췄다가 안으로 들어섰다. 그녀는 옷장에 군청색 코트를 걸고 그의 맞은 편 소파에 앉았다.

"당신, 웃기는군요."

"무슨 일인데 그래?"

"난쟁이를 고용해 푸밍과 나를 미행하라고 시켰더군요."

댄은 순간적으로 당황하여 어떻게 응수해야 할지 몰랐지만, 곧 평정을 되찾았다.

"두 사람 사이에 거리낄 게 없다면 왜 신경을 쓰는 거지?"

"한 가지 말해줄까요? 당신이 고용한 탐정이 실수를 했어요. 푸밍한테 맞아 코피가 났거든요."

"염병할! 탐정을 때리는 건 위법이야!"

"웃기는 소리 말아요. 그 남자는 우리가 하는 말을 엿듣고 있었어요. 그가 먼저 우리의 프라이버시를 침해했다고요."

"프라이버시라고? 푸밍 유와 당신 사이에 그렇게 사적인 것이 뭔데 그래?"
"제정신이 아니군요. 당신은 탐정을 고용해서 공개적으로 나에게 망신을 주려고 했어요."
"망신 같은 소리 하고 있네! 어디서 그랬는데?"
"레드 찹스틱에서요."
"결혼한 여자가 번화가에 있는 식당에서 외간 남자와 식사를 했다는 거로군. 제정신이 아닌 사람이 누구지?"
"그와는 친구일 뿐이라고 수없이 얘기했잖아요."
"그렇게 떳떳하다면 탐정을 고용하든 말든 왜 화를 내는 거야!"
"탐정을 고용하는 건 정말 어리석은 짓이라고요. 그는 사람의 이목을 집중시켜요. 사람들의 눈에 너무 띈단 말이에요."
댄이 깔깔거리고 웃었다.
"하지만 나는 당신 남편으로서 궁금하지 않을 수가 없단 말이야."
"좋아요. 당신이 고용한 탐정은 끝났어요. 다시 한 번 가까이 오면 푸밍이 목을 졸라 죽이겠다고 했어요."
그녀는 자리에서 일어나 애타게 엄마를 찾는 재스민을 뒤로 한 채 부엌으로 갔다. 접시와 팬, 그릇이 달그락거리기 시작했다. 아내가 흐느끼는 소리가 들렸다.
"아이고 내 팔자야! 아이고 내 팔자야!"
재스민이 이틀 전부터 그녀에게 "마마"라고 부르기 시작했다. 그 말을 처음 들었을 때는 기쁨의 눈물을 감추지 못했던 그녀가 지금은 코를 훌쩍이며 부엌에서 흐느끼고 있었다.

뭔가가 댄의 머리를 날카롭게 찌르는 것 같았다. 그는 너무 일찍부터 그녀와 동거하지 않았더라면 얼마나 좋았을까 싶었다. 그녀는 배 속의 아이가 그의 아이라고 강하게 주장했던 것이다. 결혼은 두 사람 모두를 함정에 빠뜨린 것 같았다.

이틀 후, 댄은 콴을 보러 갔다. 탐정의 양쪽 볼에는 반창고가 붙어 있었다. 하지만 그의 얼굴은 환한 미소로 가득했다. 댄은 레드 찹스틱에서 있었던 곤란한 문제에 대해 콴에게 사과했다. 하지만 그는 괜찮다고 했다.

"이런 일을 하다 보면 폭행을 당하는 경우가 이례적인 건 아니지요. 별것 아닙니다."

밖에서 경적이 울리며 경찰이 메가폰을 들고 소리를 쳤다.

"거기 서요! 거기 서요!"

소방차가 지나갔다. 위층에서 변기 물을 내리는 소리가 들렸다. 파이프에서 시시식 소리가 났다.

콴은 혼잣말을 하듯 큰 소리로 이야기를 계속했다.

"참, 어떻게 말씀드려야 할지 조금 난감하네요. 실은 전부터 부인을 알고 있었습니다. 제 고객이었으니까요."

"내 아내도 당신을 안다는 말인가요?"

"맞아요. 식당에서 저를 알아보셨어요. 그래서 푸밍 유가 모두 눈치 챈 거예요. 이런 말씀을 드리면 안 되는 건지도 모르지만, 혹시나 당신이 궁금해 할 것 같아서 말씀드리는 겁니다. 두 분이 결혼하기 전에 당신 부인이 나한테 당신의 뒷조사를 해달라고 했어요."

"내 과거에 문제가 있었나요?"

"없었어요. 깨끗한 사람이더군요. 당신은 1980년대 중반에 공산당에 가입했지요. 그러다 톈안먼 사태가 일어나자 《월드 저널》에 공개적으로 당원 자격을 포기한다는 글을 실었고요. 그래서 당신은 깨끗해졌죠."

댄은 정보가 정확하다는 사실에 감명을 받았다. 그는 자신이 15년 전에 당원 자격을 포기했던 것이 아직도 그의 삶에 영향을 미치고 있다는 사실에 깜짝 놀랐다. 그는 아직도 그가 했던 행위의 중요성을 충분히 알지 못했지만 공산당으로부터 손을 씻은 걸 다행이라고 생각했다. 그가 당원 자격을 포기한 것은 시민들을 무차별적으로 죽인 것에 대한 분노가 주된 원인이었다. 그 후로는 모든 것이 그에게 유리하게 되어간 것 같았다. 그는 영주권을 얻는 데도 어려움을 겪지 않았다. 연방수사국도 그를 감시하지 않았다.

그는 탐정에게 말했다.

"그렇군요. 아직도 내 아내와 푸밍 유를 감시하고 있나요?"

"더 이상 못 하겠어요. 다른 사람이 제 대신 하게 될 겁니다. 그 사람은 전직 경찰이에요. 가라테 유단자고요. 푸밍 유가 다시 이성을 잃어도 이 사람은 감히 못 건드릴 겁니다."

"좋아요. 두 사람 사이에 특별한 게 있었나요?"

"아직은 없어요. 점심을 먹으면서 내가 알 수 없는 문제로 티격태격한 것 빼고는 아무 짓도 안 했거든요. 여기에 그 남자에 대한 정보가 있습니다. 그런데 무슨 이유에선지 중국에서는 당신 부인과 그 가족에 관한 걸 아무것도 찾아낼 수가 없다고 하네요. 기록이 전무하대요. 정말 놀라운 일이에요. 부인은 정말 아름다운 분이지요. 보통 그렇게 아름다우면 어디에서든 이목이 집중되게 마련이거든요. 정말로 진화 출신인지 궁금합니다. 어하튼 부인에 관한 조사를 하는 데 약간의 진전이 있긴 하지만 아직도 노력하는 중입니다. 참, 부인의 본명은 지나 리우가 아니었던 것 같습니다."

"왜 이름을 바꿨을까요?"

"보통의 경우 불미스러운 과거를 없애기 위해서 이름을 바꾸죠. 하지만 부인의 경우는 그런 것 같진 않아요. 부인이 나를 미워하겠지만, 나는 그분이 나쁜 여자라고 말하지는 않겠습니다. 소요된 비용 내역이 여기 있습니다. 점심과 맥주 값을 청구하자니 기분이 썩 좋지 않습니다. 하지만 레드 찹스틱에서 얼쩡거려야 해서 별수 없었습니다. 그리고 그들을 따라다니며 신문 가판대에서 《포브스》를 샀습니다."

"그런 건 걱정하지 마세요."

댄은 액수를 슬쩍 쳐다보고 429.58달러짜리 수표를 써주었다.

그는 푸밍에 관한 보고서가 담긴 갈색 봉투를 들고 그곳에서 나왔다. 그는 사무실로 돌아가 거기에 적힌 정보를 보고 조사가 완전무결하게 된 것에 만족했다. 푸밍의 부모는 아직도 진화 외곽에 있는 마을에서 채소를 기르고 게를 양식하며 살고 있었다. 푸밍의 이름이 그렇게 시골뜨기 같은 것도 놀라운 일은 아니었다. 그에게는 두 명의 여동생과 한 명의 남동생이 있었다. 모두 결혼해서 진화에 살고 있었다. 7년 전, 미국에 오기 전에 푸밍은 철도회사에서 기술자로 일했고 공산주의 동맹의 작업장 지부장을 맡았다. 여행 비자로 왔다가 눌러앉아 합법적인 체류 자격을 얻은 게 분명했다. 그는 위조된 서류들을 구입해 체류 자격을 얻었다. 하지만 그것은 너무 복잡한 문제라서 증명하기가 어려웠다. 지금 그는 영주권을 신청하는 중이었다. 이건 자연스러운 절차였다. 진화에 있는 경찰서가 그의 도시 체류증을 취소해버려 더 이상 돌아갈 수 없게 됐기 때문이었다. 보고서에는 놀라운 것은 없었다. 하지만 댄은 푸밍의 정치적 이력에 흥미가 당겼다. 그는 콴에게 전화를 걸어 보고서가 충실하다고 칭찬했다. CIA처럼 완벽하다고 했다. 그는 콴에게 푸밍이 당원이었는지 물었다. 탐정은 그건 증명할 수 없으며 그가 일했던 곳이 얼마나 컸는지에 달린 문제라고 말했다. 만약 작업장이 크다면, 푸밍은 공산주의자 동맹 지부의 수반으로서 당원이었을 게 분명하고, 만약 작다면 그럴 필요가 없었을 것이라고 했다. 하지만 그가 일했던 곳이 오래전에 다른 곳들에 병합되어, 현재로서는 알아내기가 어렵다고 했다.

 댄은 의자에 몸을 젖히고 생각에 잠겼다. 지나의 과거는 왜 공백일까? 그녀는 실제로 어디서 왔을까? 진짜 이름은 뭘까? 그녀가 댄에게 말했던 것처럼, 푸밍 유가 고향 사람이라면 그녀는 정말 진화 출신인지도 모른다. 그녀는 속삭이는 듯한 억양의 만다린어를 구사했다. 그 말은 그녀가 남부 출신이라는 것을 의미했다. 댄은 결혼하기 전에 그녀의 가족에 관해 물은 적이 있었는데, 그때 그녀는 열차 탈선 사고로 가족이 모두 죽었으며, 세상에는 자기 혼자밖에 없다고 했다. 그녀는 서글픈 미소를 지으며 이렇게 말했다.

"친정이 없는 아내를 맞아서 운이 좋다고 생각하지 않아요? 처가 식구에게 선물을 사줄 필요도 없잖아요."

지나에 대해 생각하면 할수록 댄은 더욱더 혼란스러워졌다. 그는 중국이나 미국에 그녀의 친척이 단 한 사람도 없다는 걸 믿을 수 없었다.

댄의 사업은 춘제가 끝난 후 속도가 붙었다. 그는 바빴다. 적어도 매주 한 건의 매매가 성사되었다. 이민자들은 부동산을 좋아했다. 상당수는 은행에서 융자를 받을 수 없기 때문에 현금으로 집값을 냈다. 가끔 여러 사람들이 돈을 모아 집을 사기도 했다. 같이 묵을 곳을 마련하기 위해서였다. 보통 가족이나 친척들이 그런 식으로 집을 샀다. 봄부터 출발이 좋으니 일 년 내내 사업이 잘될 징조로 보였다. 어떤 날은 오후 8시나 9시까지 사무실을 나설 수 없었다. 그는 대표였기 때문에 자신의 지도력을 보여주기 위해서 다른 중개업자들보다 더 많이 팔아야 했다. 그래서 그는 늘 열심히 일했다.

4월 초순의 어느 날 저녁이었다. 그는 약간 일찍 일을 끝냈다. 그는 건물 뒤에 피어 있는 목련나무 밑에 세워둔 차를 향해 걸어가다가, 네 명의 젊은이가 그의 차 옆에 서 있는 걸 보았다. 세 명은 아시아계였고 한 명은 라틴계였다. 그들은 모두 상고머리에 검정색 티셔츠, 진한 황록색 바지를 입고 작업 부츠를 신고 있었다. 댄을 보자 그들 중 하나가 운전석 문을 발로 찼다.

댄이 소리를 질렀다.

"이봐, 내 차 건들지 마!"

그들 중 가장 키가 큰 친구가 입가에 반쯤 핀 담배를 물고 물었다.

"이게 당신 차야?"

"그래. 친구들, 나한테 이러지 마."

그들 중 가장 키가 작고 정수리를 활주로처럼 납작하게 깎은 친구가 차를 다시 발로 찼다. 댄은 노발대발하여 소리쳤다.

"이봐, 이봐. 그만두라니까!"

갑자기 사나운 눈초리의 라틴계 젊은이가 바지 아래에서 쇠몽둥이를 꺼내더니 앞 유리를 부수기 시작했다. 나머지 세 사람이 짧은 철근을 꺼내 차를 내리치기 시작하자 댄은 그 자리에 못 박혀 할 말을 잃고 말았다. 1분 만에 유리창은 물론 앞쪽 라이트도 다 깨졌다.

마침내 댄이 입을 열었다.

"나한테 이러는 이유가 뭐지? 적어도 설명이라도 해줘야 할 거 아냐!"

키가 크고 허리가 가느다란 남자가 집게손가락을 흔들며 앞으로 오더니 삐딱한 미소를 지으며 말했다.

"이유를 알고 싶나? 당신이 너무 참견을 잘해서 그래."

"무슨 말을 하는 거지? 이건 새 차라고. 제발, 그만둬!"

"말을 알아듣지 못하는군그래. 사설탐정 따위랑 어울리지 말라고. 경찰이 와도 당신을 지켜줄 수는 없어."

"너희들은 사람을 잘못 봤어. 내가 가만히 있을 것 같아!"

"아 그래? 빌어먹을 새끼. 이거 한 대 맞고 정신 좀 차려라."

라틴계 젊은이가 달려오더니 철근으로 댄의 이마를 쳤다.

댄은 바닥에 넘어져 정신을 잃었다. 그들은 달아나기 전에 각자 몇 차례씩 그에게 발길질을 했다.

의식이 들었을 때, 댄은 플러싱 병원 복도의 이동식 침대 위에 누워 있었다. 여자 하나와 남자 하나로 구성된 의료보조원들이 그를 데리고 응급실로 가고 있었다. 그들은 산책을 하는 것처럼 느긋했다. 댄은 이마를 만져보았다. 붕대로 감겨 있었다. 그는 고개를 비틀어보았다. 목이 뻣뻣했다. 하지만 머릿속은 맑았다. 누군가가 응급구조대에 전화해서 앰뷸런스를 부른 게 분명했다. 지나는 침대 옆쪽에 작은 손을 대고 옆에서 걸어가고 있었다. 그녀의 눈은 부석부석했다. 아직도 눈물이 그렁그렁했다.

그녀가 물었다.

"여보, 어때요?"

"난 괜찮아."

댄이 일어나 앉으며 숨을 내뱉었다.

"누워 있어요."

"정말로 괜찮다니까."

응급실에 들어가자, 젊은 의사가 그를 잠깐 살펴보더니 심각한 상처는 아니라고 했다. 꿰맬 필요도 없다고 했다. 그녀는 엑스선 단층 촬영을 한 다음 지나에게 다친 곳에 얼음찜질을 해주라고 하고 그를 퇴원시켰다. 의사는 만약 머리가 어지러우면 지체 없이 병원으로 오라고 했다. 그는 그렇게 하겠다고 약속했다. 지나는 그를 부축하면서 택시를 잡았다. 그는 다쳤음에도 정신은 놀라울 만큼 멀쩡했다. 에스프레소를 몇 잔 마신 것처럼 기분이 고양된 상태였다. 그는 이상한 일도 다 있군, 하고 생각했다. 그는 그날 밤 잠을 이룰 수 없을 것만 같았다.

저녁을 먹은 후, 두 사람은 식탁에 그대로 앉아 있었다. 지나는 댄의 말을 들으며 수줍은 얼굴로 재스민을 가슴에 대고 있었다. 이따금 그녀는 숨을 획 들이마셨다. 아이가 젖꼭지를 물어서였다. 댄은 건물 뒤에 있는 주차장에서 있었던 사건에 대해 최대한 기억을 더듬어가며 얘기를 하고 이렇게 결론지었다.

"그 흉학한 놈들을 보내서 내 차를 부수게 하고 나를 공격하도록 시킨 건 푸밍 유였어. 내 뼈가 단단했기에 망정이지,

그렇지 않았다면 가루가 됐을지도 몰라."

"나는 이 일과 아무 관련이 없어요. 믿어줘요. 그가 비열하다는 건 알고 있었지만 이렇게까지 할 줄은 몰랐어요. 이제 어쩔 셈이세요?"

"내가 어째야 된다고 생각해?"

"고발할 거예요?"

"그 흉악범들이 잡히지 않았는데 어떻게 그 배후가 푸밍 유라고 증명할 수 있겠어. 사실 나를 가장 괴롭히는 건 그가 아니라 당신이야."

"나라고요? 무슨 말이에요?"

"그놈과 진짜로 무슨 관계지?"

"그는 고향 사람일 뿐이에요. 그 이상 아무것도 아니에요."

"이제 거짓말 좀 그만해. 당신이라는 사람을 정말 모르겠어. 당신이 누군지 말해봐. 낯선 사람 같은 아내와 더 이상 살 수 없어. 이 집은 고문실이 돼가는 것 같아."

침묵이 길게 이어졌다. 지나가 일어서더니 그에게 아이를 건네고 침실로 들어갔다. 댄은 한숨을 쉬고 탁자에 팔꿈치를 괴고 손으로 머리를 만졌다. 그러나 그의 손바닥이 이마에 닿은 순간, 아파서 벌떡 일어나 앉아야 했다. 지나가 돌아와서 작은 흰색 봉투를 그 앞에 놓으며 말했다.

"안에 있는 걸 보세요. 진실이 뭔지 알게 될 테니까요."

댄은 궁금했다. 여권이나 연애편지가 들어 있는 걸까? 놀랍게도 못생긴 여자 사진이 한 움큼 나왔다. 주먹코에 널찍하고 두툼한 입술에 작은 눈을 가진 못생긴 여자의 사진이었다. 얼굴은 둥글었다. 그런데 눈썹은 두 개의 초승달처럼 구부러져 있었다. 그가 약간 불쾌해져 물었다.

"이게 누구지?"

"나예요. 미국에 온 후, 몇 년에 걸쳐 성형수술을 여러 번 받았어요. 의사들이 내 얼굴을 완전히 바꿔놓았어요. 이런 여자로 바꿔놓았다고요. 그동안 번 돈은 모두 수술비로 들어갔어요. 전에는 시카고에 살았었죠. 푸밍도 거기에 살았고요. 거기서 내가 변하는 모습을 보았던 거죠."

댄은 너무 당황하여 잠시 아무 말도 하지 못했다. 그는 그녀에게 아이를 건네고 물었다.

"정말로 진화에서 온 거야?"

"네. 나는 푸밍의 누이동생과 같은 중학교에 다녔어요. 그래서 그가 나를 알게 된 거죠."

"당신 가족은 모두 죽은 거고?"

"네, 배다른 오빠 한 사람 빼고는 다 죽었어요. 오빠는 시골에 살아요. 그래서 아무 연락도 못 하고 있고요."

"당신이 나한테 너무 부당한 짓을 했군! 재스민이 못생긴 것도 놀랄 일은 아니군그래. 나한테 사실대로 얘기해줘. 이 아이가 내 아이 맞아?"

"그래요. 나는 당신한테 늘 정숙했어요."

"그래도 나를 속여서 결혼했잖아."

"나도 그걸 생각히면 기분이 좋지 않아요. 그래서 더 이상 당신한테 비밀을 숨기지 않기로 한 거예요. 이제 당신 하고 싶은 대로 하세요. 그러나 아무한테도 이 얘기는 하지 말아줘요. 이것 하나만 부탁할게요."

"다른 사람들을 계속 속일 수는 없어. 당신은 스스로를 속인 거야."

"그렇지 않아요. 나는 지금의 아름다움이 좋아요. 미국이 내게 줄 수 있는 최고의 선물이에요. 드디어 나는 내 몸매와 피부에 맞는 얼굴을 갖게 됐어요."

'이건 아름다움이 아니라 사기야!' 그의 마음속에서 이런 생각이 떠돌았지만 소리 내어 말하지는 않았다. 대신 그는 이렇게 물었다.

"어째서 당신은 푸밍 유한테서 떨어질 수 없었던 거지? 그가 당신의 과거를 알기 때문이었나?"

"그래요. 그 사람은 가끔씩 내 비밀을 넌지시 비치는 말을 했어요. 그 사람은 외롭고 비참하다면서 계속 나한테 여자를 소개해달라고 했어요. 안쓰러울 정도였지요. 여자가 생기면 나를 가만 놔둘 것 같아서 샐리를 소개시켜줬는데 샐리가 싫어하더라고요. 무슨 이유에선지 그에게 관심을 갖는 사람이 아무도 없어요. 그래서 그 사람이 아직도 나한테 매달리고 있는 거예요."

"하지만 당신은 그의 여자 친구가 아니잖아!"

그는 일어나서 마루를 거닐기 시작했다. 이따금 그는 킥킥거리며 한숨을 쉬고 고개를 저었다. 창밖을 내다보니 하늘에 구름이 드문드문 떠 있었다. 구름이 달의 흐릿한 표면을 가로지르고 있었다. 구름 아래로 너덧 마리의 박쥐들이 곡예를 하고 있었다.

댄이 웃으면서 걸어 다니자 지나는 불안해졌다. 그녀가 말했다.

"제발 그만해요! 이혼을 하고 싶으면 반대하지 않을게요. 대신 재스민은 내가 키우게 해주세요."

"어림없어. 저 아이는 내 아이야. 아무리 못생겼어도 나는 재스민을 사랑해!"

그가 눈을 반짝이며 턱을 내렸다.

"이 사진들은 내가 갖겠어."

"제발 다른 사람들에게 보여주진 말아요!"

"내가 그렇게 저질로 보여?"

그 말에 지나가 울음을 터뜨렸다.

"댄, 나는 당신을 사랑해요. 나는 당신이 진정한 신사라는 걸 알아요. 다시는 푸밍과 만나지 않겠다고 약속할게요. 착한 아내가 되어 당신이 자존심을 가질 수 있도록 해드릴게요."

"나는 자존심이나 세우는 사람이 아니야. 당신의 진짜 이름은 뭐지?"

"라이 수예요."

"그게 무슨 이름이야? 여자 이름 같지도 않은데."

"저는 산달이 지나 태어났어요. 그래서 부모님이 나를 라이라고 했어요. 수라는 이름과 더불어 '천천히 나왔다'는 의미지요."

"그런데 어째서 이름을 바꿨지?"

"나는 새로운 사람이 된 것 같았어요. 새롭게 시작하고 싶었지요."

"그러니까 푸밍 유만이 당신의 과거를 안다는 말이야? 그가 당신을 잡고 있는 또 다른 건 없나?"

"없어요. 그는 흡혈귀예요. 도저히 떨쳐낼 수가 없었어요."

지나는 손으로 얼굴을 가리고 울었다. 그들의 딸이 울었다.

"마마, 마마."

아이는 엄마의 귀를 계속 잡아당겼다.

다음 날 오후, 댄은 셰러턴 호텔 바에서 푸밍을 만났다. 차가 나온 후, 댄이 그에게 차분하게 말했다.

"내 아내를 가만 놔두시오."

푸밍이 놀란 것처럼 눈썹을 치켜 올렸다.

"내가 당신 말을 듣지 않으면 어쩔 거요?"

댄은 서두르지 않고 안주머니에서 지나의 사진을 꺼내 푸밍 앞에 놓았다. 푸밍은 그것을 흘깃 보더니 아무 말도 하지 않았다. 댄의 말이 이어졌다.

"이제 당신한테는 내 아내의 발목을 잡을 게 아무것도 없소. 나는 과거의 아내 모습을 알고 있소. 하지만 나는 그녀를 내 아내로 받아들였소."

푸밍이 경멸스럽다는 듯 웃었다.

"알겠소. 참으로 너그러운 남편이로군. 나는 원래 내가 하고 싶은 대로 하고 사는 사람이오. 아무도 나한테 이래라저래라 할 수 없지."

댄은 화를 억누르며 말했다.

"이봐요. 나는 당신에 관해 모든 걸 알고 있소. 당신은 진화 철도회사에서 5년 동안 기술자로 일했더군."

"그게 어쨌단 말이오? 출신이 비천하다고 해서 부끄럽게 생각해야 하나?"

"그 이상이었지. 당신은 공산주의 연맹 지부의 우두머리였으니까. 그 말은 당신이 당원이었다는 말이오."

마지막 말은 그저 추측에 불과했다. 하지만 댄은 단호하게 덧붙였다.

"당신도 알다시피 공산주의자는 국가의 관리가 아니면 미국에 발을 들여놓지 못하게 돼 있소."

푸밍이 침을 꼴깍 삼켰다. 그는 얼굴이 창백해지며 눈길을 내려뜨렸다. 잠시 그는 뭔가를 기억해내려고 애쓰는 것처럼 말없이 있었다. 그의 뾰쪽한 코에 식은땀이 맺혔다. 그가 쉰 소리로 말했다.

"증거나 가지고 그런 말을 하는 거요?"

"연방경찰은 할 수 있소. 그들은 당신을 추방할 수도 있소."

"내 앞에서 잘난 척하지 마시오. 당신도 당원이긴 마찬가지였소."

"그건 맞는 말이오. 하지만 나는 1989년에 공개적으로 당원 자격을 포기했소. 나의 과거는 깨끗해졌단 말이오. 게다가 나는 이미 영주권을 받았소. 나는 더 이상 당신처럼 추방당할 수 있는 외국인이 아니란 말이오."

푸밍이 찻잔을 들었다. 그러나 손이 너무 떨려서 몇 방울이 그의 무릎으로 떨어졌다. 그는 차를 마시지도 않고 찻잔을 내려놓았다. 그리고 종이냅킨을 집어 바지를 닦았다. 댄이 일어나서 말없이 술집을 나섰다. 그는 푸밍이 바지가 마를 때까지 당분간 거기에 앉아 있어야 할 거라는 걸 알았다.

그날 밤, 푸밍이 전화를 걸어 다시는 지나를 괴롭히지 않겠다고 했다. 그는 자신도 당원 자격을 거부하고 싶지만 중국에 있는 형제들의 안전이 걱정되어 그럴 수 없다고 했다. 그는 댄에게 자신을 밀고하지 말아달라고 애원했고 댄은 그러겠다고 약속했다.

푸밍은 약속을 지키고 다시는 보석 가게에 나타나지 않았다. 드디어 댄과 지나의 삶은 정상으로 돌아갔다. 그러나 댄은 목욕탕에 자주 드나들기 시작했다. 그는 그곳에 갈 때마다 예쁘장한 여자 안마사와 사전에 약속을 했다. 때로는 집에 가기가 머뭇거려져 일부러 늦게까지 사무실에 있기도 했다.

Choice

선택

"SAT 준비를 포함해 다양한 과목을 가르칠 수 있어야 함. 최고 보수 보장."

전단지에는 그렇게 쓰여 있었다. 나는 아침에 전화를 걸어 그날 저녁으로 약속을 잡았다. 아일린 민은 자기 딸을 가르쳐 줄 사람이 당장 필요하다고 했다. 그녀는 예닐곱 명의 지원자들을 만나봤는데 맞는 사람이 없었다며, 한 시간에 40달러를 주겠다고 했다. 다른 것들을 감안하면 상당히 구미가 당기는 조건이었다.

나는 석사 논문을 지도해주는 교수를 위해 자료 조사를 해주면서 돈을 받고 있었다. 하지만 가을 학기 등록금과 생활비를 마련하려면 여름에 다른 아르바이트를 해야 했다. 나는 부모님의 도움 없이 대학원 과정 일 년을 마칠 수 있었지만, 아직 일 년이 더 남아 있었다. 나는 논문을 쓰기 시작했다. 사회운동가이자 신문기자였던 제이콥 리스가 슬럼가를 없애기 위해 활동했던 것에 관한 논문이었다. 어머니는 일주일 전에 전화를 해서 다른 전문대학원에 가는 일이 아직도 늦지 않았다고 하며, 그렇게 하면 기꺼이 돈을 대주겠다고 했다. 나는 다시 한 번 그 제안을 거절하면서 미국사 박사과정에 지원할 계획이라고 했다. 시애틀에서 개업해 성공한 성형외과 의사인 아버지는 늘 내 계획에 반대했다. 아버지는 내게 의학이나 법을 전공하라고 했다. 정치학을 전공해 정계로 나가는 것도 괜찮다고 했다. 아버지의 눈에 역사는 진짜 학문이 아니었다.

"뭐가 되고 싶은 거니? 교수? 누구라도 교수보다는 돈을 많이 벌 수 있다."

나는 아버지가 하는 얘기를 들을 때면, 내가 인문학을 전공하는 한, 나 혼자 힘으로 할 수밖에 없다는 걸 깨닫고 아무 대꾸도 하지 않았다. 나는 속으로 아버지를 경멸했다. 그분은 전형적인 속물이었다. 아버지는 나를 부끄럽게 생각했고, 아버지의 친구들은 나를 패배자라고 생각했다. 나는 아버지의 유언장에서 내 이름이 빠질 것이라는 걸 알았다. 그래도 신경 쓰지 않았다. 가난한 학자가 되더라도 상관없었다.

나는 오후 6시 반경에 출발했다. 아일린 민은 내가 사는 곳에서 멀지 않은 포크가 48번지에 살았다. 걸어서 15분쯤 걸리는 곳이었다. 여름이 시작된 이래, 플러싱 시내에는 보행자들이 더 많았다. 그중 상당수가 외국인 관광객들이거나 인근 도시에서 온 방문객들이었다. 그들은 쇼핑을 하거나 향토 음식을 파는 작은 식당을 찾기 위해 그곳을 찾았다. 대부분이 중국어로 된 간판들은 셴양에 있는 혼잡한 쇼핑센터와 다를 바 없었다. 무수히 많은 이민자들이 살며 일하기 때문에 이곳에서는 영어를 쓸 필요도 없었다. 나는 파키스탄 사람이 운영하는 신문판매점에 들러 《월드저널》을 한 부 사고 41번가로 방향을 틀었다. 야윈 십 대 소녀가 도베르만에 끌려 내 쪽으로 성큼성큼 걸어왔다. 개는 단풍나무 묘목 옆에 멈추더니 정신없이 오줌을 쌌다. 소녀는 개가 볼일을 보는 동안 옆에 서 있었다. 인도를 따라 심겨진 묘목의 하단은 모두 높다란 붉은 상자로 싸여 있었다.

포크가는 찾기 쉬웠다. 칼리지 포인트 대로에서 몇 블록 떨어진 곳이었다. 48번지는 현관에 유리창이 끼워진 2층짜리 벽돌 건물이었다. 두 대의 차가 들어갈 수 있는 차고 옆에 커다란 떡갈나무 한 그루가 서 있었다. 뒤뜰에 있는 작은 창고 뒤로 나무판자로 된 높은 울타리가 뻗어 있었다. 시내가 가깝고 주변에 집들이 옹기종기 모여 있음에도 이상적인 외양을 갖춘 집이었다. 나는 벨을 눌렀다. 보통 키에 원피스를 입은 날씬한 여자가 나왔다. 나는 그녀가 아일린 민이라는 걸 알고 깜짝 놀랐다. 그렇게 젊어 보이는 여자에게 고등학생 딸이 있다는 게 믿기지 않았다.

그녀는 나를 데리고 안으로 들어갔다. 널찍한 거실에 있는 가구들이 인상적이었다. 모두 곱고 우아한 디자인에 적색 삼나무로 된 것들이었다. 골동품 같았다. 백합이 꽂힌 꽃병이 한쪽에 있는 책장 위에 놓여 있었다. 그 위의 벽에는 마른 얼굴의 중년남자 사진이 걸려 있었다. 눈은 부드럽고 이마는 나오고 머리는 빠져가는 남자 사진이었다. 나는 가죽 소파에 앉았다. 아일린이 나를 보며 말했다.

"돌아가신 제 남편이에요. 석 달 전에 돌아가셨지요."

"유감입니다."

"사미, 홍 선생님께 차를 따라드려."

구석에서 컴퓨터를 하고 있던 십 대 소녀에게 하는 말이었다.

나는 우리 쪽을 쳐다보지도 않고 자리에서 일어나는 사미에게 말했다.

"그럴 필요 없습니다."

소녀는 부엌으로 갔다. 그녀는 오렌지색 슬리퍼를 신고 종아리까지 내려오는 스커트를 입고 있었다. 발목이 가느다란 소녀였다. 키는 엄마보다 약간 작아보였지만 자태가 고왔다. 그녀가 금세 돌아와 내 옆에 찻잔을 놓았다.

"고마워요."

그녀는 아무 말도 하지 않고 내 얼굴을 빤히 바라보았다. 그녀의 눈썹이 관자놀이 쪽으로 짓궂게 살짝 움직였다. 그녀가 몸을 돌려 걸어가더니 방으로 들어갔다. 그녀의 슬리퍼가 반들반들한 바닥에 닿으며 소리를 냈다. 그녀는 문을 살짝 열어 놓았다. 우리의 대화를 엿들으려고 하는 것 같았다. 나는 내 학생증과 GRE 점수를 꺼내 아일린에게 주며 말했다.

"이게 증명서입니다."

그녀는 학생증을 살펴보고 말했다.

"퀸스 대학에 다니는 대학원 학생이라는 말이군요. 그런데 이건 뭐죠? GRE 점수라는 건?"

"아, 그건 대학원 자격시험 결과입니다. 대학원에 입학하려는 학생은 다 치러야 하는 시험입니다. 저는 영어 720점, 수학은 780점을 맞았습니다."

"몇 점이 만점이죠?"

"모두 800점입니다."

"그렇다면 좋은 점수네요. 이런 질문이 실례되는 건 알겠지만, 수학을 그렇게 잘한다면 왜 이공계 쪽으로 공부를 하지 않는 거죠?"

나는 그녀에게 사실대로 이야기했다.

"사실 저는 뉴욕 대학 신입생일 때 역사와 생물학 중 어느 걸 공부할까 고민하다가 결국 역사를 전공하기로 했습니다. 실험실에 매달리고 싶지 않았기 때문입니다. 역사를 공부하기 위해서는 시간과 좋은 도서관만 있으면 되니까요."

"머리도 있어야겠죠. 지금 역사를 공부하고 있나요?"

"네, 미국 도시사를 공부하고 있습니다."

나는 찻잔을 들어 차를 한 모금 마셨다. 그때 문틈으로 우리를 바라보고 있는 사미가 보였다. 그녀는 내가 자기를 보는 걸 알고 금세 몸을 감췄다.

연분홍색으로 빛나는 아일린의 얼굴이 환해졌다. 아몬드 모양의 눈도 반짝반짝 빛났다.

"사미 아버지께 아이를 좋은 대학에 보내겠다고 약속했답니다. 제 딸이 SAT에서 좋은 성적을 받을 수 있도록 도와주실 수 있나요?"

"그럼요. 저는 2년 전 제 사촌한테 과외를 해준 적이 있는데, 지금 캘리포니아 공과대학 1학년입니다."

"훌륭하시네요."

그녀는 나를 과외 교사로 채용했다. 다음 날부터 가르치기로 했다. 아직 여름 학기를 수강하고 있었기 때문에 저녁에만 시간이 났다. 내가 떠나기 전, 아일린은 사미를 불러 나에게 인사를 시켰다. 소녀는 고개를 숙여 인사하며 말했다.

"홍 선생님, 저를 도와주신다니 감사드려요."

나는 그녀에게 말했다.

"그냥 데이브라고 불러요."

그녀가 환하게 웃으며 말했다.

"좋아요, 데이브 선생님, 내일 봐요."

그녀의 코에 주름이 일었다.

그 집을 나서며 나는 안도했다. 토요일 저녁을 포함해 일주일에 다섯 번씩 사미를 가르칠 예정이어서, 여름에 벌어야 할 돈에 대해 더 이상 염려할 필요가 없어진 것이다.

사미는 열일곱 살이었다. 그녀는 내가 생각했던 것만큼 속도가 느리지 않았다. 그녀는 영리했다. 하지만 수학만큼은 2학년 때 수업을 빼먹은 탓에 기초가 약해서 모자란 것을 보충해줘야 했다. 그녀는 아버지의 죽음 때문에 최근 몇 달 동안 학교수업에 집중하지 못했다. 나는 그녀가 기본적인 대수학과 삼각함수를 더 잘 이해할 수 있도록 고등학교 1, 2학년 수학을 복습시켰다. 영어는 어휘력을 향상시키고 설득력이 있는 작문을 하는 데 초점을 맞췄다. 전에 문법과 작문을 가르쳐본 적이 있기 때문에 어려운 일이 아니었다. 그 외에 나는 몇 권의 책을 읽으라고 했다. 주로 소설과 희곡 작품이었다.

사미는 장난기가 아주 심했다. 그녀는 내 팔이나 머리에 코를 대고 냄새를 맡으며 농담을 했다.

"동물처럼 이상한 냄새가 나요. 그래서 선생님이 좋아요."

처음에는 그녀의 말에 당황스러웠지만 점차 그 장난에 익숙해져갔다. 그녀는 나를 향해 윙크를 하고 속눈썹을 깜빡거리기도 했다. 또, 최근에 본 영화나 텔레비전 쇼에 대해 많은 얘기를 했다. 나는 그녀를 엄격하게 학생으로 대했다. 내게 그녀는 아이였다.

공부를 할 때, 그녀의 방문은 늘 열려 있었다. 나는 아일린이 우리가 하는 말을 이따금 엿듣는다는 걸 알았다. 나는 행동거지를 똑바로 하려고 노력했다. 그리고 사미가 숙제를 할 때면, 거실로 가서 그녀의 어머니와 약간의 대화를 나눴다. 그녀의 어머니는 나와 대화하는 것을 좋아했다. 아일린은 나에게 차, 쿠키, 견과류, 설탕에 절인 과일을 가져다주었다. 때때로 나는 그녀가 나를 기다리는 듯한 느낌을 받았다.

나는 따뜻하고 편안한 그 집에 있는 게 좋았다. 내가 사는 작은 원룸은 쓸쓸했다. 나는 혼자 앉아 책을 읽고 논문을 쓰면서, 사는 게 왜 이 모양일까 생각하기도 했다. 내일 당장 크게 아프면 나는 어떻게 될까? 죽으면 나는 어디에 묻힐까? 부모님이 내 시체를 찾으러 오지 않는다면 내 몸은 화장이 되어 어딘지도 모르는 곳에 뿌려질 것이다. 교통사고로 목숨을 잃은 젊은 필리핀 친구와 알고 지낸 적이 있었다. 그는 자신이 죽으면 장기를 기증하겠다고 운전면허증 뒤에 서명을 한 상태에서 죽었다. 그가 죽자 병원 측은 그의 시체를 가져가 장기와 조직을 떼어내고, 나머지를 화장해서 그 유골을 민다나오에 있는 부모에게 우편으로 보냈다. 적어도 그게 내가 들은 전부였다. 나는 아직 확실하게 무슨 일이 있었는지 알지 못한다.

플러싱에 사는 사람과 데이트를 하는 건 어려웠다. 특히 장기간에 걸친 진지한 관계를 원할 경우 특히 그랬다. 대부분의 사람들이 낮에는 이곳에서 일하다가 저녁에는 집으로 돌아가기 때문이었다. 여기 사람들은 이곳이 다른 곳으로 가기 위해 잠시 머무는 곳인 것처럼, 오래 있을 생각이 아니었다. 전에는 여자친구가 있었지만 모두가 나를 떠났다. 다른 여자들과 가까워지려고 할 때마다 그들과 이별했던 기억이 무척 고통스럽게 다가왔다.

어느 날 저녁, 나는 사미의 집에 조금 일찍 도착했다. 그들은 막 식사를 하려고 하는 중이었다. 아일린이 내게 식사를 했는지 물었다. 나는 먹었다고 했다.

그런데 내가 머뭇거리며 말을 하는 걸 보고 아일린은 내가 식사하지 않았다는 걸 알아차렸다.

"이리 와서 우리와 같이 먹어요."

"아뇨, 배가 안 고파요."

사미가 끼어들었다.

"우리 엄마 말 들어요, 데이브 선생님. 우리 엄마가 선생님의 보스잖아요."

아일린이 재촉했다.

"그렇게 해요. 괜찮으면 그렇게 하세요."

나는 더 이상 사양하지 않고 사미 옆에 앉아서 아일린이 내 앞에 놓아준 젓가락을 집었다. 음식은 간단했다. 닭고기 카레, 설탕을 뿌린 토마토 샐러드, 구운 멸치, 밥이 전부였다. 하지만 음식은 맛있었다. 나는 구운 멸치를 처음 먹어봤다. 바삭바삭하고 소금기가 도는 것이 참 맛있었다.

"요즘은 작은 생선을 먹는 것이 건강에 더 좋대요. 큰 고기에는 수은이 너무 많이 들어 있다네요."

사미가 큰 소리로 말했다.

"한번 날마다 드셔보세요. 보기만 해도 질릴 걸요."

아일린이 자꾸 닭고기를 내 그릇에 놓아주었다. 그걸 보자 사미는 짜증이 나는 모양이었다.

"엄마, 데이브 선생님은 어린애가 아니에요."

"그래, 나도 알아. 엄마는 그저 다른 누군가와 식사를 하게 되어 좋아서 그러는 거야."

아일린이 나를 향해 얼굴을 돌리고 말했다.

"사실 3월 이후로 우리와 함께 식사한 사람이 없었거든요. 선생님이 첫 번째 주인공이세요."

우리는 잠시 말이 없었다.

"데이브 선생님, 식사는 어떻게 하시나요? 직접 요리하시나요, 아니면 여자친구가 하나요?"

"어머님, 저는 여자친구가 없습니다."

그녀는 나보다 칠팔 년밖에 차이 나지 않아 보였지만, 예의상 그렇게 불렀다. 얼굴이 타는 것 같았다. 사미의 눈이 갑자기 반짝였다. 그녀가 작은 송곳니를 드러내며 나를 향해 미소를 지었다.

그녀의 어머니가 말했다.

"어머님이라니요. 그냥 아일린이라고 하세요."

"알겠습니다."

"저녁에 사미를 가르치러 올 때마다 우리와 식사를 같이 하면 어때요? 시간도 절약되고 말이에요."

나는 어떻게 대답해야 할지 몰랐다. 사미가 끼어들었다.

"우리 엄마는 요리를 아주 잘하세요. 데이브 선생님, 그렇게 하겠다고 해요."

나는 아일린에게 말했다.

"고맙습니다. 그렇다면 과외비를 조금 적게 주시면 되겠네요."

"어리석은 소리 말아요. 같이 식사를 해주신다니 우리가 더 고맙지요. 고마워요. 혹시라도 좋아하지 않는 메뉴가 나온다고 욕이나 하지 마세요."

내가 대답하기 전에 사미가 끼어들었다.

"우리 엄마는 부자예요."

"사미, 또 그 얘기구나."

"알았어요, 알았어요."

사미가 묘한 표정을 지으며 포크로 토마토 한 조각을 찔렀다. 그녀는 젓가락을 사용하지 않았다.

다음 날 저녁, 아일린은 돼지고기와 고수풀이 들어간 타로란 수프를 만들었다. 맛있었다. 사미는 그것이 어머니의 장기라며 수프를 두 그릇이나 먹더니, 앞으로는 자주 먹었으면 좋겠다고 말했다.

"전에는 매주 이걸 요리했잖아요."

아일린은 곧 내가 해물 요리를 좋아한다는 걸 알고 새우나 가리비, 오징어 요리를 했다. 어떤 때는 노란 민어, 가자미, 물퉁돔, 농어를 요리하기도 했다. 나는 낮부터 과외 집에 가는 시간을 기다렸다. 다른 일들로 바쁠 때조차 그랬다. 처음에는 그런 생각을 하지 않으려고 했다. 몸무게도 계속 불어날 것 같았다. 그래서 친구들과 종종 테니스를 쳤다.

때때로 나는 일찍 도착해 아일린이 요리하는 걸 도와주었다. 마늘을 까기도 하고, 캔이나 병을 따기도 하고, 후추를 갈거나 쓰레기봉지를 바꿔 끼우기도 했다. 그녀 주변에 있는 게 그냥 좋았다. 아일린이 뭔가 집 안에 고장 난 게 있다고 말하면 대부분 고쳐주었다. 그녀는 너무 고마워했다. 그녀는 여분의 돈을 주겠다고 했지만 나는 거절했다. 그들은 나를 가족처럼 대했다. 나도 그들이 좋았다.

사미의 수학 실력이 상당히 좋아졌다. 하지만 영어는 속도가 나질 않았다. 그녀는 보통 내가 하라는 대로 했다. 영어 교과서 뒤에 있는 단어들을 다 외우려고도 했다. 하지만 두 과목을 완전히 정복하는 데는 여러 가지 무리가 따랐다. 사미의 아버지는 죽기 전에 딸이 아이비리그 대학에 입학하는 모습을 보고 싶다고 했던 모양이었다. 나는 그 점을 부각시키지 않고 늘 그녀를 격려해주었다.

어느 날 저녁, 사미에게 삼각함수를 설명해주고 있을 때였다. 아일린이 헐떡이며 들어왔다.

"차 시동이 안 걸리네요."

내가 물었다.

"문제가 뭐죠?"

"전혀 모르겠어요. 오늘 아침까지 몰고 다녔는데 아무 문제가 없었어요."

나는 사미에게 문제를 몇 개 풀어놓으라고 하고 아일린과 함께 나갔다. 그녀의 청색 볼보가 떡갈나무 밑 차도에 주차되어 있었다. 근처 도로에 몇 마리의 유충이 꿈틀거리고 있었다. 아일린은 그것들을 밟지 않으려고 조심조심 걸었다. 나는 차 안에 들어가 키를 넣고 돌렸다. 시동 장치가 느릿느릿 돌아갔다. 그러나 시동은 걸리지 않았다.

"배터리가 나갔나 봐요. 배터리를 마지막으로 바꾼 게 언제였나요?"

"이건 새 차예요. 3년밖에 안 됐어요."

"그 정도면 배터리가 나빠질 때가 됐어요."

그녀는 손을 씻는 것처럼 양손을 연신 비비고 있었다.

"그럼 어떻게 해야 하나요? 독서 모임에 책을 배달해주기로 돼 있거든요."

그녀는 남편이 하던 작은 출판사를 물려받아 운영하고 있었다. 그날 저녁에 회사 행사가 있는 모양이었다.

"독서 모임은 어디에서 있나요?"

"고등학교에서요."

"책이 몇 권이나 되나요?"

"서른 두 권요. 상자에 가득 들어 있어요."

학교는 그다지 멀지 않았다. 걸어서 20분쯤 되는 거리였다. 그래서 나는 그 책들을 직접 가져다주겠다고 했다. 그녀는 잠시 생각을 하더니 말했다.

"택시를 부르는 게 나을지도 모르겠네요."

그러더니 갑자기 생각을 고쳐먹고 말했다.

"정말로 책을 옮겨줄 수 있어요?"

"당연하죠."

"정말 친절하시군요."

나는 집으로 들어가 사미에게 상황을 설명했다. 내가 다시 나왔을 때, 아일린은 바퀴가 달린 적갈색 여행가방의 손잡이를 잡고 있었다.

그녀가 말했다.

"여기에 책을 다 넣었답니다."

"좋은 생각이네요."

나는 그녀가 여전히 내 도움을 필요로 하는지 의문이었다. 그 가방이라면 그녀 혼자서도 끌 수 있기 때문이었다. 하지만 나는 같이 가기로 했다.

우리는 중심가를 따라 노던 대로를 향해 걸음을 서둘렀다. 여행가방은 무겁지 않았지만 도로를 건널 때마다 연석에서 그걸 들어 올려야 했다. 금세 땀이 나기 시작했다. 티셔츠의 등 자락이 축축해졌다. 사람들이 우리 두 사람을 흘깃흘깃 쳐다보는 게 느껴졌다. 어쩌면 그들은 우리를 부부라고 생각할지도 몰랐다. 아일린은 나보다 열세 살이 많았지만 나이보다 어려 보였다. 허리는 잘록하고 다리는 날씬하며 걸음걸이는 경쾌했다. 그녀는 걸어가면서 휴지로 얼굴을 훔쳤다. 나는 부피가 큰 가방을 끌고 가고 있음에도 데이트를 하는 것처럼 흥분하고 있었다. 우리가 37번가를 건널 때, 그녀가 이렇게 말했다.

"땀 좀 닦아줄게요."

나는 돌아서서 그녀가 내 이마와 볼에 흐르는 땀을 닦게 놔뒀다. 그게 너무 자연스러워 처음인 것 같질 않았다. 그녀가 미소를 지었다. 그녀의 눈에 감정이 가득 담겨 있었다. 문득 나는 우리가 통행인들이 많은 광장 한가운데에 있다는 사실을 깨달았다.

"서두르는 게 좋겠어요."

우리는 걸음을 서둘렀다. 그러다가 금세 다시 멈췄다. 몽골 음식점인 리틀 램 근처에서 아일린이 펭이라는 허리가 굽은 남자를 우연히 만난 것이었다. 그는 아직도 뭔가를 씹으며 음식점에서 막 나온 참이었다. 그녀가 서로를 소개했음에도 그 남자는 자꾸 나를 노려봤다. 부석부석한 눈에는 핏발이 서 있었고 입은 움푹 들어간 남자였다. 그는 아일린과 얘기를 하면서 내가 있는 것이 신경에 거슬리는 것처럼 나를 자꾸 바라보았다. 나는 근처에 서서 기다리고 있었다. 잠시 후, 아일린이 말했다.

"펭 아저씨, 제가 급히 가야 되니까 이 문제는 다음에 얘기해요."

"알았소. 내가 들르도록 하지."

노인은 기분이 별로 좋아 보이지 않았다. 그는 이쑤시개로 이를 쑤시며 비틀비틀 걸어갔다.

우리는 북쪽으로 가던 길을 계속 갔다. 아일린은 펭 아저씨가 10년 전 미국으로 오기 전에는 중국에서 《민중예술》이라는 기관지의 편집자이자 전업 작가였다고 말해주었다. 20년쯤 연하인 그의 아내는 펭 씨가 집에서 책을 쓸 수 있도록 골드시티 슈퍼마켓에서 일한다고 했다. 최근에 그는 3부작을 끝냈다. 아일린은 그걸 출판하기로 계약했지만 손해를 볼 것 같다고 했다. 남편이 죽기 전에 원고의 일부를 읽어보고 내용이 좋다며 출판해주기로 약속을 했기 때문에 어쩔 수 없는 것이다. 펭 씨는 남편의 친구이기도 했다. 이제 아일린은 그 약속을 지켜야 했다.

그녀가 운영하는 에브리맨 출판사는 직원이 세 명밖에 없는 작은 출판사였다. 직원도 모두 파트타임이었다. 그럼에도 출판사가 여전히 운영될 수 있었던 것은 작고한 남편이 도입했던 주문 출판 시스템 덕이었다. 그 시스템은 비용을 거의 들이지 않고 소량의 책을 출판할 수 있었다. 그는 그 기술에 25만 달러 이상을 투자했다. 그건 그가 평생 저금한 돈의 반에 해당하는 액수였다. 원래는 제약업에 종사했는데 워낙 책과 잡지, 신문에 관심이 많아 결국 출판사를 차렸고, 지금까지 대여섯 명의 시인들을 포함한 이름 없는 작가들의 작품을 출판했다. 아일린은 처음에는 편집자로 일했다. 이제 그녀는 사장이자 경영자였다.

우리는 계속 걸었다. 한국어로 된 간판이 보이기 시작했다. 대부분의 창문에 판자가 대진 작은 건물이 나타났다. 아일린은 '돼지와 사람에 관하여'라는 제목의 3부작 중 첫 소설의 편집을 막 끝냈다고 말했다.

"소설이 마음에 안 들어요. 너무 지루하고 반복적이에요. 이걸 어떻게 팔아야 할지 모르겠어요."

우리는 시간에 딱 맞춰 고등학교에 도착했다.

나는 회의실 입구에 여행가방을 내려놓고 사미에게 돌아가고 있었다. 땅거미가 지고 있었다. 네온사인이 하나둘씩 나타나기 시작했다. 나는 아일린에 대한 생각에 잠겼다.

그 집 거실에는 늘 꽃이 있었다. 사미의 말에 따르면, 그녀의 어머니를 쫓아다니는 남자들이 준 꽃들이라고 했다. 여러 사람이 그녀에게 구애를 하고 있었다. 대부분 오십 대나 육십 대 남자들이라고 했다. 결혼을 한 남자들도 있었다. 그들은 뻔뻔스럽게도 그녀를 정부로 삼아볼까 하고 접근했다. 장례식장을 해서 많은 돈을 번 어떤 남자가 데이트를 해주면 피아노를 사주겠다고 했다. 아일린은 자기 집에 피아노를 놓을 공간이 없으며 그걸 배우기에는 나이가 너무 들었다며 거절했는데, 그러자 그 남자는 장례식장 중 하나를 그녀에게 주겠다고 제안했다.

내가 말했다.

"오싹한 말이네."

사미가 깔깔거리며 말했다.

"맞아요, 엄마는 그 말을 듣고 소름이 돋았대요."

아일린은 그런 남자들에게 고인이 된 남편에게 딸이 공부를 잘할 수 있도록 돌보겠다고 약속해서 당분간 어떤 남자와도 만나지 않을 거라고 말한다고 했다.

다음 날, 나는 아일린의 차에 배터리를 새로 사서 장착했다. 그리고 배터리가 완전히 충전되고 전기 장치가 제대로 돌아가도록 차를 몰고 돌아다녔다. 아일린은 내 도움에 감동을 받고 나한테 돈을 주려고 했다. 하지만 나는 그녀에게 이렇게 말했다.

"생일선물로 받았다 치세요."

그녀는 말없이 고개를 끄덕였다. 오랫동안 그녀는 부드러운 눈길로 나를 쳐다보았다. 기분이 무척 좋았다. 인생에서 처음으로 괜찮은 여자에게 쓸모 있는 사람이 됐다는 자부심으로 가슴이 부풀었다.

아일린의 마흔한 번째 생일이 다가오고 있었다. 사미는 내게 어머니의 생일을 어떻게 축하해줘야 할지 모르겠다고 말했다. 옛날 같으면 아버지가 고급 레스토랑에 데리고 갔을 거라고 했다. 그곳에 가면 어머니를 위한 케이크가 준비되어 있었다고도 했다. 올해는 아버지가 안 계시는 상황이어서 사미는 둘이 나가서 외식을 하자고 했지만 어머니가 집에서 식사하는 게 더 좋겠다고 했다고 했다. 그 말은 나를 초대한다는 뜻이었다. 사미는 어머니가 좋다면 그것도 괜찮다고 생각했다.

나도 아일린을 위해 무엇을 할 것인지 생각해보고 있었다. 많은 돈을 쓸 수는 없었지만 자동차 배터리보다는 뭔가 더 사적인 것을 해주고 싶었다. 나는 노점에서 몇 달러짜리 칠보 귀걸이를 샀다. 오래된 종 모양의 하늘색 귀걸이였다. 나는 사미가 어머니 생일 선물로 다이아몬드 손목시계를 샀다는 걸 알고 있었다. 사미는 어머니의 시계가 아무 때나 멈추기 때문에 좋은 게 필요하다고 했다. 사미는 값비싼 취향을 갖고 있었다.

아일린의 생일은 8월의 어느 화창한 날이었다. 그날 저녁,

동쪽에서는 차들이 오가는 소리가 희미하게 들리고, 탁아소를 운영하는 집 뒤에서는 아이들이 행복하게 뛰노는 소리가 들렸다. 활기차고 평화로운 분위기였다. 아일린은 커다란 병어 한 마리를 찌고 돼지고기 안심을 튀겼다. 음식이 차려지자 우리는 식탁에 앉았다. 아일린은 작은 술병을 따더니 각자의 잔에 따라주었다. 사미와 나는 약 냄새가 나는 그 술을 좋아하지 않았지만 아일린은 좋아했다. 그녀는 그 술이 위장에 좋다며 한 모금 꿀꺽 마셨다. 그녀의 취향은 색달랐다. 나라면 맥주를 선호했을 것이다. 하지만 요리는 아주 맛있었다. 양념을 친 두부와 잘게 썬 레몬이 섞인 샐러드가 특히 맛있었다. 나는 자꾸 음식을 권하는 아일린을 만류하지 않았다. 그녀는 들떠 있었다. 하지만 사미는 약간 우울해보였다. 마음이 딴 곳에 가 있는 것 같았다.

사미와 나는 초콜릿 케이크에 꽂힌 초에 불을 붙이고 생일 축하 노래를 불렀다. 아일린은 얼굴이 빨개지며 말없이 미소를 지었다. 사미가 그녀에게 선물을 주었다. 시계를 보자 아일린이 말했다.

"고맙다, 얘야. 그런데 돈을 너무 많이 썼구나. 너무 비싸겠어."

그녀는 시계를 차보지도 않고 옆으로 밀쳐놓았다. 시계는 덮개가 열린 채 벨벳 케이스에 그대로 있었다.

이제 내 차례였다. 나는 그녀에게 귀걸이가 든 작은 붉은색 봉투를 내밀었다.

"감사의 표시로 받아주시면 좋겠어요."
아일린이 봉투를 열며 소리쳤다.
"나를 위해 이걸 샀단 말이에요? 정말로 고마워요!"
그녀는 귀걸이를 딸의 눈앞에 들어보였다.
"아름답지 않니?"
"그러네요."

사미가 얼굴을 찡그리더니 고개를 숙였다. 어머니가 좋아하는 모습을 보고 싶지 않아서였다. 사미는 어머니의 팔꿈치에 놓여 있는 자신의 선물을 흘깃 바라보았다. 나는 당황스러웠다.

아일린의 볼과 목이 빨개졌다. 잠시 그녀의 눈이 흔들리며 빛났다. 그녀는 귀걸이를 계속 만지작거렸다. 사미가 그 자리에 없었다면 아일린이 귀걸이를 해보려고 할지도 모른다는 생각이 들었다. 귀걸이 심이 들어가기에는 귓불에 난 구멍이 거의 다 메워졌지만 그래도 해보려고 했을 것 같았다.

그녀가 물었다.
"데이브 선생님 생일은 언젠가요?"
"10월 23일이에요."
"아, 두 달밖에 안 남았네요. 달력에 표시를 해뒀다가 축하를 해드려야겠어요."

나는 안심이 되었다. 그렇게 말했다는 것은 사미의 가을 학기가 시작된 다음에도 나를 계속 고용하겠다는 뜻일 것이다. 나는 수입이 필요했다. 사미가 나를 골똘히 쳐다보는 것 같았다. 내가 무슨 생각을 하는지 눈치챘는지도 모를 일이었다.

나는 사미에게 말했다.

"너는 나하고 좀 더 지내야 되겠구나."

"나는 선생님을 포기하지 않을 거예요."

그녀는 이렇게 말하고, 작은 송곳니를 드러내며 사나운 표정으로 웃었다.

"제 생일은 신경 쓰지 마세요."

"선생님은 사미가 대학에 지원하는 걸 도와주실 거죠?"

"그럼요, 기꺼이 그렇게 해드리죠."

"그렇다면 우리를 버리시면 안 되죠."

사미가 골이 난 것처럼 자리에서 일어났다. 아일린이 딸의 팔목을 잡으며 물었다.

"왜 일어나는 거야?"

"머리가 아파서 혼자 있어야겠어요."

그녀는 어머니의 손을 뿌리치고 입을 삐죽거리며 자기 방으로 향했다.

아일린이 내게 말했다.

"걱정하지 말아요. 괜찮아질 거예요."

그때 사미의 방에서 컵이나 병 같은 게 깨지는 소리가 들렸다. 나는 그때까지 그녀의 돌아가신 아버지에 대해서는 생각하지 못하고 있었다.

사미는 45번가에 있는 요양원에서 금요일 저녁마다 자원

봉사를 하기 시작했다. 빨래를 하는 일이었다. 대학에 지원할 때 자원봉사 가산점을 받기 위해서였다. 그녀는 세탁실에서 고약한 냄새가 나서 토할 것 같다고 했지만 노인들이 자기를 좋아해준다며 기뻐했다. 노인들이 사미를 좋아한 이유는 그녀가 다른 직원들처럼 자신들에게 소리를 지르지 않았기 때문이다. 그녀는 종종 나한테 그곳에 관한 얘기를 하면서, 자기는 늙으면 요양원에 가느니 차라리 자살해버리겠다고 했다. 한번은 야간 당직자가 그녀에게 침대에 몸져누워 있는 할머니들의 몸을 수건으로 닦아주는 일을 도와달라고 했던 모양이다. 그녀가 할 일은 간호사들이 노인의 등을 문지르고 씻기는 동안 어깨를 잡고 있는 일이었다. 그들 중 일부는 등 이곳저곳에 종기가 나 있었다. 해골처럼 피골이 상접한 어떤 노인은 광둥어로 비명을 질렀다. 사미는 무슨 말인지 이해하지 못했지만 자신에게 욕을 하고 있다는 걸 직감적으로 알아챘다. 머리가 희끗희끗한 다른 노인은 계속 흐느끼기만 했다. "나는 귀찮은 존재야. 빨리 죽는 게 나아!" 사미는 그들에게서 나는 땀과 오줌 냄새에 숨을 참고 있었다.

그녀는 자기 어머니에게도 똑같은 얘기를 했다. 아일린은 딸이 인정하는 것 이상으로 동요하고 있는 게 아닐까 걱정이 되는지, 사미가 그 일을 그만둬야 좋을지 어쩔지 내 의견을 물었다. 나는 사미가 그 일에 대해서 기탄없이 얘기를 하는 한, 괜찮을 것이라고 그녀를 다독였다. 사실 사미는 의지가 좀 약해보이긴 해도 그렇게 무른 아이는 아니었다. 나는 그러한 일을 하면서 사미가 조금 강해질 것이라고 믿었다. 그리고 일이 어려운 만큼, 요양원 원장한테 추천서를 잘 써달라고 할 수 있을 것이었다. 그렇게 되면 대학에 지원할 때 유리해질 수 있었다. 아일린도 내 의견에 동의했다.

아일린이 고용한 사람 중 하나가 미니애폴리스에서 열리는 아들 결혼식에 참석하기 위해 일주일간 휴가를 내자, 나는 오후에 일을 거들어주겠다고 제안했다. 나는 인쇄기나 컴퓨터 프로그램을 어떻게 작동시키는지 알지 못했다. 그래서 주로 복사나 잔심부름을 했다. 어느 날 오후였다. 펭 씨가 들르더니 그의 소설에 관한 일로 아일린과 말다툼을 하기 시작했다. 나는 '누구의 것이든 출판한다. 평범한 사람에 관한 이야기를 보급시킨다'는 회사의 좌우명이 적힌 두 개의 두루마리가 벽에 수직으로 걸려 있는 안쪽에서 광고 문안을 확인하고 있었다.

펭 씨가 짜증 섞인 목소리로 말했다.

"안 돼, 초판은 적어도 1000부는 찍어야 한단 말이오."

나는 그와 아일린이 있는 곳을 쳐다보았다. 두 사람은 찻잔을 앞에 놓고 기다란 탁자에 앉아 있었다. 노인은 팔꿈치를 탁자에 괴고 마디가 굵은 손으로 턱을 잡고 있었다.

아일린이 말했다.

"사리에 맞게 말씀을 하셔야죠. 그렇게 많이 팔 수가 없는 상황이에요. 그걸 둘 곳도 마땅치 않고요."

"그렇다면 몇 부나 찍을 거요?"

"많이 잡아야 200부예요."

"그건 말도 안 돼."

"우리는 소설을 200부 이상 찍은 적이 없어요. 더 찍고 싶으시면, 출판에 들어가는 돈을 대셔야 해요."

노인이 경악스럽다는 듯 뒤로 물러나 앉았다.

"무슨 말을 하는 거요?"

"주문하신 여분의 부수는 구입을 하셔야 한다는 말이에요."

"지금은 돈이 없소."

"솔직히 말씀드려서, 이 책에 큰돈을 투자할 수는 없어요."

펭 씨는 주먹을 입에 대고 기침을 하고선 한숨을 쉬었다.

"그렇다면 현실을 인정해야 되겠군. 전에는 초판에 8000부를 찍었단 말이오."

"그건 중국에서였죠. 저한테 화내지 마세요, 어르신. 필요하면 언제든지 더 찍을 수 있으니까요."

"그럼 당신 말을 믿겠소."

"약속하죠."

노인은 볼이 부은 채, 구부정한 자세로 문을 나섰다. 아일린은 긴 한숨을 내쉬고 엄지와 검지로 관자놀이를 문질렀다. 밖에서는 트럭이 불을 번쩍이고 경고음을 내며 도로에 뜨거운 김이 나는 아스팔트를 퍼붓고 있었다. 안전모를 쓴 인부가 노란 깃발을 들고 교통 정리를 하고 있었다.

나는 아일린이 수익이 나지 않을 뿐만 아니라 혼자서 운영하기에도 버거운 출판사를 얼마나 오래 이끌어갈 수 있을지 궁금했다.

9월 하순의 어느 오후였다. 친구와 테니스를 치다가 발목을 삐었다. 며칠 동안 과외를 해줄 수 없었는데, 사미가 과외를 받으러 내가 사는 곳으로 왔다. 그녀는 내가 사는 아파트에 오자 무척 좋아했다. 아파트는 허름하긴 했지만 우리 두 사람을 위한 친밀한 공간을 제공했다. 사미는 내가 얘기할 때마다 나를 빤히 쳐다보았다. 웃음소리도 크고 자유로웠다. 그녀는 우리가 몇 년 동안 서로를 알고 지낸 것처럼 내 팔을 두드렸다. 한번은 내가 그녀에게 '이봐'라고 하자 내 볼을 꼬집기까지 했다. 이따금 그러지 말고 공부를 하라고 충고했지만, 그녀는 전보다 공부는 덜 하고 말은 더 했다. 그녀는 분홍색이 도는 콧구멍을 약간 씰룩거리며 냄새를 맡더니 이렇게 말했다.

"흠, 이 방에서 나는 냄새가 좋아요."

며칠 후, 검은색 셔츠가 보이지 않았다. 사흘 전에 입고 세탁바구니가 가득 차서 옆에 그냥 뒀었는데 보이질 않았다. 그 주에 내 아파트에 들어온 사람은 사미 말고는 아무도 없었다. 그녀가 그걸 가져갔을지 모른다고 생각하자 큰일이다 싶었다. 그녀는 어린애에 불과했다. 전에는 내 냄새가 좋다고 한 사람이 없었다. 처음 사귄 여자친구는 오히려 고약한 냄새가 난다며 침대로 가기 전에 늘 샤워를 하게 했었다. 그녀는 자기 빨래와 내 빨래를 섞지도 못하게 했다. 두 번째 여자친구는 불평을 한 적이 없었다. 그 후로는 탈취제를 거의 사용하지 않았다.

그때 아일린이 전화를 해서 저녁에 딸이 집을 떠나 있으니 마음이 편치 않다고 말했다. 나는 발목이 나아가고 있으니 집으로 가서 과외를 하겠다고 했다. 나는 그녀의 요리가 그리웠다. 하지만 놀랍게도 다음 날 저녁, 아일린이 과일바구니를 들고 아파트에 나타났다. 귤, 자두, 사과, 배가 바구니에 가득 들어 있었다. 그녀는 미리 얘기하지 못해서 미안하다고 했다. 나는 가슴이 설레었다. 며칠 동안 그녀를 생각하고 있었던 것이다. 나는 그녀에게 허브차를 끓여주었다. 그녀는 얼굴을 한쪽으로 약간 기울이고 있었다. 그 모습이 행복해보였다.

그녀가 말했다.

"선생님이 움직일 수 있게 돼서 너무 기뻐요. 걱정을 많이 했거든요."

"사미요? 아니면 저요?"

그녀가 킥킥 웃었다.

"둘 다요."

나는 얼굴을 붉히며 불쑥 말했다.

"저도 당신을 생각하고 있었습니다."

그 말에 그녀가 고개를 숙였다. 얼굴이 홍당무가 되어 있었다. 그러더니 그녀가 눈을 들어 내 얼굴을 바라보았다. 나는 그녀의 팔목을 손으로 만졌다. 그녀는 다른 손을 내 가슴에 댔다. 우리는 서로를 껴안았다.

우리는 늘 그러기라도 했던 것처럼 내 침대로 갔다. 그녀가 열정적인 목소리로 고백했다.

"당신이 이렇게 해주기를 얼마나 자주 상상했는지 몰라요!"
내가 그녀의 몸에 들어가 있는 동안, 그녀는 나를 두 팔과 다리로 꼭 끌어안았다.

그녀는 한 시간 동안 머물렀다. 처음으로 내 아파트에 사람의 온기가 돌았다.

그녀가 치마의 주름을 펴며 말했다.

"우리 집으로 와서 사미를 가르쳐요. 그 애가 저녁에 나가면 맘이 편치 않아요. 특히 당신하고 있으니 더욱 그래요. 당신을 좋아하는 여자들이 많을 거예요."

"이미 그러기로 했잖아요. 그건 걱정하지 말아요. 나는 성숙한 여자가 좋아요."

나는 내가 매력적이지 않다는 걸 알았다.

그녀는 고개를 끄덕이고 미소를 지으며 갈 준비를 했다. 나는 그녀를 배웅하기 위해 비틀거리며 일어났다. 그러나 그녀는 나를 제지하고 씩씩하게 문으로 걸어갔다. 그녀는 문을 닫기 전에 몸을 돌려 말했다.

"당신이 그리울 거예요. 거기도요."

그녀의 집게손가락이 내 사타구니를 가리키고 있었다. 그녀가 깔깔거리며 사라졌다.

그녀는 내 베개에 엷은 살구향을 남기고 갔다. 나는 그녀의 냄새가 밴 베개에 얼굴을 반쯤 묻고 오랫동안 몽상에 잠겼다. 나는 그녀의 집에서 그녀와 안고 있는 모습을 상상해보았다.

일주일 동안 나는 사미가 대학에 제출할 에세이 쓰는 것을 도와주었다. 그녀는 대체로 글을 잘 썼지만, 추상적인 말이나 상투어로 문장이 뒤죽박죽일 때가 더러 있었다. 나는 간단명료하고 모든 문장이 유기적이 되도록 글을 쓰되, 의도하지 않았음에도 어떤 것이 반복될 경우 그것을 결점으로 생각하라고 했다. 나는 학교마다 수천 통의 지원서를 받고 있기 때문에 모든 사람의 것을 꼼꼼하게 읽어볼 수는 없다고 설명했다. 글을 읽는 사람들은 글에서 받은 인상에 입각해 판단을 내리고, 지원자가 글을 제대로 쓸 수 있는지를 결정한다고 설명해주었다. 그러니 글이 분명하고 흥미로우면 내용은 덜 중요한 거라고 말해주었다.

아일린과 나는 잠깐 얘기를 하고 서로를 아쉬운 눈으로 바라보았다. 우리는 사미가 요양원 자원봉사를 나가는 금요일 저녁에나 같이 있을 수 있었다. 나는 금요일 저녁이면 집으로 슬그머니 들어가서 그녀와 두 시간 동안 침대에 같이 있었다. 나는 아일린을 사랑했다. 그녀와 함께 있으면 편안하고 만족스러웠다. 그녀는 내가 정박할 수 있는 화사한 항구 같았다. 그녀는 내게 자기 딸이 우리 관계를 의심하지 않도록 해달라고 했다.

내 생일이 일주일 앞으로 다가왔다. 사미와 아일린은 자기들끼리 나한테 뭘 줄 것인지 얘기하는 모양이었다. 그들은 내 의견을 묻기까지 했다. 사미는 두 개의 테니스 라켓을 샀다. 나는 그녀가 라켓을 침대 밑에 넣는 걸 보았다. 나는 그녀가 내게 두 개를 다 줄 것인지, 아니면 하나만 줄 것인지 궁금했다. 언젠가 나한테 봄이 되면 테니스를 가르쳐달라고 한 적이 있었기 때문이다. 그녀의 요청에 나는 기분이 좋아졌다. 그건 나한테 계속 있어 달라고 하는 의미이기 때문이었다.

사실 나는 테니스를 잘하지는 못했다. 그래서 사미가 약속을 지키라고 할 것에 대비해 친구와 더 자주 테니스를 쳤다.

아일린의 방에는 포장을 뜯지 않은 노트북컴퓨터가 있었다. 나는 어느 날 저녁, 그 집을 나서다가 사미가 자기 어머니에게 불평하는 소리를 들었다.

"선생님이 내년에도 여기에 있으면 그때는 차를 사줄 건가요?"

아일린이 말했다.

"나는 선생님이 너를 더 도와주셨으면 좋겠다."

그녀는 내 모니터가 고장 나는 바람에 내가 도서관 컴퓨터를 이용하고 있다는 걸 알고 있었다.

내 생일이 사흘 앞으로 다가왔다. 금요일 저녁이었다. 나는 다시 그 집을 향해 발을 옮겼다. 포크가로 돌아서는데, 펭 씨가 아일린의 앞뜰에서 나오는 게 보였다. 그는 소매가 흔들거리는 외투 비슷한 점퍼를 입고 있었다. 나는 그를 향해 손을 흔들며 인사를 했다. 그가 무슨 말인가 툴툴거리며 얼굴을 찡그리더니 심하게 기침을 했다.

아일린은 문을 열더니 나를 껴안았다. 나는 펭 씨가 왜 그렇게 기분이 안 좋아 보이는지 물었다.

"똑같은 이유죠. 자기 소설을 500부 찍어달라네요."

우리는 그녀의 침실 문밖에 신발을 벗어놓고 서둘지 않고 사랑을 하기 시작했다. 밖에서는 땅거미가 짙어져가고 있었다. 우리는 밤을 지새울 것처럼 킹사이즈 침대를 파고들었다. 불은 꺼져 있었다. 아일린이 어둠을 좋아하는 탓이었다.

"마음 놓고 하고 싶어서요."

이것이 이유였다.

그녀가 물었다.

"내가 당신 아이를 낳는 건 어때요?"

"좋죠. 아이를 여럿 낳고 싶어요. 얼마나 낳아줄래요?"

"할 수만 있다면 대여섯쯤요."

"나는 아이들이 좋아요."

갑자기 문을 두드리는 소리가 났다. 나는 일어나 앉았다. 숨이 막히고 가슴이 방망이질을 했다. 사미의 날카로운 소리가 들렸다.

"염병할 인간들! 이 뻔뻔한 짐승들!"

사미가 다시 문을 쳤다. 이번에는 둔탁한 소리였다. 내 신발로 친 게 분명했다. 그러더니 그녀는 위층으로 달려갔다. 아일린은 혼비백산했다. 얼굴은 창백해져 있었다. 막 떠오른 달이 드리운 희미한 빛 속에서 그녀의 눈이 깜빡였다. 그녀가 말했다.

"빨리 가세요!"

식은땀이 났다. 나는 급히 옷을 입고 집을 나섰다. 내가 부리나케 달려갈 때, 가로등 불빛이 내 눈 속에서 춤을 추었다.

다음 날 아침, 아일린이 전화를 했다. 지친 목소리였다. 그녀는 많은 얘기를 하지 않았다. 사무실에 혼자 있는 게 아님이 분명했다. 그녀는 저녁에 집으로 와달라고 했다. 나는 그러겠다고 했다. 나는 그녀가 어째서 그런 일로 전화를 한 건지 이유를 알 수 없었다. 어쩌면 그녀는 내가 계속 사미를 가르쳐줄 수 있는지 확인하고 싶었는지도 몰랐다. 하지만 내가 어떻게 두 사람 앞에서 편안할 수 있을까.
나는 저녁을 먹고 나서 무거운 마음으로 아일린의 집을 향해 출발했다. 그 집에 가까이 가자 쓰레기통 옆에 종이상자가 있는 게 보였다. 그 상자 위에 두 개의 테니스 라켓이 놓여 있었다. 대부분 줄이 끊어져 있었다. 그걸 보자 가슴이 찢어지는 것 같았다. 6미터쯤 떨어진 곳에서 대여섯 마리의 참새가 더러운 빗물로 깃털을 씻는 모습이 보였다. 새들은 날개를 파닥이고 깃털을 쪼며 나를 무시하고 행복하게 지저귀고 있었다. 어찌 된 일인지 나는 새들을 보자 기분이 좋아졌다.
나는 벨을 눌렀다. 아일린이 문을 열고 나를 거실로 안내했다. 그러고는 내게 수표를 건넸다. 그녀가 목멘 소리로 말했다.
"데이브, 당신의 도움은 더 이상 필요 없을 것 같아요. 당신을 모욕하기 위해서 오라고 했다고는 생각하지 말아줘요. 사미가 나한테 자기가 보는 앞에서 이 점을 분명히 하라고 해서 그럴 뿐이에요."

그녀의 목소리가 흔들리고 있었다.

내가 가까스로 말했다.

"이해합니다. 정말 고맙습니다."

나는 수표를 받아들었다. 집이 흔들리는 것 같았다.

내가 문을 향해 돌아서기 전에 사미가 말했다.

"잠깐 기다려요. 우리 어머니가 당신한테 줄 게 있대요."

아일린이 소리쳤다.

"사미, 그만해!"

사미가 소파 위에 있는 노트북컴퓨터를 가리키며 말했다.

"어째서 가져가라고 하지 않는 거죠? 반품하지도 않을 거고 부숴버리지도 않을 거면서. 이거 가져가세요."

그녀는 내 대답을 기다리지도 않고 손으로 입을 가리고 자기 방으로 뛰어갔다.

아일린이 중얼거렸다.

"저 아이를 용서해주세요."

"괜찮아요."

나는 그녀의 창백한 얼굴과 떨리는 뺨을 바라보았다. 그리고 밖으로 나왔다.

이틀 후, 노트북컴퓨터가 배달되어왔다. 나는 돌려보낼까 하다가 그렇게 하면 아일린이 상처를 받을까 두려웠다. 그녀가 몹시 그리웠다.

이후 몇 주 동안, 나는 사미와 계속 마주쳤다. 처음에는 겸

연쩍었지만 그녀는 아시아 이민자들이 당한 강도 사건, 티베트 스님의 유익한 설교, 춘제맞이 공연 등 이런저런 것들에 대해 심드렁하게 얘기했다. 그녀는 전처럼 나를 골리지도 않았다. 이따금 나한테 전화를 하기까지 했다. 나는 그녀에게 아일린을 정말로 좋아하며, 우리들의 관계를 인정해줬으면 좋겠다고 말했다. 나와 있는 동안 아일린이 행복했으며, 그녀 덕분에 내가 더 좋은 사람이 되었다는 말까지 했다.

사미가 화를 내며 말했다.

"그건 잊어버려요. 우리 엄마는 선생님의 어머니가 될 정도로 나이가 많아요. 선생님도 우리 엄마한테 '어머님'이라고 한 적이 있잖아요."

"사미, 네 어머니는 나보다 열세 살밖에 많지 않아."

"결혼도 안 할 거면서 어머니의 마음을 갖고 놀려고 하는 거죠?"

"내가 결혼하지 않을 거라는 걸 네가 어떻게 알지?"

"우리 어머니는 당신에게 아이를 낳아줄 수 없으니까요."

"상관없어."

"잠시 재미 좀 보다가 차버리겠죠."

"다시는 나한테 전화하지 마."

나는 전화를 끊어버렸다. 아일린이 불임이라고 생각하자 얼떨떨한 기분이 들었다.

사미의 말에 화가 났지만, 나는 그녀의 말이 사실이라고 생각했다. 우리가 사랑을 할 때, 아일린은 피임에 대해 얘기한 적이 없었다. 나는 그녀가 피임약을 먹고 있다고 생각했다. 내가 아이를 못 낳는 여자와 결혼하면 우리 집에서는 난리가 날 것이다. 나는 외아들이었고, 부모님은 내가 대를 잇기를 원했다.

하지만 나는 아일린을 마음에서 몰아낼 수 없었다. 나는 세상일에 귀를 막고 그녀의 킹사이즈 침대에서 같이 자고 싶었다. 지금까지 이렇게 절망적으로 사랑에 빠진 적이 없었다. 한번은 그녀에게 전화를 하기도 했다. 나는 가쁜 숨을 쉬며 보고 싶다고 말했다. 그녀는 한숨을 쉬며 다시는 연락하지 말라고 했다. 적어도 사미가 대학에 서류를 다 넣을 때까지는 하지 말라고 했다.

"지금 당장은 그 아이를 혼란스럽게 하고 싶지 않아서 그래요."

그녀의 목소리는 체념한 듯했다. 하지만 나는 그녀도 내 생각을 하고 있다는 걸 알았다. 나는 인내심을 갖자고 스스로를 타일렀다.

어머니와 달리 사미는 늘 나한테 연락을 했다. 그녀는 전화로 대학 진학에 관해 어떻게 해야 하는지 계속 물었다. 그녀의 SAT 성적은 높지 않았다. 그래서 아이비리그 대학에 들어갈 확률은 적었다. 나는 사미에게 뉴욕에 있는 몇 개의 대학과 더불어 펜실베이니아 주립대학과 코넬 대학에 지원하라고 충고해주었다. 그녀는 뉴욕 대학에 들어가고 싶어 했다. 집 가까이에 살며 어머니의 친구가 돼주고 싶어 했다.

어느 토요일 아침이었다. 나는 공공도서관에서 사미를 우연히 만났다. 2층에 있는 서가 뒤쪽에서였다. 그녀는 무릎까지 올라오는 가죽부츠를 신고 큼직한 단추들이 두 줄로 달린 붉은색 재킷을 입어 건장하고 빈틈없어 보였다. 그러나 아직도 어린애이긴 마찬가지였다. 그녀는 자기도 모르게 유리창을 한 손으로 만지고 있었다. 유리창에 그녀의 손자국이 생겼다가 없어지기를 반복했다. 밖을 보니 보풀보풀한 눈이 바람에 흩날리고 있었다. 사미는 얘기를 하다가 내가 자기 어머니의 돈에 관심이 있는 거 아니냐는 암시를 했다.

"많은 남자들이 돈 많은 여자들한테 관심을 갖잖아요."

"맹세코 나는 네 어머니가 얼마나 부자인지 알지도 못하고 관심도 없어."

그녀는 미간이 넓은 눈으로 나를 쳐다보며 말했다.

"내가 어머니보다 부자예요. 고액의 신탁기금이 있거든요. 우리 어머니한테 그 짓 하는 거 그만두세요. 할 만큼 했으니까요."

"나는 네 어머니를 사랑해. 그런데 나는 네가 왜 그렇게 비정한지 이해할 수가 없구나."

나는 화가 나서 몸을 돌려 계단을 쿵쿵 내려왔다.

그녀를 다시 만났을 때는 친절해지려고 노력했다. 그녀를 내 적으로 만들 수는 없다는 걸 깨달았기 때문이다. 다시 아일린을 보게 된다면, 나는 딸과 어머니, 두 사람한테 인정을 받아야 한다.

나는 몇 주 동안 논문을 쓰느라 바빴다. 거친 부분들을 손질하고 논점을 바로잡고 각주를 달 준비를 했다. 나는 비참한 마음을 억누르려고 바쁘게 살았다. 지도 교수는 내 논문을 읽고 잘 썼다며 여름 학기 전에 졸업할 수 있겠다고 말했다. 그러나 일이 그렇게 빨리 처리되자 곤혹스러워졌다. 졸업하고 나서 뭘 해야 할지 결정하지 못했기 때문이었다.

낮이 더 길어졌다. 3월 하순이 되자, 대학에서 통보가 오기 시작했다. 펜실베이니아 대학에서는 불합격 통보가 왔지만, 예기치 않게 코넬 대학에서 합격 통보가 왔다. 그녀는 너무 기뻐하며 나를 찾아와 얼싸안으며 이제 지하에 있는 아버지가 기뻐하시겠다고 말했다. 흥분한 탓에 그녀의 볼이 발그스레했다. 머릿결조차 더 윤이 나는 것 같았다. 나도 그 소식을 듣고 기뻤다. 물론 다른 이유에서였다. 나는 코넬 대학에 관한 좋은 얘기들을 그녀에게 해주었다.

나는 아일린에게 전화를 걸어 축하한다고 했다. 그녀도 무척 좋아했다.

"당신이 도와주지 않았다면 힘들었을 거예요."

"코넬로 가라고 하세요. 좋은 곳이에요. 그 대학 졸업생들을 몇 아는데 다 좋다고 하더군요."

"데이브, 당신이 무슨 생각을 하는지 알아요."

"당신이 너무 보고 싶어요."

"나도 그래요. 그래도 우리는 참아야 해요."

그로부터 며칠 후, 나는 지방지인 〈노스아메리칸 트리뷴〉

에 실린 구인 광고를 보았다. 아일린이 운영하는 출판사에서 보조 편집자를 구한다는 광고였다. 한 주에 스무 시간씩 근무하는 파트타임이었다. 급료는 절충이 가능하다고 돼 있었다. 잘하면 그 자리로 들어갈 수도 있겠다 싶었다. 나는 하루 종일 희망에 부풀었다. 나는 친구에게 지원을 해야 할지 말아야 할지 의논했다. 김이 모락모락 나는 컵에 티백을 넣으며 그가 말했다.

"내가 너라면 딸을 잡겠다."

그날 저녁, 사미가 전화를 해 뉴욕 대학과 세라 로렌스 대학에는 불합격됐다고 말했다. 나는 속으로 기뻤다. 나는 그녀에게 코넬 대학으로 가라고 다시 종용했다.

"네 아버지가 얼마나 좋아하실지 생각해보렴."

이틀 후, 나는 아침 일찍 에브리맨 출판사에 갔다. 아직 아무도 출근하지 않은 상태여서 아일린 혼자 있었다. 그녀는 나를 보고 깜짝 놀랐다. 하지만 이내 진정하고 나를 사무실로 데리고 들어갔다. 벽에는 비스듬히 기울어진 책꽂이들이 있었다. 대부분 책과 팸플릿이었다. 그녀는 내게 커피를 따라주었다. 그녀의 얼굴에 슬픈 미소가 지나갔다. 얼굴이 약간 창백해 보였다.

"헤이즐넛이에요. 크림과 설탕을 넣었어요. 꿀이 없어서 미안해요."

"이거면 돼요."

나는 그녀가 꿀과 크림을 넣은 헤이즐넛 커피를 좋아하는 내 취향을 기억하고 있다는 사실만으로도 감격했다. 나는 그녀에게 광고를 보고 찾아왔다고 했다.

"당신한테 도움이 되는 사람이 될게요. 언젠가 괜찮은 편집자가 될지도 모르는 일이고요."

그녀가 입을 약간 벌리고 나를 바라보았다. 그녀의 아랫입술은 윗입술보다 약간 도톰했다. 그녀가 다시 입을 다물었다. 그녀의 얼굴이 다시 차분해졌다.

"데이브, 너무 늦었어요."

"무슨 말이죠? 다른 사람을 찾았다는 말인가요?"

"아뇨, 아직도 찾고 있어요. 하지만 당신을 여기에서 일하게 할 수는 없어요."

"왜요? 자격이 안 되나요?"

"그래서가 아니에요. 사미가 퀸스 칼리지에 합격했어요. 거기로 가겠대요."

"코넬 대학은 포기하고요?"

"네. 자기가 없으면 내가 외로울까 걱정이 된대요. 내가 그 대학에 가라고 열심히 설득했지만 집에서 다니겠대요."

"그 이유가 전부라고 어떻게 확신할 수 있죠?"

"지난밤에 그 아이와 오랫동안 얘기를 했어요. 우리 두 사람 다 당신을 좋아하고 있어요. 하지만 우리는 서로에게 당신을 다시는 보지 않기로 약속했어요."

"그렇군요."

"데이브, 나한테 화내지 말아요. 나는 당신과 함께 한 시간을 소중히 생각해요. 그리고 당신은 내게 늘 좋은 기억으로 남을 거예요. 나만큼 나이를 먹은 여자는 더 이상 당신처럼 좋은 남자를 만날 수 없다는 걸 알고 있어요. 하지만 사미는 나를 위해 큰 희생을 했어요. 그 아이를 다시 실망시킬 수는 없어요. 아무리 내가 당신을 사랑한다 해도 말이죠."

"사미는 당신 같은 사람이 어머니라서 운이 좋네요."

눈에 눈물이 고였다. 나는 문을 향했다. 그녀에게 눈물을 보이고 싶진 않았다. 나는 내 등을 쳐다보는 그녀의 눈을 의식하며 밖으로 후다닥 나왔다. 보슬비가 내리기 시작했다. 보슬비가 공중에서 소용돌이를 치며 움이 돋는 나뭇가지와 내 머리를 적셨다. 나는 비참하다기보다 감동 받고 있었다.

Children as Enemies

원수 같은 아이들

손자들은 우리를 싫어한다. 손자는 열한 살이고 손녀는 아홉 살이다. 둘 다 이기적이고 제멋대로다. 노인에 대한 공경심은 조금도 없다. 우리에 대한 손자들의 적개심은 약 석 달 전, 자신들의 이름을 바꾸면서부터 시작되었다.

어느 날 저녁, 손자가 학교 친구들이 자기 이름을 제대로 말하지 못한다며 이름을 바꿔달라고 했다.

"아이들이 저한테 '치킨'이라고 해요. 저도 다른 애들처럼 평범한 이름을 갖고 싶어요."

손자의 이름은 치칸 시였다. 중국인이 아니면 발음하기 힘든 이름이었다.

손녀인 후아도 가세했다.

"제 이름도 바꿔주세요. 제대로 말하는 사람이 없어요. 어떤 애들은 저를 '와우'라고 불러요."

손녀가 입가에 주름을 잡았다. 젖살이 빠지지 않은 볼이 볼

록하게 부풀었다.

손자들이 무슨 말을 하기도 전에 내 아내가 끼어들었다.

"그렇다면 너희들의 이름을 어떻게 해야 제대로 발음하는지 친구들한테 가르쳐줘야지."

손자가 말했다.

"치칸이라는 이름을 들으면 애들은 늘 웃어요. 저도 애들 입장이면 치킨이라고 불렀을 것 같아요."

나는 두 아이에게 말했다.

"이름을 바꾸는 건 신중해야 한다. 너희 이름은 유명한 점쟁이와 상의해서 지은 이름들이야."

손자가 투덜거렸다.

"피, 그런 엉터리 소리를 누가 믿어요?"

아들이 끼어들었다.

"애들아, 이 문제는 생각 좀 해보자."

실눈을 한 며느리가 끼어들었다.

"애들한테 미국식 이름을 지어줘야 할 것 같아요. 제대로 발음할 수 없는 이름을 계속 갖고 있다면 두고두고 문제가 될 거예요. 오래전에 지어줬어야 했어요."

우리가 있으니 말은 하지 않았지만, 아들 구빈도 그렇게 생각하는 눈치였다.

내 아내와 나는 못마땅했지만, 자식들이 그렇게 하는 길 만류하려고 크게 노력하지는 않았다. 그래서 아들 내외는 적당한 이름을 찾으려 했다. 손녀의 이름은 쉬웠다. '후아'가 꽃이라는 의미였기 때문에 손쉽게 '플로라'라는 이름으로 바뀌었다. 하지만 손자의 이름을 찾는 건 쉬운 일이 아니었다. 영어 이름은 의미가 단순하다. 대부분은 처음에 갖고 있던 의미를 잃어버린 이름이었다. '치칸'은 '놀라운 용기'라는 의미였다. 그러한 의미를 가진 영어 이름을 어디서 찾을 수 있단 말인가! 내가 그런 어려움을 얘기하자, 손자가 소리를 질렀다.

"저는 이상하고 복잡한 이름이 싫어요. 찰리나 래리, 조니 같은 평범한 이름이면 돼요."

그건 내가 허락할 수 없었다. 이름은 운명에 관련된 문제였다. 그것이 점쟁이들이 이름의 획수와 순서를 읽고 사람들의 운명을 짚어내는 이유였다. 누구도 이름을 함부로 바꿔서는 안 될 일이었다.

며느리는 공공도서관에 가서 아이들의 이름에 관한 책을 대출해왔다. 그러고는 책을 꼼꼼히 살피더니 '매티'라는 이름을 찾아냈다.

"매티는 매틸드라는 이름을 줄인 거래요. 고대 독일어에서 유래한 건데 '전투에서 용맹하다'는 뜻이래요. 의미상으로 '치칸'이라는 이름과 아주 가까워요. 게다가 발음도 '마이티 Mighty'와 비슷하고요."

내가 말했다.

"별로 좋게 들리지는 않는구나."

나는 입 밖에 내지는 않았지만 '매티'라는 이름과 우리의 성인 '시'가 서로 겉돈다는 느낌을 받았다.

원수 같은 아이들

손자가 만세를 불렀다.

"저는 그 이름이 좋아요."

녀석은 무조건 나한테 대들기로 작정한 모양이었다. 그래서 나는 더 이상 아무 말도 하지 않았다. 나는 아들이 그 이름을 싫다고 해주기를 바랐다. 하지만 아들은 쳐다보지도 않고 흔들의자에 앉아 아이스티를 마시고 있었다. 그래서 그 일은 그렇게 정리가 되었다. 손자는 학교에 가서 선생님한테 매티라는 새 이름이 생겼다고 말했다.

일주일 동안 손자는 기분이 좋아 보였다. 그런데 녀석의 만족감은 오래 가지 않았다. 어느 날 저녁, 손자는 아들 내외에게 이렇게 말했다.

"매티는 여자 이름이래요. 제 친구 칼이 그랬어요."

며느리가 말했다.

"말도 안 되는 소리."

"맞다니까요. 제가 물어보니까 모두가 여자 이름처럼 들린다고 하더라고요."

아내가 앞치마에 손을 닦으며 아들에게 말했다.

"네가 한번 찾아보는 건 어떠니?"

작명에 관한 책은 아직 반납하지 않은 상태였다. 그래서 구빈은 책을 펼치고 성별에 따른 이름을 확인했다. 며느리 만디는 그것이 남자와 여자한테 공히 쓸 수 있는 이름이라는 걸 확인하지 않았던 게 분명했다. 자기 어머니가 그걸 소홀히 했다는 사실이 아이를 더 화나게 했다.

어떻게 해야 할지 난감했다. 열한 살짜리 손자는 울면서 성별이 모호한 이름을 지어주었다며 자기 어머니를 비난했다.

마침내 내 아들이 무릎을 치며 말했다.

"좋은 생각이 떠올랐다. '매티'라는 이름은 '매트'라는 이름에서 유래한 것일 수 있어. 그냥 '매트'라고 하는 게 어떠니?"

아이의 얼굴이 밝아지며 좋다고 했다. 그러나 이번에는 내가 반대했다.

"여길 봐라. 이 책에 따르면 '매트'는 '매슈'를 줄인 이름이야. '놀라운 용기'라는 뜻은 어디에도 없잖아."

아이가 내뱉듯이 말했다.

"그걸 누가 신경 쓴다고 그러세요! 저는 매트라고 하겠어요."

나는 할 말을 잃었다. 얼굴이 굳어지는 게 느껴졌다. 나는 일어나 발코니로 가서 담배를 피워 물었다. 아내가 따라와서 말했다.

"영감, 손자가 한 말을 너무 마음에 담지 말아요. 그 아이도 난감해서 그런 거예요. 들어와서 식사하세요."

"이것만 피우고 들어가리다."

"오래 있지 말아요."

아내는 아파트 안으로 다시 들어갔다. 그녀의 작은 어깨가 전보다 더 구부정해보였다.

아래를 내려다보니 자동차들이 축축한 도로 위를 빠르게 미끄러지고 있었다. 형형색색의 고래들 같았다. 달리안 시에 있는 모든 걸 처분하고 아들 집에 오는 게 아니었다는 생각이 머릿속을 스쳤다. 자식이라고는 구빈밖에 없어서 아들 가족과 같이 사는 것이 좋을 거라고 생각했는데 그게 아니었다. 이곳에 오지 말았어야 했다. 내 아내는 예순셋이고 나는 예순일곱이다. 우리 나이에 이곳 생활에 적응하는 건 쉽지 않다. 미국에 오니, 나이를 먹으면 먹을수록 열등해지는 것만 같다.

내 아내와 나는 손자들의 일에 참견해서는 안 된다는 걸 깨달았다. 하지만 나는 이따금 그들에게 약간의 충고를 하지 않을 수 없었다. 아내는 아이들을 버릇없이 키워 우리를 무시하게 만든 게 며느리라고 생각했다. 나는 며느리가 아이들에게 관대하긴 하지만, 그렇게 비열하다고는 생각하지 않는다. 플로라와 매트는 자신들이 좋아하는 음식 말고는 중국 것을 모두 우습게 여긴다. 심지어 중국어를 배우러 주말학교에 가는 것도 지독히 싫어했다. 매트는 이렇게 선언했다.
"저는 그런 쓰레기는 필요 없어요."
나는 손자가 그렇게 말할 때마다 끓어오르는 노여움을 억눌러야 했다. 아들 내외는 손자의 의견과는 상관없이 그들을 계속 주말학교에 보냈다. 이제 손자들이 주말학교에 가는 건 오로지 붓으로 그림을 그리는 법을 익히기 위해서였다. 타이완에서 온 늙은 예술가가 아이들에게 그림을 가르쳐주고 있었다. 태생적으로 예민하고 허약한 손녀는 예술에 대한 재능이 좀 있을지 모르지만 손자는 공상하는 것 말고는 잘하는 게 없었다. 커서 불량배나 되지 않을까 심히 걱정스러울 정도였다. 녀석은 붓으로 대나무나 금붕어, 풍경이 아니라 선과 띠를 그려놓고 추상화를 그린 거라고 하며, 먹물이 수채화 물감이라도 되듯 먹물의 음영을 가지고 실험을 했다. 때로는 집에서도 그랬다. 정말 진지하게 그러고 있는 손자 녀석의 통통한 얼굴과 골똘한 눈을 보면 웃음이 나오려 했다. 녀석은 언젠가 한번은 먹물로 그린 수직선들을 학교로 가져가서 미술 선생에게 보여주었다. 경악스럽게도 선생은 선들이 비가 내리거나 폭포가 쏟아지는 것 같고, 평행으로 보면 구름이나 일종의 풍경 같다며 칭찬했다고 한다.

그게 무슨 헛소리람! 나는 조용히 구빈에게 아이들이 과학, 고전, 지리, 역사, 문법과 같은 중요한 과목을 공부하도록 타이르라고 했다. 매트가 그런 걸 제대로 하지 못하면 결국 차나 기계를 수리하거나 요리하는 법을 배우는 게 나을 것이었다. 이곳에서는 자동차 정비가 돈을 꽤 많이 번다. 카센터에서 일하는 어떤 친구는 영어를 하나도 하지 못하는데도 한 시간에 24달러를 번다고 한다. 게다가 연말에는 보너스까지 두둑하게 챙긴다나. 나는 아들에게 아이들이 '예술'에서 몇 가지 속임수 부리는 걸 배워봤자 아무 짝에도 쓸모가 없을 거라는 점을 얘기하며 더 이상 붓을 갖고 하는 일은 그만두는 게 좋겠다고 했다. 구빈은 매트와 플로라가 아직 어리니 너무 심하게 몰아치면 안 된다고 하면서도 아이들에게 얘기는 해보겠다고 했다. 구빈과 달리 만디는 아이들 편이었다. 며느리는 중국에서처럼 아이들을 구속하지 말고, 자유롭게 발전할 수 있도록 해줘야 한다고 했다. 아내와 나는 며느리가 그런 식으로 생각하는 게 못마땅했다. 우리가 트집을 잡으면, 우리 손자들은 자신의 어머니 편을 들며 우리를 조롱하거나 소리를 질렀다.

    나는 미국 초등학교 교육에 문제가 있다고 생각한다. 선생들은 학생들에게 열심히 하라며 호통치지 않는다. 매트는 곱셈과 나눗셈을 3학년 때 배웠다. 그런데 두 달 전에 내가 1586달러의 74퍼센트가 얼마인지 계산해보라고 했더니 녀석은 어떻게 계산하는지 전혀 알지 못했다. 나는 계산기를 주면서 말했다.
"이걸 사용해보렴."
손자는 0.74를 곱하면 된다는 사실을 알지 못했다.
나는 손자에게 물었다.
"곱셈과 나눗셈을 배우지 않았니?"
"배웠지만 그건 작년이었어요."
"그래도 어떻게 하는지 알아야지."
"올해는 곱셈과 나눗셈을 연습하지 않았어요. 그러니 모르는 게 당연한 거잖아요."
    손자는 그걸 이유랍시고 댔다. 어떤 것을 배우면 그것을 정복해 자기 것으로 만들어야 한다는 걸 녀석에게 이해시킬 도리가 없었다. 지식이 새산이요, 그것을 축적하면 더 풍요로워진다는 걸 전혀 알지 못하는 것이다.

이곳 선생들은 학생들에게 진짜 숙제를 내주지 않는다. 대신 학생들에게 많은 프로젝트를 내준다. 어떤 것들은 정말 부질없는 것들이다. 그렇게 함으로써 학생들을 우쭐하게 만들어줄 뿐이다. 아들은 아이들이 프로젝트를 하는 걸 도와줘야 했다. 어떤 프로젝트는 부모에게 내주는 숙제에 더 가까웠다. 어떤 주제는 어른도 해결하기 어려울 정도였다.

"문화는 무엇이고 어떻게 만들어지는가."
"이라크 전에 대한 찬반을 논하라."
"인종차별이 어떻게 미국을 갈라놓는가."
"세계적인 무역은 필요한가. 그 이유는 무엇인가."

이런 주제들이었다. 내 아들은 그런 주제를 토의하는 데 필요한 정보를 얻기 위해서 인터넷, 혹은 공공도서관에 가서 자료 수집을 해야 했다. 학생들의 사고를 확장하고 그들에게 자신감을 심어주기 위해서 낸 숙제라지만, 어린 나이에 정치가나 학자처럼 생각해서는 안 될 일이었다. 그들에게는 규칙을 준수하는 것, 즉 책임감 있는 시민이 되는 것이 먼저였다.

플로라에게 반에서 몇 등이나 하는지 물어보면, 어깨를 으쓱하며 이렇게 대답했다.

"몰라요."
"모른다니 무슨 말이니?"

오빠보다 못하지는 않겠지만, 평균보다 한참 밑이 아닐까 싶었다.

원수 같은 아이들 131

"길런 선생님은 우리에게 등수를 매기지 않거든요."

만약 그게 사실이라면 미국 학교는 더더욱 실망스럽다. 학생들에게 남보다 앞서고 최고가 되어야 한다는 생각을 주입시키지 않는다면, 이러한 세계 경제 속에서 어떻게 경쟁할 수 있겠는가. 상당수의 아시아계 부모들이 플러싱에 있는 공립학교를 못마땅하게 생각하는 것도 놀랄 일은 아니었다. 솔직히 이곳 초등학교 교육은 아이들을 옆길로 빠지게 만드는 것만 같다.

5주 전이었다. 매트가 저녁을 먹다가 성을 바꿔야겠다고 말했다. 그날 아침 한 교사가 '시$_{XI}$'를 로마 숫자 'XI'로 잘못 알고 발음하자 학급 전체가 웃고 난리였다고 했다. 어떤 학생들은 나중에 손자를 '매트 일레븐'이라고 놀렸다고 했다. 플로라도 거들었다.

"맞아요. 저도 다른 성을 가졌으면 좋겠어요. 제 친구인 레타는 성을 '우'라고 바꿨대요. 어떤 사람이 'Ng(응)'을 이렇게 발음해야 하는지 몰라서 '레타 엔지$_{NG}$'라고 읽었거든요."

그 소리를 들은 아들 내외가 왁자지껄하게 웃었다. 하지만 나는 그게 왜 우스운지 알 수 없었다. 아내가 손녀에게 말했다.

"네가 커서 결혼하게 되면 남편 성을 따르게 되잖니."

손녀가 말대답을 했다.

"저는 남자가 필요 없어요!"

손자가 우겼다.

"우리 둘이 새로운 성을 쓸 수 있게 해주세요."

나는 더 이상 참지 못하고 소리를 버럭 질렀다.

"그럴 수는 없다. 네 성은 가문의 것이야. 조상과 갈라설 수는 없는 법이다."

손자가 얼굴을 일그러뜨리며 말했다.

"말도 안 되는 소리 마세요!"

아내도 거들었다.

"너, 할아버지한테 그렇게 말하면 못쓴다."

아들 내외가 눈길을 교환했다. 나는 아들 내외가 이 문제를 우리와 다르게 본다는 걸 알았다. 어쩌면 자식들의 성을 바꿔줄 계획을 세우고 있는지도 몰랐다. 나는 화가 나서 밥그릇을 식탁에 놓으며 며느리에게 손가락질을 했다.

"너 때문에 애들 버릇이 나빠진 게다. 이제는 아주 가문과 단절시킬 모양이구나. 대체 너는 누구네 며느리란 말이냐! 너를 우리 집에 들이는 게 아니었다!"

그러자 아들이 얼른 말을 받았다.

"아버지, 너무 노여워하지 마세요."

며느리는 대꾸하지 않았다. 대신 호리병박처럼 생긴 코를 찡그리며 울기 시작했다. 화가 난 아이들은 자기 어머니를 속상하게 했다며 할아버지인 나에게 대들었다. 손자들이 지껄이면 지껄일수록 나는 더 화가 났다. 결국 더 이상 화를 참을 수 없어 소리를 버럭 질렀다.

"성을 바꾸고 싶다면 여기서 나가거라. 다른 성을 쓰면서 이 집에 있을 수는 없다!"

매트가 차분히 말했다.

"할아버지가 뭔데 그러세요? 여기는 할아버지 집이 아니잖아요."

플로라도 거들었다.

"할아버지, 할머니는 손님일 뿐이에요."

그 말을 들은 아내와 나는 화가 머리끝까지 치밀었다. 아내는 손녀를 향해 소리를 질렀다.

"그러니까 너희 집 손님이 되려고 중국에 있는 아파트와 과자 가게와 모든 걸 팔았다는 말이냐! 무정한 것 같으니! 이게 우리 집이 아니라고 누가 그러더냐?"

그 말을 듣고 손녀는 입을 닫았다. 그러나 할머니를 계속 노려보았다. 아들은 누구를 지칭하는 게 아니라 허공에 대고 이야기했다.

"제발 저녁식사만이라도 편하게 먹자고요!"

아들은 입을 다물고 묵묵히 새우튀김을 씹기 시작했다.

나는 아들에게 먹는 것 말고는 생각하는 게 없는 쌀통 같은 놈이라며 소리를 지르고 싶었지만 참았다. 어떻게 우리가 그렇게 줏대도 없는 아들을 키웠던 건지 한심스러웠다.

사실 아들은 자신의 전문 분야에서는 상당히 출세한 편이었다. 교량기술자인 아들은 연봉이 여섯 자리에 육박했지만 마누라한테 꼭 잡혀 살고 아이들에게 너무 관대했다. 그런 성격은 미국에 건너온 후로 더욱 심해져서, 이제는 성질도 없고 생각도 없는 사람이 된 것 같았다. 나는 아들에게 단도직입적으로, 적어도 이전처럼 남자답게 살라고 말해주고 싶었다. 나와 아내는 아들이 잠자리에서 일을 제대로 못하는 건 아닌지 궁금했다. 그렇지 않다면 어떻게 늘 며느리 말만 들을 수 있단 말인가.

그 싸움이 있고 나서, 우리는 다른 곳으로 이사를 하기로 했다. 아들 내외는 시에서 노인들에게 제공하는 주택에 서류를 넣을 수 있도록 도와주었다. 우리 차례가 올 때까지는 오래 기다려야 할 것 같았다. 우리가 나이 많고 몸 성한 곳 없는 늙은이들만 아니었다면, 어디 멀리 가서 둘이서만 살고 싶었다. 하지만 이 나라에서는 아들 내외와 손자들이 유일한 가족이다. 그렇기 때문에 멀리 떨어져 살 수는 없었다. 당분간 우리는 54번가에 있는 방 한 칸짜리 아파트에 살기로 했다. 구빈이 우리를 위해 세낸 아파트다. 아들은 가끔씩 우리가 괜찮은지, 필요한 건 없는지 둘러보곤 했다. 우리는 아들에게 손자들이 어떤 성을 사용하는지 묻지 않았다. 어쩌면 미국 성으로 바꿨는지도 모른다. 손자들의 이름이 신문에 나도 더 이상 알아보지 못한다면 얼마나 서글플까. 이 생각을 할 때마다 가슴이 아프다. 중국을 떠날 때 좀 더 신중했었더라면 어땠을까 싶었다. 이제 돌아가는 건 불가능하다. 우리는 손자들조차 적이 될 수 있는 이곳에서 여생을 보내야 할 것이다.

매트와 플로라는 늘 우리를 피한다. 거리에서 마주치기라도 하면 다시는 자기 엄마를 '괴롭히지' 말라고 경고한다. 아이들은 허락 없이 자기네 집에 들어오면 경찰을 부르겠다고 위협하기까지 했다. 그 집에서 나온 이후로 두 번 다시 발을 들여놓은 적도 없지만 말이다. 나는 아들에게 아이들이 다른 성을 사용한다면 가족으로 받아들이지 않겠다고 했다.

구빈은 그 문제를 다시 끄집어내지 않았지만, 나는 아직도 아들의 대답을 기다리고 있다. 현재는 그런 상황이다. 얼마 전, 아내는 화가 나서 며느리가 일하는 포춘 쿠키 공장으로 가서 "만디 쳉은 세상에서 가장 불효막심한 며느리입니다!"라고 적힌 플래카드를 들고 서 있겠다고 했다. 하지만 나는 아내를 만류했다. 그래봤자 무슨 소용이야. 시부모를 잘 모시지 못한다고 회사에서 며느리를 해고할 리도 없었다. 여기는 자립심을 키워 스스로를 지켜야 하는 미국이다.

In the Crossfire

십자포화 속에서

휘청거리는 회사 사정 때문에 직원 가운데 일부가 곧 해고될 거라는 소문이 퍼졌다. 아침 내내, 티안 추는 칸막이 방에서 쉬지 않고 송장送狀을 처리했다. 점심을 먹을 때도 그는 다른 사람들과 길게 얘기하는 걸 피했다. 해고에 관한 얘기가 나오면 마음이 급해져 허둥지둥하기 때문이었다. 그는 여기서 일한 지 2년밖에 되지 않았기 때문에 첫 번째 해고 대상일지도 몰랐다. 한 가지 다행인 것은 이미 시민권을 취득했기 때문에 실업 수당을 받을 수 있다는 것이었다. 이민국에서는 실업 수당을 받은 이력이 있는 사람이 영주권이나 시민권을 신청하면 의심의 눈초리를 받는다.

오후 중반쯤 되었을 때였다. 그가 타이핑을 하고 있는데 휴대전화 벨이 울렸다. 깜짝 놀란 티안은 바지주머니에서 휴대전화를 꺼내 낮은 목소리로 받았다.

"여보세요."

신경을 자극하는 어머니의 목소리가 들렸다.

"티안, 일은 잘하고 있니?"

"괜찮아요. 여기로 전화하지 말라고 말씀드렸잖아요. 사람들이 제가 전화하는 소리를 듣는다고요."

"저녁에 뭘 먹고 싶은지 물어보려고 전화했다."

"어머니, 그건 신경 쓰지 마세요. 어머니는 스토브나 오븐 사용법도 모르시잖아요. 다시 경보음이 울릴지도 몰라요. 그냥 집에 갈 때 제가 뭘 좀 사가지고 갈게요."

"코니는 어떻게 된 거니? 그 애가 장도 보고 요리도 하면 되잖니. 처음부터 버릇을 잘 들여야 한다."

"코니는 바빠요. 이제 끊어야겠어요. 좀 있다 뵈요."

그는 전화를 끊고 일어나서 칸막이 건너에 있는 동료들이 자기 얘기를 엿들었는지 살폈다. 아무도 관심이 없는 것 같았다.

그는 자리에 앉아 하품을 하며 피곤에 지친 눈 주변을 손으로 문질렀다. 그는 어머니가 집에서 심심해하실 거라는 걸 알았다. 그녀는 이곳에 친구도 없고 텔레비전도 볼 것이 없다며 종종 불평하곤 했다. 맞는 말이다. 대부분의 프로그램은 재방송이었다. 광둥어나 타이완어로 된 프로그램들은 알아듣지 못하기 때문에 볼 수도 없었다. 티안이 어머니를 위해 도서관에서 대출해온 책들은 너무 따분했다. 그녀에게는 이야기를 할 사람이 필요했다. 하지만 이웃들은 모두 낮에는 일을 하러 갔다. 영어로 된 도로 표지판을 읽을 줄 모르기 때문에 혼자서 밖으로 나갈 수도 없었다. 그녀는 종종 동네가 너무 조용하다고 불평을 했고, 사람보다 집이 더 많은 것 같다고도 했다. 사실 이곳저곳에 굴뚝은 많았지만 연기가 나는 곳은 없었다. 오전 9시가 넘으면 동네 전체가 버려진 것 같았다. 오후 중반이 되어야 사람들의 흔적이 보였다. 그것도 스쿨버스에서 내려 걸어가는 아이들뿐이었지만. 돌봐주고 같이 놀아줄 손자라도 있었으면 싶었다. 하지만 그건 생각도 못할 일이었다. 간호학교에 다니고 있는 며느리 코니 리우는 과정을 마칠 때까지 출산을 미루려했다.

티안이 직장을 나설 때는 벌써 어둑어둑해져 있었다. 바람이 행인들의 옷과 머리를 팔락이고 네온사인과 가로등 불빛을 받아 반짝이는 진창 웅덩이의 표면을 흔들었다. 연석을 따라 남아 있는 눈 더미는 자동차 배기가스에 까매졌다가 다시 굳어가고 있었다. 티안은 쇼핑몰의 지하에 있는 슈퍼에 들러 통통한 가지 하나와 시금치 한 다발, 가자미 한 마리를 샀다. 그의 아내는 요리를 하지 않으려 했다. 요리를 할 때마다 시어머니한테 잔소리를 들었기 때문이다. 그래서 요즘에는 그가 요리를 도맡아 했다. 때때로 어머니가 도와주겠다고 했지만, 코니가 먹지 못하는 요리를 할까 봐 혼자 하겠다고 했다. 코니는 대부분의 콩 제품에 알레르기가 있었다. 특히 간장과 두부가 그랬다.

그는 집에 도착하자마자 부엌으로 갔다. 시금치 수프를 끓이고 가지를 찌고 가자미를 튀길 생각이었다. 그가 가자미의 주둥이를 잘라내고 있을 때, 그의 어머니가 들어왔다.

"내가 좀 도와주마."

"저 혼자 할 수 있어요. 쉬운 거라서요."

그는 미소를 지으며 생선의 지느러미와 꼬리를 커다란 가위로 잘라냈다.

"고향에서는 한 번도 음식을 하지 않던 네가……."

그녀가 눈을 반짝이며 아들을 쳐다보았다. 일주일 전에 도착했을 때부터 그녀는 아들이 마누라한테 쥐여산다고 잔소리를 했다. 그녀는 종종 이렇게 말했다.

"코니처럼 작은 여자를 다룰 줄도 모르는데 키만 멀대같이 크면 뭐 하냐?"

실제로 그는 키가 훤칠하게 컸다.

그는 주먹으로 자신의 커다란 코 옆을 쓱 눌렀다.

"어머니, 미국에서는 남편이나 아내가 똑같이 요리를 해요. 시간이 나는 사람이 하는 거죠. 코니는 요즘 수업 때문에 정신이 없어요. 그래서 제가 집안일을 더 하는 거예요. 자연스러운 거죠."

"아니지. 그건 아니다. 전에는 이런 적이 없었다. 부인의 내조도 받지 않을 거였다면 코니와 결혼한 이유가 대체 뭐니?"

"어머니는 시대착오적인 말씀을 하고 계세요."

그는 생선을 튀길 때 기름이 덜 튀도록 생선살을 종이수건으로 닦았다.

어머니의 말이 이어졌다.

"네 아버지와 나는 분명 결혼을 서둘지 말라고 했었다. 그런데 너는 얼이 빠져 듣지 않았잖니. 우리는 네가 그 애를 곤란한 상황에 처하게 해서 당장 결혼식을 해야 하는 줄 알았다. 그런데 봐라, 옴짝달싹 못하고 쥐여살고 있잖니. 밖에서나 안에서나 일을 해야 하고 말이다."

대답하진 않았지만 굳어진 그의 얼굴에 속마음이 드러나 있었다. 그는 어머니가 아내에 대해 그렇게 말하는 걸 좋아하지 않았다. 사실 그의 어머니가 오기 전까지, 일찍 돌아와 요리를 한 건 언제나 코니였다. 그녀는 아침 일찍 일어나 그를 위해 점심 도시락을 싸주기도 했다. 하지만 요즘에는 아침을 먹자마자 나가서 저녁까지 돌아오지 않는다. 그와 코니는 그녀가 그의 어머니와 단둘이서 집에 있는 걸 피해야 한다는 데 의견을 모았다. 걸핏하면 잔소리를 듣기 때문이었다.

6시 30분쯤 그의 아내가 집에 왔다. 그녀는 옷장에 파카를 걸고 부엌으로 와서 티안에게 말했다.

"도와줄까요?"

"거의 다 됐어."

그녀가 그의 목덜미에 입을 맞추며 속삭였다.

"이렇게 도와줘서 고마워요."

그녀는 찬장에서 접시와 그릇을 꺼내 식탁에 놓으면서 흘깃 거실을 쳐다봤다. 그녀의 시어머니 메이펜이 소파에 앉아 담배를 피우며 뉴스를 보고 있었다. 그녀의 까칠까칠한 손에는 리모컨이 들려 있었다. 코니와 티안이 그녀에게 여러 차례 집 안에서 담배를 피우지 말라고 했지만, 메이펜은 그들의 말을 무시했다. 그렇다고 그들이 대놓고 따질 수도 없는 노릇이었다. 그녀가 온 지 아직 2주밖에 지나지 않았는데, 혹시라도 반년 정도 있겠다고 하면 어쩔 것인가!

식사 준비가 끝나자 코니가 상냥하게 말했다.

"어머니, 진지 드세요."

"알았다."

메이펜이 텔레비전을 끄고 일어나 재떨이로 사용하는 접시에 담뱃불을 껐다.

저녁식사를 위해 가족이 식탁에 둘러앉았다. 두 여자는 거의 말을 하지 않았다. 그래서 말을 하는 건 주로 티안이었다. 그는 회사에서 해고에 관한 얘기가 나돌고 있다고 말했다. 그의 어머니와 아내는 그 얘기에 별 관심을 보이지 않았다. 어쩌면 그들은 그가 회계학 학위를 갖고 있기 때문에 걱정할 필요가 없다고 생각하는지도 몰랐다.

"이 생선 맛이 별로구나. 달걀흰자처럼 맛이 없다."

어머니는 종종 이곳에는 제대로 된 음식이 없다며 불평했다.

"미국 음식에 적응하는 데 시간이 좀 걸려요. 저도 미국에 온 첫 주에는 채소를 먹지 못했어요. 그래서 주로 바나나와 오렌지만 먹었죠."

오래전 일이었다. 정확하게 말하면 12년 전 일이었다.

코니가 맞장구를 쳤다.

"맞아요. 저도 처음 피망을 먹을 때 무슨 맛이 났었는지 생생히 기억나요. 지는……."

메이펜이 말을 잘랐다.

"내 말은 생선에는 간장이 들어가야 한단 말이다. 이 수프도 마찬가지고."

"어머니, 코니가 간장 알레르기라고 말씀드렸잖아요."

메이펜이 불평했다.

"너는 네 처의 응석만 받아주는구나. 캐비닛에 보니까 금난 간장이 한 병 있더구나. 그건 유명한 간장이잖니. 그게 도대체 누구의 건강을 해친다는 건지 알 수가 없구나."

코니가 달걀처럼 갸름한 얼굴을 내리깔았다. 그리고 시어머니와 티안의 얼굴을 차례로 바라보았다.

"어머니는 잘 모르세요. 코니는 체질적으로……."

"알고 있다. 내가 중학교에서 화학을 가르쳤잖니. 나를 무식한 늙은이 취급하지 마라. 우리 가문은 유식한 가문이다."

"어머니는 또 시대에 뒤처진 사람처럼 말씀하고 계세요. 미국에서는 사람들이 유식한 가문 어쩌고 하는 것에 대해 별로 좋게 생각하지 않아요. 이곳에서는 대부분의 아이들이 원하기만 하면 대학에 들어갈 수 있어요."

코니는 시어머니를 바라보며 말했다.

"어머니는 저희 가족을 빗대 말씀하시는 거예요. 맞아요, 저희 부모님은 모두 대학을 나오지 않으셨어요. 하지만 그분들은 정직하고 근면한 분들이세요. 저는 그분들을 자랑스럽게 생각하고 있고요."

메이펜이 사무적으로 말했다.

"네가 왜 그렇게 무책임한 마누라인지 그걸로 설명이 되는구나."

"제가 어머님 아들한테 맞지 않다는 말씀이신가요?"

티안이 애원했다.

"제발 평화롭게 저녁이나 먹자고요."

메이펜이 코니를 향해 말을 이었다.

"그래, 지금까지는 끔찍했지. 도대체 네 부모가 너한테 뭘 가르치며 키웠는지 모르겠구나. 너무 무식해서 가르칠 수 없었는지도 모르지."

"말씀이 너무 지나치세요. 저희 부모님을 모욕하지 마세요!"

"내가 아들 집에서 하고 싶은 말 좀 한다는데 누가 간섭하겠다는 게냐! 내 아들과 결혼만 했지, 도대체 뭘 해준 게 있다고 큰소리야! 아이를 낳지 않겠다고 버티더니만, 밥을 하길 하나, 집안일을 하길 하나. 도대체 네가 뭐란 말이냐! 빨래까지 남편한테 시키는 주제에."

티안이 다시 말했다.

"어머니, 코니가 학업을 마치면 그때 아이를 낳을 거라고 제가 말씀드렸잖아요."

"잘 들어라. 저 애는 공부를 끝마치지 않을 거다. 이런저런 구실을 대면서 너를 이용해 먹기만 할 거야."

"더 이상은 참을 수가 없네요."

코니가 일어나서 수프 그릇을 들고 위층 침실로 가버렸다.

티안은 두 여자 사이에 오가는 말에 당황했다. 한숨이 나왔다. 그들의 입을 막고 싶었지만 누구도 여지를 주지 않았다. 그의 어머니가 말을 이었다.

"내가 만수와 헤어지지 말라고 그렇게 말렸건만 너는 내 말을 듣지 않았지. 이제 네가 네 등에 어떤 맷돌을 지고 있는지 잘 봐라."

만수는 티안의 옛 여자친구이다. 몇 년 전에 헤어졌지만 무슨 이유에선지 그 여자는 하얼빈에 있는 자신의 부모를 계속 찾아갔다.

"어머니, 제발 그 문제는 다시 꺼내지 마세요."

"듣기 싫으면 안 들으면 되잖아."

"제 결혼생활을 망치고 싶으세요?"

마침내 메이펀이 조용해졌다. 티안은 아내가 위층에서 훌쩍이는 소리를 들었다. 그는 식탁에 그대로 있어야 하는지, 아니면 위층에 올라가 코니를 달래야 하는지 확신이 서지 않았다. 어머니와 같이 있으면 아내가 나중에 그를 물고 늘어질 거고, 코니한테 간다면 어머니가 줏대도 없는 어리석은 놈이라며 그를 업신여길 것이었다. 그의 어머니는 남자는 이혼하고 다른 여자와 언제라도 결혼할 수 있지만, 어머니를 저버릴 수는 없다고 가르쳤다.

"나는 믿어도 된다. 내 배 속으로 낳았는데 어찌 너를 배신하겠니."

티안은 밥과 가지와 고기가 반쯤 남은 접시를 들고 부엌으로 가서 의자에 앉아 먹기 시작했다. 어머니가 비자를 받는 데 필요한 초청장을 보낼 때 좀 더 신중했더라면 싶었다. 어머니는 그와 코니가 조카의 유학을 도와주지 않은 것 때문에 아직도 못마땅하게 생각하고 있는 것 같았다. 어쩌면 그것이 메이펜이 역정을 내는 또 다른 이유인지 몰랐다.

그의 어머니가 도착한 이후, 티안과 그의 아내는 각방을 썼다. 그날 밤, 그는 서재로 들어가 침대 겸용 소파에서 잠을 잤다. 위층으로 올라가 코니에게 잘 자라는 인사도 하지 않았다. 그는 아내가 어머니를 중국으로 당장 돌려보내라고 할까봐 두려웠다. 또한 그가 코니와 같이 자면 어머니가 다음 날, 건강을 생각해서 성에 탐닉하면 안 된다고 그에게 일장 연설할 게 뻔했다. 그는 어머니의 장황한 잔소리를 얼마나 자주 들었는지 몰랐다. 어떤 여자들은 남자들의 피를 말려 죽이려고 작정한 흡혈귀라고도 했고, 세상이 말세가 되어 이제는 젊은 사람들이 아이를 낳지 않으려고 한다고도 했다. 모두가 책임을 회피하고 있다고도 했고, 사람들의 영혼을 타락시키고 그들을 더 탐욕스럽고 이기적으로 만든 건 자본주의라고도 했다. 어머니의 잔소리가 얼마나 계속될지 모를 일이었다. 어머니한테 잔소리를 들을 생각만 해도 티안은 머리가 빙빙 돌았다.

다음 날 아침, 그는 직장에 가기 전에 그의 어머니를 위해 인근에 있는 도로들을 지도로 그려주고 바람을 쐬면 덜 적적

할지 모른다고 말했다. 사실은 머리가 덜 '돌지' 모른다는 말이 밖으로 나오려고 했지만 입에 담지는 않았다. 시내에 있는 가게들이 마음에 들 수도 있고, 그가 준 80달러로 뭔가를 살 수도 있었다.

"길 잃을까 봐 무서워하지 마세요."

길을 잃더라도 자신이 써준 주소만 갖고 있으면 누군가가 집으로 돌아오는 길을 알려줄 거라고 그녀를 안심시켰다.

티안은 일을 하는 동안 깨어 있으려고 커피를 많이 마셨다. 숫자를 계산하는데 머리는 멍하고 무거운 눈은 조금 떨렸다. 하루에 두세 시간만 더 잤으면 싶었다. 어머니가 온 후로 잠이 부족했다. 그는 늘 새벽에 깼다. 코니의 부드러운 살과 널찍한 안방 침대가 그리웠지만 감히 안방에 들어갈 엄두를 내지 못했다. 코니가 이불 속으로 들어오는 것도, 만지는 것도 못 하게 할 거라고 확신했다. 그녀는 아침 일찍 섹스를 하면 수업 시간에 머리가 흐리멍덩해진다고 늘 핑계를 댔다. 그날, 티안은 진한 커피를 여러 잔 마셨음에도 계속 하품을 했다. 아래로 굴러 떨어지지 않으려고 조심을 해야 했다.

그날 오전 무렵이었다. 회사 매니저인 빌 낸지가 천장이 낮은 큰 사무실로 오더니 티안의 옆 칸막이에 있는 트레이시 맬로이한테 가서 말했다.

"트레이시, 내 사무실에서 잠깐 볼 수 있어요?"

모든 사람의 눈이 고개를 약간 숙이고 보스를 따라가는 뚱뚱한 여자의 뒷모습에 꽂혔다. 그녀가 문을 지나 사라진 순간, 대여섯 명이 칸막이에서 일어났다. 어떤 사람은 씩 웃었고 어떤 사람은 고개를 저었다. 트레이시는 착한 삼십 대 여자였다. 그녀는 티안보다 오래 근무했다. 말이 많은 게 탈이었지만 그는 그녀를 좋아했다. 다른 사람들이 그녀에게 근무 중에는 입을 다물라고 경고했지만 그녀의 습관은 고쳐지지 않았다.

몇 분 후, 트레이시가 그녀의 귓불을 긁으며 나와서 억지미소를 지었다.

"해고예요."

이렇게 말하는 그녀의 충혈된 눈이 젖어 있었다. 그녀는 자신의 소지품을 챙기려고 칸막이 안으로 몸을 숙였다.

티안이 그녀에게 말했다.

"수치스러운 일이네요."

가슴 높이의 칸막이에 한쪽 팔꿈치를 대고 그 말을 하는 탓에 그의 한쪽 어깨가 다른 어깨보다 높아 보였다.

그녀가 나직하게 말했다.

"이럴 줄 알았어요. 나한테 한 주 더 일하게 해주겠다고 했지만 그러지 않으려고요. 넌더리가 났으니까요."

"너무 기분 나빠하지 말아요. 우리 중에서도 당할 사람들이 분명히 더 있을 거예요."

"그럴지 몰라요. 빌 말로는 해고당할 사람이 더 있을 거래요."

"내 생각에 다음은 내 차례일 것 같아요."

"티안, 불길한 소리 하지 말아요."

트레이시가 그녀의 안경집을 커피 잔 옆에 놓았다. 그녀가 챙길 물건은 별로 없었다. 조카들 사진, 다피라는 이름의 히말라야산 고양이 사진, 반쯤 빈 껌 갑, 휴대용 빗, 콤팩트, 로맨스 소설, 고무줄과 볼펜, 포스트잇, 치실, 립크림이 들어 있는 작은 지퍼팩이 전부였다. 티안은 큰 가방에 다 차지도 않는 그녀의 소지품이 그녀가 해고당한 것보다 더 속이 상했다.

트레이시가 떠날 때, 더 많은 사람들이 일어서서 그녀에게 말을 건넸다.

"트레이시, 정말 안됐어요."

"잘 지내요."

"행운을 빌어요."

"트레이시, 연락해요."

어떤 사람들은 그렇게 말하며 안도해하는 것 같았다. 쾌활하기까지 했다. 트레이시는 몇몇과 악수를 하고 고맙다고 하며 손을 흔들었다.

그녀가 문을 나서는 순간, 넥타이 차림에 오렌지색 머리칼을 가진 빌이 입을 열었다.

"결국 이거로군."

그는 그들 모두가 살아남았다는 걸 모든 사람들에게 다짐해주기라도 하듯 그렇게 말했다.

티안이 우울한 어조로 말했다.

"나는 그렇게 생각하지 않아요. 우리 중에서 더 많은 사람들이 해고를 당할 거예요."

티안이 농담을 하기라도 한 것처럼 누군가가 깔깔 웃었다. 그는 웃지도 않았고 다른 말을 더 하지도 않았다. 그는 앉아서 모니터를 정상으로 돌아오게 하려고 자판을 툭 건드렸다.

그날 저녁, 외출에서 돌아온 어머니가 말했다.
"플러싱이라는 곳이 이렇게 편리한 곳이라고는 생각하지 못했네. 고향에 있는 현성縣城처럼 크더구나."
메이펜은 아침에 시내에 갔다가 재미있게 시간을 보냈다고 했다. 그녀는 거리 모퉁이에서 소고기와 양고기 케밥을 사서 먹어보고, 상하이 식당에 가서 골파, 돼지고기, 게살로 속을 채운 작은 만두를 먹었다고 했다. 또한 녹두 국수를 한 봉지에 1달러 20센트 주고 싸게 샀다고 했다.
"정말로 싸더구나. 중국에서 최고인 것들은 모두 미국에 있다는 말이 사실이라는 걸 이제는 알겠더라."
티안은 말없이 미소만 지었다. 그는 어머니가 산 것을 싱크대 밑에 있는 캐비닛에 넣었다. 코니가 녹두로 만든 국수를 먹지 못하기 때문이었다. 그는 스토브에 물을 올려놓았다. 저녁에 쌀죽을 끓일 생각이었다.
그날부터 메이펜은 낮에 자주 외출을 했다. 그리고 저녁이 되면 하루 종일 뭘 했는지 티안에게 보고했다. 그는 아침에 출근하기 전에 어머니의 호주머니에 돈이 두둑한지 확인했나. 점차 메이펜은 사람들을 알아가기 시작했다. 그중에는 중국 북동부 지방에서 온 사람들도 있었다. 그들은 그녀와 얘기하는 걸 좋아했다. 파이, 팬케이크, 그릴에 구운 고기, 국수, 만두 등과 같은 베이징 요리 전문점에 드나드는 사람들은 특히 그랬다. 그녀는 작은 공원에서 손자들을 유모차에 태워 밀고 다니는 노인들을 만났다. 그녀는 그들과 얘기하다가 10년 이상 이곳에 살았다는 사람을 만났는데, 그녀는 자식들과 손자들이 이제는 모두 미국에서 살기 때문에 고향에는 더 이상 가지 않는다고 했다. 메이펜은 티안에게 그런 노인네들이 부러웠다고 말했다. 특히 쌍둥이를 손자로 둔 노인네가 부럽다고 말했다. 그들처럼 살 수 있다면 얼마나 좋을까 싶다고도 했다.

티안은 그의 어머니에게 언젠가 농담 삼아 이렇게 말했다.

"제 자식들도 보고 여기에 오래 사시려면 영주권이 있어야 돼요."

"네가 나한테 영주권을 따주면 되지 않겠니."

그건 쉬운 일이 아니었다. 그는 어머니에게 아무런 약속도 해주지 않았다. 어머니가 이곳에 온 지 3주도 채 되지 않았는데 그의 집은 벌써 난장판이 되어 있었다. 어머니께 처음부터 6개월짜리 비자를 신청하라고 했던 그와 코니가 너무 순진했던 것 같았다. 그들은 어머니의 방문을 2개월 이하로 제한했어야 했다. 그렇게 하고는 어머니가 그들을 너무 괴롭히면 비자를 연장하는 것이 불가능하다고 말하면 됐을 것이다. 그러면 어머니는 돌아가지 않을 수 없을 것이다. 이제 그들은 23주를 더 견뎌야 했다. 끔찍했다.

"꼭 감옥에 사는 것 같아요. 이렇게 군림하시는 어머니가 6개월 후에 돌아가실 때쯤, 내가 그 시간을 아무 상처 없이 견디고 우리의 관계가 깨지지 않은 상태였으면 좋겠어요."

코니는 이렇게 말하며 신경질적인 웃음을 지었다. 그 웃음소리를 듣자 티안의 가슴이 내려앉았다. 그래서 그는 그들이 처한 어려움에 대해서 그녀와 더 이상 농담을 하지 않기로 했다.

"미안해, 정말 미안해."

그가 말할 수 있는 건 이게 전부였다. 그러나 그는 아내 앞에서 어머니에 대해 나쁘게 말하지 않으려 했다.

코니는 밖에서 보내는 시간이 더 많아졌다. 티안은 아내가 낮에 뭘 하는지 궁금했다. 겉모습으로 보아 그녀는 편안해 보였다. 시어머니와 부딪치는 걸 어떻게든 피하고 보자는 생각인 것 같았다. 한편으로 티안은 그런 코니가 고마웠다. 코니는 어느 모로 봐도 좋은 아내였다. 하지만 어머니가 오면서 변했다. 그 상황에서 누군들 변하지 않겠는가. 그래서 그는 아내를 이해해줘야 했다.

어느 날 저녁이었다. 그는 식탁을 치우고 코니는 부엌에서 설거지를 하고 있는데, 그의 어머니가 말했다.

"오늘 고향 사람을 만나 즐거운 시간을 보냈단다. 그래서 내일 저녁식사에 초대했다."

티안이 물었다.

"어디로 데려가시려고요?"

"여기지 어디야. 네가 태우러 갈 거라고 해뒀다."

그들의 대화를 엿듣던 코니가 접시 닦는 수건을 들고 티안을 향해 씩 웃으며 다가왔다. 그녀의 도톰한 볼이 발그레했다. 그녀의 눈이 짓궂게 반짝였다. 다시 한 번 티안은 그녀의 풋풋한 얼굴을 보고 깜짝 놀랐다. 아름다운 여자였다. 나이도 그보다 여섯 살이나 아래였다. 그는 어머니가 그에게 미리 얘기도 하지 않고 손님을 초대한 것이 못마땅했다. 하지만 그가 입을 열기도 전에 코니가 말하기 시작했다.

"어머니, 내일은 눈보라가 칠 거예요. 티안은 나쁜 날씨에는 운전을 못해요."

메이펜이 말했다.

"나도 텔레비전에서 봤다. 20센티미터 정도면 별거 아니다. 중국에서는 눈이 올 때 자전거를 타기도 하니까."

"어머니, 제가 그 손님을 모셔올 수 있느냐 없느냐가 문제가 아니에요. 누구를 초대하기 전에 저한테 말씀을 하셨어야죠. 저는 늘 바쁘잖아요. 제 스케줄에 맞는지 따져봐야 한다고요."

"너는 아무것도 할 필요 없다. 나한테 맡겨라. 내가 장도 보고 요리도 하마."

"어머니, 제 말을 못 알아들으시네요. 여기는 제 집이니 어머니가 제 스케줄을 방해하시면 안 된다는 거예요."

"너, 뭐라고 했니? 그래, 이게 네 집인 건 맞지. 그런데 네가 누구니? 너는 내 아들이잖니."

티안은 아내의 얼굴에 부자연스러운 웃음이 번지는 걸 보고 어머니에게 물었다.

"저와 제 집이 어머니 거라고 말씀하시는 건가요?"

"내가 어떻게 너를 내 아들이 아니라고 할 수 있니? 네 집도 내 집이어야 하지. 아니란 말이냐? 세상에, 나는 내 아들이 이렇게 이기적일 거라곤 생각지도 못했다. 결혼했다고 이 어미를 버릴 셈이니?"

"그건 억지예요."

"비정하구나."

"이건 말도 안 돼요!"

그는 몸을 돌려 식당에서 나가버렸다.

코니가 끼어들었다.

"어머니, 생각 좀 해보세요. 티안이 내일 약속이 있다면 어쩌시겠어요?"

"다른 볼 일이 있으면 여기에 있을 필요가 없다. 게다가 토요일에는 일도 안 하잖니?"

"그래도 그이가 어머니 친구 분을 모시고 운전을 해야 하잖아요."

"너는 어떠니? 네가 대신해도 되잖니."

"저는 아직 운전면허증이 없어요."

"집안일이고 뭐고 다 티안한테 시키면서 너는 그깟 면허증도 하나 못 땄다는 말이냐!"

아무것도 해결될 기미가 없자, 코니는 집시 닦는 수건을 식탁 위에 놓고 티안과 얘기를 하기 위해 거실로 갔다.

그러나 티안은 코니와 그 문제에 대해 얘기하지 않으려 했다. 그의 어머니가 대화를 엿들을 걸 알기 때문이었다. 메이 펜은 예순네 살인데도 여전히 귀도 좋고 눈도 좋았다. 티안은 아내를 향해 얼굴을 찌푸리며 한숨을 쉬었다.

"내일 파티를 하긴 해야 할 것 같아."

그녀가 고개를 끄덕였다.

"내가 도와줄게요."

하루 종일 눈이 내렸다 그쳤다를 반복했다. 이웃집 지붕들이 흐릿해지면서 지저분한 것들이 사라졌다. 나무와 울타리에 눈이 보풀보풀 달라붙었다. 모든 곳이 깨끗해 보였다. 공기조차도 더 상쾌하게 느껴졌다. 제설차가 다니면서 눈을 치우거나 소금을 뿌렸다. 아이들이 기운차게 함성을 지르며 비탈에서 썰매를 타고 있었다. 어떤 아이들은 내려가는 썰매 위에 벌렁 누워 있었다. 다른 한쪽에서는 아이들이 눈싸움을 하고 있었다. 티안은 유리창으로 그들을 재미있다는 듯 바라보았다. 그는 어머니에게 이곳에는 음식이 풍부하고 생선과 고기를 자주 먹을 수 있으니 복잡하게 여러 번 나오는 음식들은 준비하지 않는 게 좋겠다고 했다. 사람들이 식사를 하는 건 대부분 이야기를 즐기고 따뜻한 분위기를 만끽하기 위해서라고 했다. 그의 어머니는 몇 가지 요리를 하고 만두를 만들기로 했다. 만두소와 밀가루 반죽을 준비했지만 아직 만들지는 않았다. 그녀는 집을 찾아오는 손님과 같이 만두를 빚고 싶어 했다. 그렇게 함으로써 파티를 가족 모임처럼 만들고 싶은 모양이었다.

저녁때가 되자 다시 눈이 오기 시작했다. 티안은 차를 타고 손님을 데리러 갔다. 그의 어머니도 같이 갔다. 그녀는 조수석에 앉았다. 그는 히터를 가장 세게 틀었다. 와이퍼가 정신없이 앞 유리를 닦고 있었다. 그럼에도 바깥 유리 이곳저곳에 얼음이 얼고 안에는 김이 서렸다. 티안이 여러 차례, 장갑으로 물기를 닦았다. 그럼에도 시야는 나아지지 않았다.

그가 어머니에게 말했다.

"제 말이 무슨 뜻인지 이제 아시겠어요? 이런 날씨에 운전을 하는 건 위험한 일이에요."

그녀는 아무 대답도 하지 않고 앞만 보고 있었다. 부리 모양의 얼굴은 얼어붙은 것처럼 굳어 있었고 턱 밑의 살은 주름이 잡혀 흔들렸다. 손님으로 오게 될 슐란의 집은 찾기 쉬웠다. 그녀는 창문이 좁은 보기 흉한 10층 건물에 살고 있었다. 그녀는 그들이 도착했을 때, 바닥이 닳고 해어진 로비에서 그들을 기다리고 있었다. 그런데 티안에게는 감색 코트를 걸친 야윈 모습의 그녀가 낯설지 않아 보였다. 가만히 생각해 보니 그녀는 지하철역 근처의 이름도 없는 스낵바에서 일하는 사람이었다. 삼복더위에 흰 모자를 쓰고 땀을 뻘뻘 흘리며 얼굴이 발개진 채 행인들에게 열심히 음식을 팔던 그녀의 모습이 또렷하게 떠올랐다. 보잘것없는 달개지붕 말고는 아무것도 없어서 더위와 바람에 완전히 노출된 곳으로 겨울에는 히터가 필요 없었다. 스토브도 뜨겁고 냄비에서는 늘 김이 올라왔기 때문이었다. 하지만 여름이 문제였다. 천장에 붙은 작은 팬 하나가 이리저리 돌아갈 뿐, 더위를 막을 길이 없었다. 손님이 없을 때는 판매원들도 음식을 만들었다. 그곳에 있는 사람들은 모두가 요리사였다. 티안은 슐란을 만날 때마다, 그녀가 정말로 힘든 삶을 살아온 게 틀림없다고 생각했다. 그녀의 삶이 어떤 생명력과 인내와 희생을 그녀에게 요구했을지 궁금했다. 그는 코에서부터 넓은 입 가장자리까지 주름이 많이 진 그녀의 촌스럽지만 활기찬 얼굴을 보며 자주 놀라곤 했었다. 이제 그는 이 고향 사람에 대해서 더 알고 싶어졌다. 그는 어머니가 그녀를 초대한 것이 기뻤다.

메이펜이 살갗이 튼 친구의 손을 잡은 채 물었다.

"슐란, 딸은 어디 있어요?"

"위층에서 숙제를 하고 있어요."

"가서 데려와요. 같이 가게요. 너무 공부를 많이 하면 얼굴이 상해요."

티안이 말했다.

"아주머니, 데려오시죠."

"좋아요. 금방 올게요."

슐란은 엘리베이터를 향해 갔다. 뒤에서 보니 그녀는 스낵바에 있을 때보다 더 작아보였다.

티안과 메이펜은 로비에 달랑 하나만 있는 벤치에 앉았다.

슐란의 남편은 7년 전에 미국으로 건너왔는데 일 년쯤 있다가 어디론가 사라졌다고 했다. 아무도 그가 어디에 사는지 알지 못하지만, 기념품 가게를 하면서 젊은 여자와 휴스턴에서 살고 있다는 소문이 있다고 했다. 이제 슐란은 그가 집에 없어도 더 이상 신경을 쓰지 않는다고 했다. 그녀는 그가 자신을 요리사이자 몸을 녹이는 난로 정도로 이용했다는 생각이 든다고 했다. 그래서 그 없이도 살아갈 수 있다고 했다.

"어머니, 초대 잘하셨어요."

티안의 말은 진심이었다.

메이펜이 말없이 미소를 지었다.

몇 분 후, 슐란이 딸과 함께 내려왔다. 딸은 호리호리하고 핏기가 없어 보이는 열다섯 살짜리 소녀였다. 둥근 안경을 쓰고 너무 커서 잘 맞지 않는 바둑판무늬의 웃옷을 걸치고 있었다. 소녀는 기분이 별로 좋지 않은 것 같았다. 그녀는 말없이 차에 올라탔다. 티안은 차를 몰면서, 뒤에 탄 손님들에게 안전벨트를 하라고 했다. 그사이, 눈이 약간 사위었다. 하지만 아직도 눈송이들이 가로등 주변을 빙빙 돌고 있었고 반짝이는 유리창 밖으로 눈발이 날리고 있었다. 앰뷸런스 한 대가 사이렌을 울리며 어둠을 가르고 있었다. 티안은 흰색 앰뷸런스가 지나가도록 차를 세웠다가 다시 차를 몰았다.

메이펜은 집에 도착하자 슐란에게 지하에서 2층까지 집을 구경시켰다. 슐란은 티안과 코니의 집을 보며 감탄했다. 그녀는 단조로운 어조로 계속 말했다.

"정말 좋은 집이네요. 시내도 가깝고요."

그녀의 딸 칭은 어른들을 따라다니지 않고 거실에 앉아 피아노를 쳤다. 스타인웨이 피아노였다. 재고정리 세일을 할 때, 티안이 코니에게 사준 거였다. 칭은 미국에 오기 전에 피아노 치는 법을 배운 모양이었다. 하지만 그녀는 〈징글벨〉이나 〈양키 두들 댄디〉나 〈뉴스페이퍼 보이 송〉처럼 단순한 곡만 칠 줄 알았다. 그런 곡들마저 능숙한 것은 아니었다. 그녀는 자기 어머니가 돌아와서 그녀에게 '어설픈 손놀림'으로 사람을 당황스럽게 하지 말라고 말하자 피아노를 치던 걸 멈췄다. 그리고 텔레비전 앞에 앉아 유명한 역사학자가 최근에 우크라이나에서 있었던 오렌지 혁명과 그것이 마지막 남은 공산국가들에 미치는 영향에 대해 얘기하는 걸 바라보았다. 곧 어른들은 만두를 만들기 시작했다. 티안은 밀방망이가 없어서 맥주병으로 밀가루 반죽을 밀었다. 그는 능숙했지만 세 여자가 만두를 만드는 속도에 맞춰 반죽을 댈 수 없었다. 코니는 홀쭉한 고추양념장 병을 찾아내 이따금 그가 하는 일을 거들었다. 메이펜은 밀방망이가 집에 없다는 것이 못마땅했다.

"너희 두 사람은 인생을 어떻게 사는 거냐! 갖출 건 갖추고 살림을 해야지, 쯧쯧!"

코니는 말대답 대신 부지런히 만두만 빚었다.

슐란이 말했다.

"이렇게 시내 가까이에 살면 요리도 안 하고 밀방망이도 필요 없을 것 같아요."

그녀는 계속 미소를 지었다. 앞니 때문에 윗입술이 약간 들려 있었다.

티안이 화제를 바꾸려고 그녀에게 말했다.

"아주머니네 집 군만두는 참 맛있어요."

"매일 손수 속을 준비하거든요. 메이펜, 다음에 들르면 한번 먹어보세요. 진짜 맛있어요."

"그러지요. 중국에 있을 때부터 군만두를 만드셨나요?"

"아니요. 여기 와서 배웠어요. 주인이 항저우에 있는 호텔 주방장이었대요."

"어려운 일을 많이 겪었겠군요."

"괜찮아요. 이곳으로 소풍을 온 건 아니잖아요. 모든 사람들이 열심히 일하며 사니까요."

티안이 야릇한 미소를 지으며 말했다.

"저희 아버지는 쉰여덟 살에 은퇴하시고 연금을 받으시는데, 매일 아침 두 마리의 오색방울새를 새장에 넣어 쑹화 강으로 데려가며 여유롭게 사신답니다. 중국의 노인들은 편하게 사시지요."

그의 어머니가 그의 말을 바로잡았다.

"누구나 그런 건 아니다. 네 아버지가 여유롭게 사시는 건 젊었을 때부터 혁명에 가담하셨기 때문이야. 그래서 연금도 받고 무료 의료지원도 받는 거지."

슐란이 말했다.

"사실이에요. 제가 살았던 곳은 지금도 대부분의 사람들이 전처럼 가난하게 살아요. 저는 두 달마다 부모님께 돈을 보내드려야 해요."

메이펜이 물었다.

"연금은 안 나오나요?"

"나오지만 어머니가 통풍과 고혈압으로 고생하시거든요. 아버지는 이가 대부분 빠져서 틀니를 하셔야 하고요. 요즘은 사람들이 마음대로 아플 수도 없다니까요."

티안이 맞장구를 쳤다.

"맞는 말이에요. 가난한 사람들이 대부분이니까요."

냄비에서 물 끓는 소리가 났다. 만두를 찔 시간이었다. 코니는 그릇을 올려놓으려고 부엌으로 갔다. 그녀가 걸어갈 때, 허리까지 닿는 머리가 출렁거렸다.

슐란이 메이펜에게 말했다.

"며느리가 참하고 예쁘네요. 형님은 운이 좋으시군요."

"겉만 보고 하시는 말씀이에요."

티안이 애원했다.

"어머니, 또 그러지 마세요."

메이펜이 속삭였다.

"보세요. 내 아들은 늘 마누라 편만 든답니다. 불여우 같은 게 자기 남편을 단단히 홀려 놓았다니까요."

"어머니!"

두 여자는 웃으며 손을 씻으러 갔다.

10분 후, 티안이 거실로 가서 칭한테 식사를 하라고 했다.

식탁 위에는 김이 모락모락 나는 만두 외에도 고등어 찜, 오리 구이, 오이와 토마토 샐러드, 대순이 한 상 가득 차려졌다. 그들 모두 자리에 앉았다. 메이펜이 직사각형 탁자의 상석에 앉았다. 티안이 슈란과 그의 어머니에게 과실주를 따랐다. 그와 코니와 칭은 맥주를 마셨다.

두 노인은 그들이 알고 있는 사람들에 관한 얘기를 계속했다. 놀랍게도 칭은 맥주가 무슨 음료라도 되는 것처럼 벌컥벌컥 마셨다. 그는 그녀가 하얼빈에서 어린 시절을 보냈다는 걸 떠올렸다. 그곳에서는 어린아이들도 맥주를 마셨다. 그는 칭에게 영어로 학교에서 어떤 과목을 듣고 있는지 물었다. 소녀는 너무 내성적이어서 무슨 얘기든 스스로 하는 법이 없었다. 그녀는 묻는 질문에 간단하게 답변만 했다. 그녀는 중국어를 쓰고 외워야 하는 주말학교가 싫다고 솔직히 인정했다.

슈란은 거북이 귀족이라는 별명을 가진 남자에 대한 얘기를 했다. 그 남자는 하얼빈 외곽에 있는 양어장 주인이었다.

메이펜이 말했다.

"아, 나도 그 사람을 알아요. 비싼 차를 타고 쇼핑을 하러 다니곤 했었지요. 하지만 망했어요."

슈란이 물었다.

"무슨 일이 있었나요?"

"그 사람은 가재가 크고 강해지도록 약을 먹여 키웠는데 홍콩 여행객들이 그걸 먹고 식중독에 걸려버렸어요. 그래서 재판을 받게 됐고요."

"그는 사납지만 효성이 지극한 사람이었어요. 자기 어머니의 생일날에는 큰돈을 썼죠. 지금은 어디 있나요?"

"감옥에 있어요."

"그런 사람은 결국 감옥에 가게 돼 있어요. 얼마 전에 본토에서 온 사람을 만났는데 고향에서는 거리에서 파는 음식을 먹지 않았다고 하더라고요. 무엇으로 만든 건지 모르기 때문이라더군요. 가짜 달걀이나 가짜 소금까지 만든대요. 믿어지지 않는 얘기라니까요. 그걸 만드는 데 들어가는 품을 생각하면 그렇게 해서 어떻게 이익을 남기는지 궁금해요."

소녀를 제외하고 모두가 웃었다. 접시에 놓인 세 개의 만두에 식초를 뿌리며 슐란이 말을 이었다.

"예수 그리스도를 믿어야 해요. 그러면 행동거지도 더 신경 쓰고 동물 같은 태도도 버릴 테니까요."

메이펜이 오리 날개 끝을 씹으며 물었다.

"교회에 자주 가세요?"

"네, 주일마다 가죠. 가면 마음이 편안해지고 희망이 생겨요. 저는 남편을 뼛속까지 미워했는데 지금은 더 이상 그를 미워하지 않아요. 하느님이 저 대신 그를 상대해주실 테니까요."

칭은 슐란이 마치 낯선 사람에 관해 얘기를 하는 것처럼, 아무런 감정도 내비치지 않았다.

메이펜이 말했다.

"나도 당신을 따라 교회에 나가볼까 봐요."

"그렇게 하세요. 오시고 싶으면 언제라도 저한테 알려주세요. 조 목사님께 소개해드릴게요. 목사님은 진짜 신사랍니다. 그렇게 친절한 분이 없다니까요. 목사님은 청두에서 의사셨답니다. 지금도 의학적인 조언을 해주시죠. 제 위궤양을 치료해준 분도 목사님이시랍니다."

간장이 들어간 만두 대신 빵을 먹던 코니가 나직하게 말했다.

"칭, 남자친구는 있니?"

소녀가 대답하기도 전에 그녀의 어머니가 젓가락으로 딸을 가리키며 말했다.

"그건 내가 허락하지 않죠. 벌써부터 남자친구를 만나면 시간을 낭비할 뿐이니까요. 학교 공부나 열심히 하는 게 낫죠."

칭이 영어로 코니에게 말했다.

"우리 어머니가 얼마나 잡년인지 아시겠죠? 자기가 젊었을 때 그랬던 것처럼 제가 남자한테 미쳐버릴까 두려워하는 거라고요."

소녀의 눈이 검정테 안경 뒤에서 반짝였다.

두 노인이 그들을 의아스럽게 쳐다보는 동안, 코니와 티안은 킥킥거렸다. 티안이 그들에게 말했다.

"칭이 참 재미있네요."

그녀의 어머니가 덧붙였다.

"응큼하고 고집도 세답니다."

저녁식사가 끝나자, 슐란은 차를 마시지 않고 가려고 했다. 콩나물에 물을 주는 걸 잊어버렸는데, 라디에이터가 너무 뜨거워 식품점에 납품할 콩나물이 시들어버릴지 모른다고 했다.

그들이 가기 전, 코니는 소녀에게 책 한 권을 주며 말했다.

"아주 재미있는 소설이야. 나는 다 읽었는데 너도 좋아할 거 같아서 주는 거다."

티안은 흘깃 제목을 보았다. 《호밀밭의 파수꾼》이었다.

메이펀이 물었다.

"무슨 내용이냐?"

코니가 말했다.

"한 소년이 학교를 떠나 뉴욕에서 빈둥거리는 얘기예요."

"낙오자라는 말이냐?"

"그런 셈이죠."

"애한테 왜 그런 책을 주는 게냐! 잘못된 영향을 주면 어쩌려고 그래. 아이에게 부모한테 대드는 걸 가르칠 셈이냐!"

코니가 내뱉듯이 말했다.

"좋은 책이라니까요!"

티안이 손님들에게 말했다.

"가시지요."

그들이 문밖을 나선 순간, 그의 어머니가 코니를 향해 소리를 질렀다.

"아는 체하지 마! 다른 사람들 앞에서 말대꾸를 하다니. 건방진 것!"

코니가 받아쳤다.

"어머니는 책에 관해서 잘 모르시잖아요. 모르시면서 그렇게 말씀하지 마세요."

그들의 설전이 티안을 불안하게 했다. 그들은 그가 없는 동안 더 싸울 것이었다. 밖은 바람이 불고 도로는 얼어붙었다. 그는 천천히 차를 몰았다. 교차로 앞에서는 브레이크 페달에 발을 올려놓았다. 붉은 신호등이 들어오면 언제라도 차를 완전히 멈출 수 있도록 하기 위해서였다. 칭은 뒤에서 졸고 있었다. 조수석에 앉은 그녀의 어머니는 끊임없이 티안에게 얘기를 했다. 그녀는 메이펜이 유식하면서도 허세가 없는 여자라고 칭찬했다. 그녀는 티안에게 그렇게 명석하고 마음이 따뜻한 어머니와 아름답고 유식한 아내를 둬서 좋겠다고 했다. 그녀의 말을 듣자 티안은 어금니가 근실거렸다. 그는 그녀에게 얘기 좀 그만하라고 하고 싶었지만 애써 참았다. 그에게는 아직도 이 여자를 좋아하는 마음이 있었다. 무슨 이유에선지 그는 음식가판대 뒤에 서 있던 이 여자의 모습을 마음속에서 몰아낼 수 없었다. 옹이진 손으로 음식을 스티로폼 상자에 집어넣을 때, 땀에 젖어 김이 나던 그녀의 얼굴, 다른 손님들 앞에서 눈을 내리깔고 일하던 그녀의 모습.

그는 슐란과 칭을 내려주고 차를 돌렸다. 고속도로에서 나와 칼리지 포인트 대로에 들어설 때, 경찰차가 좁은 거리에서 갑자기 나타나더니 측면에서 그를 향해 미끄러졌다. 티안은 브레이크를 밟았다. 하지만 두 차의 머리가 쿵 소리를 내며 부딪쳤다. 부피가 큰 포드보다 훨씬 가벼운 그의 폭스바겐이 옆으로 밀쳐져 몇 차례 비틀비틀하다가 멈췄다. 티안은 창문에 머리를 부딪쳤다. 여전히 정신을 바짝 차리고 있었지만,

그의 귀에서 소리가 나는 것 같았다.
 흑인 경찰이 경찰차에서 내리더니 부리나케 달려왔다.
 "괜찮아요?"
 그는 소리를 지르며 티안의 앞 유리를 두드렸다.
 티안이 문을 열고 고개를 끄덕였다.
 "차를 못 봤어요. 미안해요, 경찰관님."
 티안이 밖으로 나왔다.
 네모진 얼굴의 경찰이 껄껄 웃었다.
 "미안합니다. 내 차가 당신 차를 쳤네요. 차를 멈출 수가 없었어요. 길이 엄청 미끄러워서요."
 티안은 빙 돌아서 그의 차 앞면을 바라보았다. 헤드라이트의 유리 덮개와 깜빡이가 부서져 있었다. 하지만 불은 다 들어왔다. 범퍼가 축구공만 한 크기로 쑥 들어가 있었다. 그가 큰 소리로 말했다.
 "이걸 어떻게 하죠?"
 경찰이 씩 웃었다.
 "내 잘못입니다. 내 차가 길로 미끄러져 나왔으니까요. 내가 100달러를 줄 테니 보험회사에는 알리지 않는 게 어떨까요?"
 티안은 경찰관의 고양이 같은 얼굴을 쳐다보고 그가 걱정을 많이 하고 있다는 걸 알았다. 어쩌면 이곳에 새로 부임한 경찰관인지도 몰랐다.
 티안은 그 돈으로 수리를 다 할 수 없을지 모른다는 걸 알면서도 말했다.

"오케이."

경찰관이 지갑에서 다섯 장의 20달러 지폐를 꺼내며 말했다.

"당신은 좋은 사람이군요. 여기 있습니다. 고마워요."

티안은 돈을 받고 차에 탔다. 그가 차를 몰고 그 자리를 떠날 때, 경찰관이 소리쳤다.

"고마워요!"

그는 차에서 나는 소리에 신경이 거슬렸다. 전보다 소리가 더 요란했다. 차 안쪽에 피해가 없었으면 싶었다. 사실 그의 차는 1000달러도 안 나가는 낡은 차였다. 움푹 들어간 곳에 대해선 너무 신경 쓸 일이 아니다 싶었다.

집에 들어서기가 무섭게 어머니의 목소리가 귀를 찔렀다.

"이 집을 사는 데 네가 보탠 돈이 얼마나 된다고 큰소리야! 여긴 내 아들 집이다. 여기에 살게 해주는 것만으로도 고마워해야지 어디서 버르장머리 없이!"

그들의 싸움은 끝이 없었다. 티안은 거실로 달려가며 소리쳤다.

"두 사람 다 조용히 해요!"

하지만 코니가 그를 향해 돌아서서 날카롭게 말했다.

"당신 어머니께 이 집은 공동 소유라고 말씀드려요."

그건 사실이었다. 하지만 그의 어머니는 코니가 집을 사는 데 한 푼도 내지 않았다는 사실을 알고 있었다. 티안이 집을 공동 소유로 한 것은 그에게 돌이킬 수 없는 일이 일어날 경우, 아내가 집을 가질 수 있도록 하기 위해서였다.

그의 어머니가 코니를 향해 으르렁거렸다.

"창피한 것도 모르는구나. 어정뱅이 집안 출신에 배은망덕한 인간 같으니!"

"제 아버지를 욕하지 마세요! 제 아버지는 정직하게 사시는 분이에요!"

맞는 말이었다. 톈진 시에 사는 그녀의 아버지는 중고가구상을 하며 열심히 살고 있었다.

티안이 다시 고함을 쳤다.

"두 사람 다 그만두라니까요. 자동차 사고가 났어요. 경찰차에 받아서 내 차가 부서졌다고요."

그 말을 듣고도 두 여자는 꿈쩍도 하지 않았다. 코니가 메이펜을 향해 소리쳤다.

"보세요. 눈보라가 있을 거라고 했잖아요. 어머니는 허세 때문에 약속을 취소하지 않으셨어요. 아들이 죽기를 바라셨나요?"

"그게 내 잘못이란 말이냐! 너는 운전도 안 배우고 뭘 한 게냐! 지난 몇 년 동안 뭘 한 거야!"

"어머니처럼 막무가내인 사람은 처음 봤어요."

"너처럼 무례하고 뻔뻔한 인간은 처음 봤다."

티안이 다시 소리를 질렀다.

"빌어먹을! 사고가 났다니까요!"

그의 아내가 그를 아래위로 쳐다봤다.

"당신, 멀쩡하네요. 여하튼 낡은 차잖아요. 자, 진짜 문제가 뭔지 보세요. 나는 어머니하고 같은 지붕 아래서 살 수 없어요. 어머니가 나가지 않으면 내가 나갈 거예요."

그녀는 이렇게 말하고 위층에 있는 자기 방으로 갔다.

티안이 그녀를 따라갈까 말까 망설이고 있는데 그의 어머니가 말했다.

"네가 아직도 내 아들이라면 저년과 이혼해라. 다음 주에 당장. 성격이 얼마나 나쁜지 아이를 낳으면 약골들이 나올 거다."

그가 소리를 질렀다.

"어머니도 미쳤어요!"

그는 쿵쿵 소리를 내며 서재로 가서 문을 세게 닫았다. 그는 어떻게 하면 코니가 이 집에서 나가는 걸 막을 수 있을까 고민했다. 실제로 그런 일이 일어나면 그는 돌아버릴 것이다. 그건 분명했다.

월요일 아침, 티안은 매니저인 빌 낸지의 사무실로 갔다. 매니저는 티안이 자기 앞에 앉자 어리둥절한 얼굴을 했다.

그가 상냥한 목소리로 물었다.

"티안, 무슨 일이지?"

그는 그의 비서인 재키가 책상 위에 방금 갖다놓은 커피 잔에서 올라오는 김을 큰 손으로 저었다. 티안이 아직도 공손한 표정인 걸 보고 그의 혈색 좋은 얼굴이 다소 누그러졌다.

티안이 말했다.

"회사에서 사람들을 정리하고 있다는 걸 알고 있습니다. 트레이시 맬로이처럼 저를 내보내실 수 있습니까?"

그는 매니저의 얼굴을 빤히 쳐다보았다.

"지금 다른 데서 제안을 받았다는 얘기를 하는 건가?"

"아뇨. 하지만 매니저께서 좋은 추천서를 써주시면 감사하겠습니다. 곧 직장을 찾아봐야 할 테니까요."

"그런데 어째서 우리 회사에서 나가려고 하는 거지?"

"집안 사정 때문에 그렇습니다."

"티안, 내가 뭐라고 할 수 있겠나. 자네는 아주 훌륭하게 일을 잘했네. 하지만 그게 자네가 원하는 거라면 나가게 해줄 수야 있지. 자네는 우리가 해고하려고 하는 명단에 끼어 있지 않다는 점을 기억하게나. 자네에게 한 달분의 월급을 여분으로 더 주겠네. 다른 일을 찾을 때까지 시간을 벌 수 있도록 말이네."

"정말 고맙습니다."

티안은 자신의 일이 좋았다. 하지만 회사에 애착을 느낀 적은 없었다. 다른 곳에서도 비슷한 일을 찾을 수야 있겠지만 지금처럼 월급을 많이 받을 수는 없을 것 같았다. 하지만 그는 이렇게 해야 했다. 점심시간이 되기 전에 재키가 티안의 책상 위에 추천서를 갖다놓았다. 그에게 행운이 있기를 바란다는 매니저의 카드가 함께 들어 있었다.

티안은 다른 사람들이 알지 못하는 사이에 조용하게 일을 처리했다. 그는 그것에 관해 얘기하기가 싫었다. 직장을 그만두는 이유에 대해 설명을 해야 한다는 게 두려웠다. 그는 늘 그랬듯이 오후에도 하던 일을 계속할 것처럼, 동료들과 함께 점심도 먹고 감자튀김도 먹었다. 그러나 점심시간이 끝나기 전에 아무에게도 작별인사를 하지 않고 물건을 챙겨 넣은 가방을 들고 나왔다.

그는 바로 집에 가지 않았다. 대신 근처 술집에 가서 술을 몇 잔 마셨다. 라거 맥주 한 잔, 마티니 한 잔, 얼음 띄운 라이 위스키 한 잔을 마셨다. 화장을 진하게 하고 머리를 금발로 물들인 젊은 여자가 그의 옆에 있는 높고 둥근 의자에 엉덩이를 밀어 넣었다. 그는 그녀에게 데킬라 한 잔을 사줬지만 그녀와 얘기를 하기에는 기분이 너무 우울했다. 한쪽에서는 두 명의 남자가 중국에서 가장 유명한 코미디언인 벤샨이 뉴욕에서 공연을 한다는 얘기를 했다. 그런데 티켓이 이민자들이 사기에는 너무 비싸서 그의 스폰서들이 관중을 끌어 모으려고 동분서주하고 있다고 했다. 여자가 가느다란 손을 티안의 팔뚝에 놓으며 조용한 곳에 가서 오붓한 시간을 보내며 기분을 푸는 게 어떻겠냐고 제안했을 때, 그는 회의에 참석해야 한다며 거절했다.

얼마 후, 그는 한동안 시내를 배회했다. 그리고 페디큐어를 하는 곳에 가서 발 관리를 받았다. 그는 거리가 더 시끄러워지고 하늘이 남색으로 어둑어둑해질 때가 되어서야 집으로 향했다. 하지만 오늘은 어떤 식료품도 사지 않고 그냥 갔다. 그는 바로 침내로 들어가서 새털이불을 턱까지 끌어당기고 누웠다. 그의 어머니가 들어와서 저녁에 뭘 먹고 싶은지 묻자, 그는 마지못해 말했다.

"아무거나 괜찮아요."

그녀가 그의 이마를 만져봤다.

"아프니?"

그가 신음 소리를 냈다.

"혼자 있게 해주세요."

"열이 많이 나는구나. 무슨 일이 있었니?"

그는 대답도 하지 않고 이불을 머리 위로 끌어당겼다. 며칠 동안 계속해서 자고 싶었다. 그는 자신이 측은하게 생각되었다. 그는 모든 것에 질려 있었다.

6시쯤 되자 아내가 돌아왔다. 두 여자는 거실에서 얘기를 했다. "술에 취했다"느니 "너무 무뚝뚝하다"느니 "끔찍하다"느니 하는 소리가 들렸다. 그의 어머니가 울먹이는 소리로 말했다.

"뭔가 잘못된 거다. 얼굴이 멍하더라."

잠시 후, 코니가 들어와 그의 가슴을 살짝 두드렸다. 그가 천천히 일어나 앉았다.

그녀가 물었다.

"무슨 일 있었어요?"

"해고당했어."

"뭐라고요? 사전에 아무 얘기도 안 해주고 말이에요?"

"그래. 회사가 해고 통지를 이리저리 남발하고 있어."

"그래도 경고를 해줬어야 하잖아요?"

"왜 이래, 여긴 미국이야. 사람들이 일자리를 잃는 건 다반사잖아."

"어쩔 셈이에요?"

"나도 모르겠어. 너무 피곤해."

그들은 한동안 얘기를 계속했다. 한참 후에 그는 침대에서 나왔다. 두 사람은 거실에 있는 메이펜에게 갔다. 그의 어머니는 나쁜 소식을 듣고 울기 시작했다. 그는 멍한 얼굴로 소파 위에 큰대자로 드러누웠다.

메이펜이 물었다.

"그러니까 이제 직장이 없어졌다는 말이니?"

그는 대답도 하지 않고 얼굴만 찡그렸다. 그녀의 말이 이어졌다.

"이게 무슨 말이니? 지금부터는 벌이가 없어진단 말이냐?"

"네, 집과 차, 텔레비전을 비롯한 모든 걸 잃을지도 몰라요. 어머니의 비행기표를 살 돈도 없을지 몰라요."

그의 어머니는 발을 질질 끌고 욕실로 가서 눈물을 닦았다. 코니는 믿을 수 없다는 듯 그를 지켜보았다. 그러더니 그녀는 작고 고른 이를 내보이며 미소를 짓고 나직하게 말했다.

"내가 직장을 찾아볼까요?"

그가 속삭였다.

"그래. 그런데 나는 당분간 일을 해서는 안 돼. 내 말이 무슨 말인지 알지?"

그가 그녀를 향해 윙크를 했다. 그녀의 눈 가장자리가 희미하게 빛났다.

아내는 고개를 끄덕이며 무슨 말인지를 알아들었다는 듯 일어섰다. 그러고는 부엌으로 가서 요리를 했다. 그녀는 그날 저녁을 먹는 내내 메이펜에게 공손했다. 메이펜은 그들의 인생이 끝장날 수도 있다며 계속 한숨을 쉬었다. 티안이나 코니가 빠른 시일 내에 직장을 잡지 못하면 파산할지 모른다는 말도 했다.

메이펜은 충격을 받고 거의 아무것도 먹지 못했다. 저녁식사가 끝난 후에도 그들은 식탁을 떠나지 못했다. 코니가 차를 내왔다. 그들은 얘기를 계속했다. 티안은 그의 아내와 어머니가 늘 싸우기 때문에 직장 생활을 모범적으로 할 수 없었다고 불평했다. 그것이 문제의 근원이었다고 했다. 집안이 시끄러웠기 때문에 너무 지쳐서 일에 집중을 할 수 없었다고 했다. 사실, 그런 불행이 자기한테 닥칠 걸 알고 여러 번 얘기했지만 그들은 전혀 신경을 쓰지 않았다고 했다.

"다른 직장은 구할 수 없는 거니?"

"구하기 어려울 거예요. 뉴욕에서는 애완동물보다 많은 게 회계사들이라서요. 여기는 세계 금융의 중심지잖아요. 나보다 코니가 먼저 직장을 구할지도 몰라요."

코니가 무표정한 얼굴로 말했다.

"나는 공부가 끝날 때까지 직장을 구하지 않을 거예요."

메이펜이 코니에게 애원했다.

"내 부탁을 들어주는 셈치고 직장을 구해보렴."

"싫어요. 저는 간호학교를 먼저 마치고 싶어요. 아직도 두 달이나 남았어요."

"그러니까 너는 손가락 하나 까딱 않고 이 집이 망하도록 내버려둘 거란 말이니?"

"저한테 그렇게 말씀하지 마세요. 어머니가 오시고부터 이 집이 이렇게 된 거예요."

코니는 말없이 앉아 있는 티안을 바라보며 다시 말을 이었다.

"이제 어머니의 아들은 막다른 골목에 다다른 거예요. 그러니 누가 비난 받아야 할까요?"

그의 어머니가 물었다.

"티안, 그게 정말이니? 네 인생이 끝난 거니?"

"말하자면 그렇죠. 어떻게 다시 시작할지 생각해봐야겠어요."

메이펜이 깊은 한숨을 쉬었다.

"나는 처음부터 미국에 올 생각은 없었다. 하지만 욕심 많은 네 누나가 미국에 가서 캐나다에서 공부하는 아들 학비를 대달라고 하라지 뭐니. 네 누나는 그 애가 서류상으로 네 아들처럼 보일 수 있도록 성도 추로 바꿔놓았단다. 이제 모든 게 끝났구나. 내일 아침에 네 누나와 아버지한테 전화를 해서 돌아간다고 해야겠다."

코니는 무표정한 티안의 얼굴을 바라보았다. 그가 일어나며 말했다.

"너무 피곤해서 먼저 들어갈게요."

그는 서재를 향했다.

메이펜은 두 손으로 코니의 손을 잡고 애원했다.

"네 남편이 이 위기를 극복할 수 있도록 도와주거라! 넌 네 남편을 사랑하지 않니? 다시 일어설 수 있도록 해주면, 네 남편은 너를 행복하게 해주기 위해 무슨 짓이든 다할 거다. 코니, 너는 착한 며느리잖니. 이 집을 구하기 위해 노력 좀 해다오!"

티안은 서재에서 그들이 하는 얘기를 듣고 미소를 지으며 고개를 저었다. 그는 그의 아내가 어머니를 고향으로 돌려보내기 위해 이 기회를 어떻게 활용해야 하는지 알고 있다고 확신했다.

일주일 동안 티안은 집에 있었고 코니는 이리저리 직장을 찾아보았다. 그녀는 여러 차례에 걸쳐 면접도 봤다. 이미 능력 있는 간호사였기 때문에 그녀가 일을 찾는 건 어려운 일이 아니었다. 그다음 주 수요일, 맨해튼에 있는 병원에서 급료도 좋고 복지 혜택도 좋은 자리를 그녀에게 제안했다. 그녀는 매니저를 설득해 출근 날짜를 일주일 연기했다. 그녀는 남편과 시어머니에게 병원에서 온 편지를 보여주었다.

티안이 말했다.

"우아. 당신이 나보다 더 벌겠네."

메이펜이 종이를 훑어보았다. 그녀는 한 글자도 알지 못했지만 '$32'라는 말은 알아보았다. 그녀가 놀라서 물었다.
"이 말은 한 시간에 32달러를 주겠다는 말이니?"
"네. 하지만 일을 나갈지는 아직 모르겠어요."
"이 집을 구하고 싶지 않단 말이냐!"
"이 집이 더 이상 제 집 같지가 않아서 그래요."
"네 남편이 뜨거운 물속에 있는데 네가 어찌 그렇게 무정할 수가 있니?"
"어머니가 저를 그렇게 만드셨어요. 티안은 늘 어머니 편만 들잖아요. 그래서 이 집은 더 이상 제 집이 아닌 게 됐다고요. 은행에서 차압을 하든 말든 저는 상관 안 해요."
티안은 아무 말도 하지 않고 흐릿한 풍경화가 걸린 회색 벽만 바라보았다. 메이펜은 다시 흐느끼기 시작했다. 그가 한숨을 쉬면서 아내를 바라보았다. 그는 코니가 병원의 제안을 받아들였을 거라는 걸 알고 있었다.
"어머니가 나쁜 때에 오셨네요. 저는 더 이상 어머니의 안전이나 안락을 보장할 수는 없게 됐어요. 상황이 좋아지지 않으면 제가 어떻게 될지 누가 알겠어요? 기차에 뛰어들든가 바다에 빠져버릴지도 모르는데."
"그런 생각은 제발 하지 마라! 너희 두 사람이 힘을 합해 이 위기를 극복해야지."
"너무 많은 일을 겪었더니 기가 꺾여버렸어요. 저는 끝난 것 같아요. 다시는 회복하지 못할 것 같아요."
"아들아, 용기를 내서 싸워야지."

"그러기에는 너무 비참해요."

코니가 끼어들었다.

"어머니, 이건 어떠세요? 티안과 제가 이 문제에 집중할 수 있도록 다음 주에 중국으로 돌아가시는 건요?"

"나 때문에 주의가 산만해진다는 말이니?"

티안이 말했다.

"맞아요, 어머니. 두 사람이 싸우고 또 싸우고 또 싸우니, 제 인생이 참 고달파졌어요. 넋을 잃어 제대로 일을 할 수도 없었어요. 그래서 해고당한 거예요."

"그래. 너희 둘이 있을 수 있도록 다음 주에 돌아가마. 하지만 돌아가기 전에…… 돈을 좀 줬으면 좋겠다. 빈손으로 돌아갈 수는 없잖니. 그렇게 되면 이웃들이 나를 비웃을 거다."

이 말을 할 때, 그녀의 입술이 떨렸다. 이가 다 빠진 것처럼 그녀의 입은 홀쭉해져 있었다.

코니가 말했다.

"2000달러를 드릴게요. 일을 시작하게 되면 더 보내드릴게요. 친척들이나 친구들에게 드릴 선물은 걱정하지 마시고요. 작은 장신구들 하고 위스콘신 인삼도 두세 팩 사죠."

"동충하초도 사면 어떻겠니? 신장이 안 좋으신 네 시아버지한테 좋을 텐데."

"그만큼 사려면 5000달러가 들어요. 중국에서 사면 훨씬 싸게 살 수 있잖아요. 대신 일본식 말린 해삼을 사드릴게요. 그것도 아버님 건강에 좋을 거예요."

십자포화 속에서 181

메이펜이 마지못해 그러라고 했다. 해삼은 비싸봐야 100그램에 100달러였다. 하지만 아들이 처한 상황이 그녀를 두렵게 했다. 그가 파산 신청을 하면, 두 사람에게서 아무것도 얻어낼 게 없을지 몰랐다. 돈을 받고 떠나는 게 상책이었다. 메이펜은 코니가 떠나면 티안이 가장 힘들어 할 거라는 걸 알았다. 메이펜은 그동안 친척과 친구들에게 아들이 출세를 했다고 자랑했었다. 그녀는 아들의 삶이 단 하루에 무너질 정도로 그렇게 취약하리라고는 상상해본 적이 없었다. 사람들이 늘 미국 생활의 스트레스와 불안감에 대해 얘기하는 것도 놀랄 일은 아니었다.

코니가 쾌활한 목소리로 말했다.

"어머니가 비행기를 타고 떠나시기 전에는 직장을 잡을 수 없을 것 같아요. 티안이 재기할 수 있도록 도와줘야 하니까요."

메이펜이 말했다.

"고맙구나."

그날 밤, 코니는 티안에게 안방으로 와서 자라고 했다. 하지만 그는 어머니를 화나게 해서는 안 된다며 거절했다. 그는 슬펐다. 어머니의 생각이 바뀌지 않을까 두렵기도 했다. 그는 14년 전 일을 떠올렸다. 그가 입학시험을 치르던 날이었다. 부모님은 우산 하나를 같이 쓰고 도시락과 음료수, 손수건에 싼 밀감을 들고 빗속에서 아들을 기다리고 있었다. 두 분 모두 한쪽 어깨가 빗물에 흠뻑 젖어 있었다. 그는 부모님의 걱정스러운 얼굴을 결코 잊을 수 없었다. 고마움에 그의 눈에 눈물이 고였다. 부모님과 예전처럼 자유롭게 얘기를 할 수 있다면 얼마나 좋을까 싶었다.

Shame
부끄러움

어느 날 저녁, 나는 한 통의 전화를 받았다. 플러싱에서 여름 일거리를 찾은 직후였다. 교육자 대표단을 인솔하고 미국 대학을 방문하러 온 멩 교수에게서 걸려온 전화였다. 그는 난징에 있는 나의 모교 스승이자 미국학 전문가로, 잭 런던의 단편집을 중국어로 번역하는 등 중국에서는 학자로 널리 알려져 있었다.

"교수님, 어디에 묵고 계세요?"
"중국영사관일세."
"가서 뵈어도 될까요?"
"오늘밤은 안 돼. 파티에 참석해야 되거든. 이곳에 며칠 있을 거니까, 내일은 어떤가?"

나는 다음 날 오후에 만날 약속을 했다. 뉴욕 일정이 끝나면 대표단은 보스턴으로 갔다가 다시 시카고로 간다고 했다. 그리고 마지막으로 미니애폴리스로 갈 예정이라고 했다. 나는 1985년에 한 학기 동안 멩 교수의 강의를 들었다. 미국 유대문학에 관한 강의였다. 그는 뛰어난 선생은 아니었다. 목소리는 밋밋하고 때로 분명치도 않았다. 하지만 기억력은 대단했다. 작가와 책에 관한 많은 정보들이 그의 머릿속에 입력되어 있었다. 물론 모든 책을 다 읽은 건 아닐 것이다. 내가 그렇게 생각한 것은 당시 중국에서는 구할 수 없는 책들이 많았기 때문이다. 그는 당시 오십 대 초반이었지만, 몸이 호리호리하고 날렵했으며 탁구도 꽤 잘 쳤다. 종종 내가 사십 대처럼 보인다며 스물다섯이던 나를 놀리기도 했다. 사실 나는 실제로 내 나이보다 훨씬 늙어 보였다. 우울한 눈과 아침마다 찾아오는 두통 탓이었을지 모른다. 하지만 나는 멩 교수의 농담이 싫지는 않았다. 다른 선생들보다 나한테 잘해준다고 생각해서였는지도 모르겠다.

다음 날 아침, 뉴욕 시 전체가 목욕탕 안에 들어간 것처럼 뿌옇고 무더웠다. 늘 그랬듯이 아민과 나는 밴을 타고 물건을 배달하러 갔다. 그가 운전을 하고 내가 조수석에 앉았다. 우리는 브루클린 9번가에 있는 공장에 멈춰 몇 다발의 천을 내려놓았다. 그리고 맨해튼 시내에 있는 큰 공장으로 가서 나머지 짐을 내렸다. 공장은 건물 3층에 있었다. 시끄러운 곳이었다. 재봉틀이 돌아가는 소리에 다리미질하는 소리가 이따금 엎혔다. 바닥에는 천 조각들이 널려 있었고 코트를 만드는 데 쓰는 옷감이 벽에 기대져 있었다. 재봉사와 보조 재단사들은 모두 여자였다. 그들의 손은 바삐 움직이고 있었고, 귀에는 이어폰이 꽂혀 있었다. 짐을 내리는 것은 쉬운 일이었지만, 완성된 제품을 옷가게로 배달하는 일은 그렇지 않았다. 양복과 드레스에 기름이 묻거나 때가 타지 않도록 조심스럽게 다뤄야 했다. 창백한 얼굴에 야윈 몸집의 친구가 우리를 도와주었다. 우리는 완성된 옷 한 벌 한 벌에 큼직한 비닐을 씌워 행거에 건 다음 엘리베이터로 가서 1층으로 내려왔다. 1층은 지상 1미터 높이에 있었다. 아민은 엘리베이터가 서는 곳까지 밴을 후진했다. 나는 행거를 밀 수 있도록 두 개의 트랩을 놓았다. 그 일은 더디고 힘들었다. 매번 두 시간 가까이 걸렸고 조심에 조심을 거듭해야 했다. 제품에 손상이 가면 홍콩 출신 사장한테 혼나기 때문이었다. 다행히 그는 제품에 손상이 갔다는 이유로 우리의 급료를 깎지는 않았다.

그날 아침, 출발하기 전에 나는 사장에게 오후 시간을 좀 빼달라고 했다. 아민은 5번가에 있는 신사용 양품점에 마지막으로 양복들을 배달한 후, 오후 2시쯤 나를 유니언 스퀘어에 내려주었다. 그는 졸린 듯한 눈을 한 사근사근한 친구였다. 그는 종종 나를 놀렸다. 내가 맨해튼에서는 아무것도 할 수 없는 임시직이었기 때문이다. 나는 여름이 끝나면 위스콘신에 있는 학교로 돌아가야 했다. 사실 내가 뉴욕에 온 건 돈을 벌기 위해서만은 아니었다. 석사 논문 지도 교수인 프리먼 교수가 미국을 이해하기 위해서는 꼭 뉴욕을 관찰해야 한다고 했기 때문이다.

지하철에서 내리자 보슬비가 내리고 있었다. 나는 허드슨

강을 향해 42번가를 따라 걸었다. 우산을 갖고 오지 않은 게 후회스러웠다. 비 때문에 흐릿해져 보이는 네온사인 불빛이 밖으로 드러난 사람의 팔다리처럼 반짝이고 있었다. 네온사인은 맑은 날에 봤을 때보다 더 도발적이었다. 지나가는 사람들에게 손짓을 하는 것 같았다. 비에 젖지 않기 위해서는 서둘러야 했다. 나는 칠팔 분 후에 중국영사관 입구에 도착했다. 여남은 명이 그곳에서 비가 그치기를 기다리고 있었다. 얼굴이 푸석푸석하고 눈이 작은 노인이 리셉션 사무실에서 〈인민일보〉 해외판을 읽고 있었다. 나는 그에게 내 스승의 이름을 대며 그를 찾아왔다고 했다. 그는 전화기를 집어 들고 번호를 돌렸다.

조금 기다리자 멩 교수가 내려왔다. 그는 3년 전과 똑같아 보였다. 우리는 악수를 하고 내 옷이 젖어 있었음에도 포옹을 했다. 그는 나를 보고 좋아했다. 그가 나를 영사관 안으로 데리고 들어가려 했다.

노인이 사무실 창문으로 소리를 쳤다.

"잠깐! 들어가면 안 돼요."

나는 적갈색 여권을 꺼내 내 사진이 있는 쪽을 보여주며 말했다.

"저는 외국인이 아니에요."

"상관없어요. 들어갈 수 없어요."

내 스승이 끼어들었다.

"저는 이곳에 묵고 있어요. 동지, 우리를 들여보내주시오.

이 사람은 내 제자요. 서로 못 본 지가 3년도 넘었답니다."

"저는 규칙에 따를 뿐입니다. 어떤 방문객도 이 건물 안으로 들어갈 수 없게 돼 있어요."

나는 화가 났다. 방금 전만 해도 어떤 젊은 여자가 괴짜 노인한테 머리를 끄덕이며 들어가는 걸 보았다. 그녀도 틀림없이 방문객이었다. 나는 그에게 따졌다.

"이 건물은 중국 것 아닙니까? 국민으로서 중국 영토에 들어갈 권리가 있는 거 아닙니까?"

"아니, 없어요. 잘난 혀를 여기에서 놀릴 생각 말아요. 당신 같은 허풍쟁이들은 많이 봤으니까."

그의 흐리멍덩한 눈이 빛났다.

나는 소리를 질렀다.

"이 여권을 들고 있다는 게 부끄럽군요."

"그럼 커다란 독수리가 그려진 푸른색 미국 여권을 가지시지 그래."

멩 교수가 다시 말했다.

"위층으로 가지는 않겠소. 로비에서 한두 시간 앉아 있으면 안 되겠소? 당신이 보이는 곳에 있으리다."

"안 돼요, 그럴 수 없어요."

이제는 입구가 너무 북적거려 거기에서 얘기를 할 수도 없었다. 그래서 우리는 비가 오고 있음에도 밖으로 나왔다. 우리는 12번가를 가로질러 허드슨 강 위에 모습을 드러낸 항공모함을 잠시 바라보고 44번가로 향했다. 공사장 가까이에 식당이 하나 있었다. 공사장 구석에는 두 개의 이동식 화장실이 있었다. 식당에서는 이탈리아 음식을 팔았다. 멩 교수는 미트볼이 들어간 스파게티를 주문하고, 나는 작은 피자를 주문했다. 그는 미국소설에서 마카로니, 베르미첼리, 링귀니 등과 같은 말들을 본 적이 있어서 그것들이 모두 이탈리아 국수라는 걸 알고는 있었지만, 전에는 파스타를 먹어본 적이 없다고 고백했다. 나는 그가 음식을 맛있게 먹자 기분이 좋았다. 그는 토마토소스와 파마산치즈를 특히 좋아했다. 내 배는 아직도 그 치즈에 적응하지 못하고 있었다.

"양도 많고 건강에도 좋은 음식일세. 올리브기름과 바질 맛이 느껴지는군."

나는 여전히 중국 음식을 먹고 있기 때문에 그의 열정적인 말에 동의할 수 없었다.

"뉴욕은 참 풍요롭군. 공기조차도 기름진 것 같네."

교수는 하이네켄 맥주를 들어 한 모금 마셨다.

그는 최근에 중국을 떠난 나의 동급생들에 대해 얘기를 하더니 나한테 질문했다.

"자네, 여기서 한 달에 얼마를 버나?"

그의 좁다란 얼굴에 미소가 어리고 큼지막한 코가 씰룩거렸다.

"시간당 돈을 받아요. 한 시간에 5달러 40센트를 받지요."

그는 고개를 숙이고 계산해보더니 말을 이었다.

"이야, 사네는 내가 중국에서 비는 것보다 적어도 스무 배는 더 버는군. 몇 년 지나면 돈방석에 앉겠네."

 나는 말없이 미소를 지었다. 그는 내가 돈을 더 써야 하고 세금을 내야 한다는 걸 계산에 넣지 않고 있었다. 그는 내가 얼마나 열심히 일하는지 상상할 수 없을 터였다. 오렌지색 앞치마를 두른 뚱뚱한 웨이트리스가 와서 우리에게 디저트 메뉴판을 건네주었다. 나는 크림 치즈케이크를 먹어보는 게 어떠냐고 제안했다. 그는 내 말에 동의했다. 나는 디저트를 좋아했다. 나한테는 미국 음식에서 가장 좋은 부분이 디저트였다. 커피를 마시며 그가 한숨을 쉬었다.

 "홍판, 나도 자네처럼 될 수 있으면 뭘 줘도 아깝지 않을 것 같네."

 "저는 학생일 뿐이에요. 어떻게 그런 말씀을 하실 수 있으세요?"

 "하지만 자네는 미국에서 대학원 과정을 밟고 있고 언젠가 진짜 학자가 될 수 있을 거 아닌가. 학창 시절에 있었던 정치 운동에 망가진 우리 세대와는 다르지. 우리는 정말로 로스트 제너레이션이네."

 "하지만 선생님은 벌써 정교수가 되셨잖아요."

 "그건 직함에 불과한 거야. 내가 이룬 게 뭐란 말인가. 언급할 가치가 있는 게 아무것도 없네. 수많은 세월을 허비했네. 잃어버린 걸 만회하는 건 불가능하네."

 나는 그가 번역한 잭 런던의 단편소설집을 떠올렸다. 그것은 존경받을 만한 일이었다. 하지만 그 얘기를 끄집어내진 않았다. 나는 어떤 점에서는 감동을 받고 있었다. 모교에 있는 교수들 가운데 학생에게 이렇게 솔직하게 얘기할 사람은 없을 것이다. 치즈케이크가 나왔을 때, 교수는 컬럼비아 대학의 나탈리 사이먼 교수를 만나러 가는데 같이 가지 않겠느냐고 물었다. 나는 망설여졌다. 오후에 일을 하지 못하게 될 것이기 때문이었다. 그러나 사이먼 교수가 근대 미국문학 분야에서 유명한 학자이기 때문에 같이 가기로 했다. 나는 사장한테 다시 허락을 받아낼 수 있을 거라고 생각했다.

저녁을 먹고 나서, 나는 멩 교수를 영사관에 데려다주었다. 우리는 다음 날 1시 30분에 만나기로 했다. 비가 그치고 구름이 흩어지고 있었다. 하지만 날씨는 아직도 후덥지근했다. 후덥지근한 공기가 살갗을 마구 문지르는 것 같았다. 그가 입구로 사라지는 걸 보고, 나는 지하철역을 향해 돌아섰다.

다행히도 사장은 다음 날 오후에 일을 하지 않도록 배려해주었다. 그는 자기 딸이 버나드 대학을 졸업했다고 했다. 그래서 내가 옛 지도 교수를 따라 대학을 방문하는 걸 좋게 생각했다. 사장은 요즘 기분이 좋은 상태였다. 딸이 변호사 시험에 막 합격했기 때문이었다. 멩 교수는 영사관 밖에 있었다. 그는 어깨에 가방을 짊어지고 있었다. 나는 그 가방을 내가 들어줘야 하는 건 아닌지 고민했다. 하지만 거기에 중요한 게 들어 있을지도 몰라 그 생각을 접었다. 우리는 3번 기차를 탔다.

컬럼비아 대학 영문과는 찾기 쉬웠다. 사이먼 교수의 연구실 문은 열려 있었다. 그녀는 우리를 따뜻하게 맞아주었다. 그러고는 높은 유리창이 달린 연구실에 달랑 하나만 있는 소파로 우리를 안내했다. 그녀가 미안하다는 듯 손을 저으며 말했다.

"방이 어지러워서 미안합니다."

그녀는 내가 생각했던 것보다 젊었다. 삼십 대 후반인 듯했다. 골격이 탄탄해 보이고 눈도 반짝반짝 빛났다. 그러나 얼굴에는 주근깨가 많았다. 팔에도 주근깨가 많았다. 맹 교수의 전공은 원래 러시아어였는데 1960년대 중국과 소련의 관계가 틀어지자 영어로 전공을 바꾸었다. 그럼에도 그의 영어는 매우 유창했다. 그는 사이먼 교수에게 중국어로 이미 번역된 미국문학 작품들에 관해 얘기하기 시작했다. 그는 정부로부터 기금을 받아 그 일을 책임지고 있었다.

"우리는 미국문학사를 집필하고 있습니다. 대학 교재로 쓰게 될 겁니다. 저도 두 장을 맡아 쓰고 있습니다."

"훌륭합니다. 제가 중국어를 읽을 수 있다면 좋겠습니다. 중국학자들이 우리 문학에 대해 어떻게 생각하는지 알게 되면 흥미로울 것 같아요."

나는 예닐곱 명의 교수들이 그 책을 집필하고 있다는 걸 알고 있었다. 말이 문학사지 일부 소설과 희곡 작품의 줄거리 요약을 기초로 하고 공식적인 견해와 해석을 재탕한 논문들을 버무려 놓은 것에 불과할 것이었다. 진정한 학문의 걸림돌은 검열 말고도, 필자들 대부분이 아마추어라는 데 있었다. 대부분의 필자가 미국문학에 대해 전혀 알지 못하는 사람들이었다. 사이먼 교수가 중국어를 모르는 게 나았다. 그렇지 않다면 그녀는 기가 막혔을 것이다. 그녀는 책상에서 하드커버로 된 두 권의 책을 들어 우리 앞에 있는 테이블에 놓았다.

"최근에 나온 졸저입니다. 마음에 드셨으면 좋겠습니다."

위에 있는 책은 《근대 미국문학의 풍경》이라는 제목의 책이었다. 다른 책은 제목이 뭔지 보이지 않았다.

멩 교수가 책을 들고 말했다.

"사인해주시겠습니까?"

"벌써 해놓았습니다."

"귀한 책을 주셔서 감사합니다."

놀랍게도 그가 갈색 가방에서 갈색 실크 상자를 꺼내 사이먼 교수에게 건넸다.

"작은 선물입니다."

그녀는 좋아하며 상자를 열었다. 상아 모조품으로 된 마작 세트였다. 그것이 형광등 불빛에 번쩍번쩍하고 또렷해 보였다.

"아름답네요."

말은 그렇게 했어도 그녀는 당황한 것 같았다. 그녀는 삼키기 어려운 뭔가가 입속에 있는 것처럼 턱을 약간 숙였다.

멩 교수가 말했다.

"마작을 하십니까?"

"저는 모릅니다만, 우리 시어머니가 친구들과 종종 마직을 하세요. 은퇴하셨답니다. 갖다드리면 아주 좋아하실 것 같아요."

나는 내 스승이 가방에 두 권의 책을 넣는 걸 보며 입맛이 떫었다. 그는 자신이 그녀의 오랜 친구라도 되는 것처럼 태도가 자연스러웠다. 사실 그는 사이먼 교수와 딱 한 차례 만났을 뿐이었다.

사이먼 교수가 3시에 강의를 해야 해서 우리는 연구실에 오래 머물지 않았다. 그녀는 이듬해 봄에 중국으로 가는 미국 대표단에 낄 수 있다면 다시 난징을 방문하고 싶다고 말했다.

입구에 거대한 기둥들이 있는 건물에서 나오다가, 나는 반쯤 놀리는 심정으로 그에게 물었다.

"마작을 몇 세트나 갖고 오셨어요?"

"여섯 세트 가져왔지. 백단향으로 만든 부채도 몇 개 가져왔는데, 중요한 사람들에게만 마작 세트를 준다네."

그의 목소리가 너무 진지해 나는 무슨 말을 해야 할지 몰랐다. 그는 아이러니에 대한 감각이 없었다. 그는 그와 나탈리 사이먼 교수가 주고받은 두 선물이 너무 차이가 나는 것에 내가 혼란스러워하고 있다는 걸 알아차리지 못했다. 나는 대학 정문으로 가면서 입을 다물고 있었다. 그는 영사관으로 돌아가는 길을 안다고 했다. 지도도 있고 날씨도 화창해 느긋하게 가고 싶으니 걱정하지 말라고 했다. 그래서 우리는 작별인사를 했다. 나는 혼자서 지하철역으로 내려갔다.

6월은 곧 지나갔다. 나는 낮에는 옷감과 완성된 의복을 배달했고 밤에는 평론가 에드워드 사이드의 《오리엔탈리즘》을 읽었다. 나는 멩 교수가 대표단과 함께 보스턴으로 가서 지금쯤 중서부에 있을지도 모른다고 생각했다. 그런데 놀랍게도 어느 날 저녁, 교수로부터 전화가 걸려왔다.

"어디세요?"

그의 부드러운 소리가 들려왔다.

"아직 뉴욕에 있네."

"다른 사람들과 함께 가지 않으셨단 말씀이세요?"

나는 그가 대표단을 이탈했다는 걸 알고 깜짝 놀랐다. 그가 밋밋하게 말했다.

"그렇네. 너무 일찍 돌아가고 싶지 않아서 말이야."

잠시 나는 너무 어안이 벙벙해 아무 말도 하지 못했다. 그러다가 가까스로 말을 했다.

"멩 교수님, 교수님 같은 연세에 이곳에서 사시는 건 아주 어려운 일입니다."

"알고 있네. 사실 아내가 아프다네. 약값과 병원비가 장난이 아니지. 중국에 있으면 그 돈을 마련할 길이 없어. 그래서 여기에 좀 더 있기로 했네."

나는 교수가 말한 것이 사실인지 어쩐지 확신하지 못했다. 하지만 사모님의 건강이 좋지 않다는 건 사실이었다.

"다시는 고향으로 돌아가지 못하실 수도 있어요."

"상관없네. 인간은 인간이 만들어놓은 경계에 구속되지 않고 새처럼 살아야 하네. 내가 전화한 이유는 며칠만 재워달라고 부탁하기 위해서라네."

만약 그 요청을 수락한다면 탈주의 공범이 되는 것이지만, 그는 내가 도와줘야 하는 스승이었다.

"네, 알겠습니다."

나는 교수에게 주소를 주며 찾아오는 길을 알려주었다. 나는 다른 사람과 작은 아파트를 같이 쓰게 되는 그 상황이 편하진 않았기 때문에 멩 교수가 잠시만 머물다가 갔으면 싶었다. 두 시간 후, 그는 두툼한 여행가방과 어깨에 메는 가방을 가지고 도착했다. 그는 저녁을 먹지 못한 상태였다. 교수는 닭다리 두 개와 달걀, 고수잎을 듬뿍 넣어 끓여준 인스턴트 국수를 맛있게 먹었다. 집에서 나온 이후로 먹어본 것 중 최고의 저녁식사라고 했다.

"연회에서 먹은 음식보다 더 맛있네."

나는 교수가 며칠 동안 어디에 있었는지 물었다. 그는 브롱크스에 있는 친구 집에 있었다고 했다. 그런데 그 친구가 뉴욕 북쪽에 있는 카지노로 갈 예정이어서 묵을 곳을 찾아야 했다고 했다.

그의 둥그런 눈에서 열기가 느껴지긴 했지만, 한편으로는 그의 침착함이 존경스러웠다. 내가 그의 위치에 있었다면 돌아버렸을 것 같았다. 하지만 그는 어려운 삶을 살았던 탓에 강해졌고 평소 경험이 많은 사람이었다. 특히 시골에 있는 양계장에서 보낸 7년의 세월이 그를 강하게 만들었다. 식사가 끝나자, 10시 반이 넘어 있었다. 우리는 불안정한 식탁에 앉아서 뉴포트 담배를 같이 피우고 재스민 차를 마시며 대화를 나누었다. 우리의 이야기는 끝없이 계속됐다. 새벽 2시까지 얘기를 하다가 잠을 자기로 했다. 나는 교수에게 내 침대를 쓰라고 했다. 침대라고 해봐야 마루에 매트리스 하나만 달랑 놓은 것이었다. 그러나 그는 소파에서 자겠다고 고집을 부렸다.

우리 두 사람은 영사관에서 추적할 수 없도록 당분간 교수가 가만히 있어야 한다는 데 생각을 같이 했다. 매일 아침, 나는 일하러 갈 때면 음식과 음료수를 충분히 챙겨 놓고 밖에서 문을 잠갔다. 교수는 저녁에 내가 돌아올 때면 저녁식사를 준비해놓고 있었다. 그는 인내심도 많고 기분도 좋아 보였다. 나는 식료품 외에도 중국어로 된 신문과 잡지도 사가지고 왔다. 그는 그것들을 허겁지겁 읽었다. 그는 이곳 뉴스가 중국 본토의 뉴스와 이렇게 다르리라고는 생각해보지 못했다고 했다. 기사에는 중국 정치에 관한 비밀들이 너무나 많이 실려 있었다. 역사적 사건에 대한 해석들도 너무 다양했다. 그는 종종 식사하면서 자신이 읽은 것들에 대해 나한테 이야기하곤 했다. 때때로 나는 너무 지쳐서 그의 말에 귀를 기울일 수가 없었다. 그러나 내가 그렇게 반응해도 그의 흥분은 가시지 않았다.
어느 날 저녁 집으로 돌아오는 길에 나는 새것이나 다름없는 매트리스가 인도에 버려져 있는 걸 발견했다. 멩 교수와 나는 그 매트리스를 집으로 가져왔다. 그날부터 교수는 내 방에 있는 두 번째 침대에서 잠을 잤다. 그는 나쁜 꿈을 꾸는지 종종 자다가 주먹질을 했다. 한번은 이렇게 중얼거렸다.

"복수하겠어! 성위에 막강한 내 친구들이 있거든. 너와 네 친구들을 싹 쓸어버릴 거야."

그와 같은 소란이 종종 있었음에도, 나는 그가 이곳에 있는 게 좋았다. 그가 있어서 외로움이 덜해졌기 때문이었다.

2주 후, 우리는 그가 앞으로 해야 할 일에 대해 얘기하기 시작했다. 이제는 밖에서 열쇠를 잠그지 않았다. 그는 종종 외출도 했다. 아직까지 영사관에서는 그가 사라진 걸 비밀에 붙이고 있었다. 신문에도 기사가 나지 않았다. 하지만 그것은 좋은 징조가 아닐 수도 있었다. 침묵은 우리를 불안하게 했다. 그래서 나는 그가 계속 숨어 있어야 한다고 생각했다. 하지만 그는 돈을 벌고 싶어 했다. 내가 한 주만 더 기다리라고 했는데도 막무가내였다.

"여기는 미국이잖은가. 그러니 더 이상 두려움 속에서 살 필요가 없지."

우리는 그가 당장 정치적 망명을 신청해서는 안 된다고 생각했다. 그건 마지막 수단이어야 했다. 그렇게 되면 우리의 조국에 다시는 발을 들여놓지 못하게 될 것이었다. 불법 체류자로 살면서 돈을 버는 게 더 나았다. 그러다가 사태가 진정되면 신분을 바꾸면 그만이었다. 돈이 생기면 변호사를 고용해서 그 문제를 처리할 수 있었다. 곧 그는 플러싱에서 일자리를 찾기 시작했다. 1980년대 후반의 플러싱은 아직 도시의 외형을 갖추지는 않았다. 집은 비싸지 않았고 새로운 일들이 막 시작되고 있었다. 교수는 영어를 잘했기 때문에 일자리를 찾는 건 어렵지 않았다. 그는 곧 퀸스 식물원 근처에 있는 레스토랑에 일자리를 구했다. 하지만 그는 매니저이자 식당의 공동사장인 마이클 치안에게 자신은 경험이 없으니 접시닦이부터 시켜달라고 했다. 진짜 이유는 접시닦이를 하면 사람들이 보지 않는 부엌에서 대부분의 시간을 보낼 것이기 때문이었다. 다음 날, 그는 한 시간에 4달러 60센트를 받으며 판다 테라스에서 일을 시작했다. 밤 11시쯤 돌아왔을 때, 뼛속까지 피곤하다는 말은 했지만 기분은 매우 좋아 보였다.

그는 능력이 있었다. 주인과 다른 종업원들도 그를 좋아했다. 때때로 나는 그 식당에 가서 국수나 볶음밥을 먹었다. 내가 그곳에 가는 주된 이유는 맹 교수가 어떻게 하고 있는지 확인하기 위해서였다. 불안하게도 웨이터는 그를 '교수님'이라고 불렀다. 성급하게도 다른 종업원들에게 자신의 신분을 밝혀버린 것이다. 하지만 나는 그것에 관해서 아무 말도 하지 않았다. 그는 하루 종일 접시를 닦아도 편안해 보였다. 그는 종업원들이 손님 식탁에 가서 하는 걸 보고 그런 거라면 자기도 쉽게 할 수 있다고 결론을 내렸다. 한두 달 후에 그는 직장을 옮길지 몰랐다. 똑같은 곳에서 웨이터로 일하든가 다른 식당으로 옮길 수도 있었다.

어느 일요일 오후, 나는 같이 일하는 아민과 함께 만두를 먹으러 판다 테라스에 갔다. 우리가 먹고 있을 때, 십 대 후반으로 보이는 두 백인 소녀가 차를 몰고 주차장에 들어섰다. 그들이 앞문으로 왔다. 허리가 두툼한 식당의 공동사장 메일링이 그들에게 가더니 쏘아붙였다.

"여기 들어오지 마. 더 이상은 안 돼."

소녀들은 문간에 우뚝 멈춰 섰다. 하나는 하늘색 사롱과 브래지어에 굴렁쇠 모양의 귀걸이와 거울 같은 선글라스를 끼고 있었다. 다른 하나도 사롱과 브래지어를 하고 있었지만 노란색이었다. 그들은 껌을 찍찍 씹고 있었다.

하늘색 옷을 입은 키가 큰 소녀가 가지런한 이를 내보이며 억지웃음을 웃었다.

"왜죠? 우리, 돈 있어요."

다른 소녀가 립스틱을 바른 입술로 씩 웃더니 언저리를 까맣게 칠한 눈을 깜빡이며 말했다.

"여기 가지 튀김이 맛있거든요. 아, 맛있겠다. 만두도 맛있고요."

메일링이 말했다.

"꺼져버려! 너희들 시중은 들지 않아."

그녀는 화가 났을 때를 제외하고 영어를 떠듬떠듬 발음하는 경향이 있었다.

키가 작은 소녀가 물고 늘어졌다.

"이곳은 미국이에요. 손님을 쫓아낼 수 없다는 걸 모르시나요?"

"너희들은 우리 손님이 아니야. 지난번에 돈을 내지 않았잖

아. 내가 주차장까지 따라갔지만 너희들은 나를 보고도 그냥 가버렸어."

"그게 우리였다는 걸 어떻게 자신할 수 있죠?"

"도둑년들아, 여기서 나가란 말이야!"

키가 큰 소녀가 아랫입술을 혀로 핥으며 능글맞게 웃었다.

"중국 아줌마, 더럽게 굴지 말아요. 우리가 돈을 내지 않았다는 걸 어떻게 증명할 수 있죠? 당신은 엉뚱한 나무를 보고 짖는 개예요."

"나한테 개라고 하지 마! 꺼져!"

메일링이 손짓을 하며 말했다. 그녀의 팔목에 달린 옥팔찌에서 소리가 났다.

노란색 옷을 입은 소녀가 끼어들었다.

"이런 식으로 억지 부리지 말아요. 보세요, 여기 돈 있잖아요."

그녀는 1달러짜리와 5달러짜리 한 다발을 꺼내 메일링의 눈앞에 대고 흔들었다.

화가 나서 얼굴이 파래진 메일링이 말했다.

"당장 나가지 않으면 경찰을 부르겠어."

키가 큰 소녀가 쏘아붙였다.

"아, 그래요? 경찰을 불러야 할 사람은 우리네요. 당신은 증거도 없이 우리를 도둑으로 몰고 있어요. 미국에서 이게 무슨 의미인지 알고나 하는 소리인가요? 중상모략이라는 범죄예요. 우리가 당신을 고소할 수도 있어요."

노란색을 입은 소녀가 덧붙였다.

"맞아요, 고소할 거예요."

메일링은 당황한 것 같았다. 멩 교수가 뒷짐 지고 그들을 향해 어슬렁어슬렁 걸어갔다. 그는 차분한 목소리로 소녀들에게 말했다.

"아가씨들! 다시는 우리를 이용하지 마. 그만 나가줘."

키가 작은 소녀가 말했다.

"빌어먹을, 배가 고프단 말이에요! 조금만 먹을 게요."

메일링이 소리를 질렀다.

"이 강도들아, 여기서 당장 나가! 너희들한테는 팔지 않겠단 말이야."

"감히 어떻게 우리한테 강도라고 할 수 있죠?"

"너희들은 강도야. 여기서 먹고 싶으면 지난번에 내지 않은 37달러나 계산하고 먹어."

키가 큰 소녀가 상냥한 미소를 지으며 말했다.

"제가 말씀드렸듯이 사람을 잘못 봤다니까요. 이런 선글라스를 전에 본 적 있나요?"

"하지만 네 귀걸이는 기억하고 있다."

"무슨 말씀이세요. 많은 여자들이 이런 귀걸이를 하고 다녀요. 메이시에서 18달러만 내면 살 수 있어요."

멩 교수가 다시 말했다.

"우리한테 기록이 있단다. 너희들의 차량 번호가 895NTY 맞지?"

메일링이 다시 말했다.

"맞아. 지금 당장 나가지 않으면 경찰을 부르겠어. 오늘밤은 유치장에서 자게 해주지."

두 소녀가 숨을 헐떡였다. 앉은 자리에서 그들을 보고 있던 나는 웃음이 나왔지만 참았다. 노란색 옷을 입은 소녀가 친구의 팔꿈치를 잡으며 말했다.

"나가자. 미치겠다."

두 사람이 나갔다. 그들은 웨지힐 구두를 신은 발로 그들의 차를 향해 비틀거리며 걸어갔다. 그들의 지갑이 나풀거렸다. 그들이 빠져나갈 때, 아민과 나는 자동차 번호판을 보려고 일어섰다. 정확하게 멩 교수가 얘기한 번호였다.

아민이 소리쳤다.

"브라보!"

나는 내 스승에게 말했다.

"우아, 대단하시네요."

메일링의 남편인 마이클 치안은 직접 그 광경을 목격했지만 한마디로 모든 걸 설명할 수가 없는 모양이었다. 그는 멩 교수에게 계속 이렇게만 말했다.

"놀라우세요. 그 자동차 번호판을 기억하고 있다니! 나는 때려죽인다 해도 못할 거예요."

나중에 멩 교수는 나한테 메일링과 소녀들이 싸우고 있을 때, 밖으로 살짝 나가 번호판을 보고 왔다고 말했다. 나는 갑자기 웃기 시작했다. 그는 영리하고 현명한 사람이었다.

그가 갖고 있는 지략에 감동한 마이클은 맨해튼 위쪽에 개업을 준비 중인 새로운 식당의 매니저 자리를 제안했다. 하지만 멩 교수는 그런 일을 맡기에는 자신의 나이가 많다며 거절했다.

그다음 주 어느 날 밤이었다. 그는 중국어로 된 지방신문을 갖고 돌아오더니 식탁을 탁 쳤다.

"마이클, 그 염병할 놈이 어떤 기자에게 뻔뻔한 두 계집애들에 관해 나발을 불어버렸네."

나는 짤막한 기사를 훑어보았다. 기사는 그 사건을 상당히 정확하게 보도하고 있었다. 멩 교수는 '리우 교수'라고 되어 있었다. 다행스럽게도 그는 다른 이름을 사용하고 있었다. 나는 신문을 내려놓고 말했다.

"별 문제 아닌데요, 뭘. 이 기사만으로는 아무도 교수님이 코끼리처럼 기억력이 좋은 천재라는 걸 알 수 없겠는데요."

교수는 이 기사로 인해 영사관으로부터 추적을 당할까 봐 두려워하는 것 같았다.

"관리들이 그들의 촉수를 얼마나 멀리 뻗을 수 있는지는 모르는 일이네. 이 신문이 중국 정부의 재정 지원을 받는다는 얘기를 들었거든."

"그래도 그들이 교수님과 리우 교수를 동일한 사람으로 볼 것 같진 않아요."

그가 한숨을 쉬었다.

"자네 말이 맞으면 좋겠네."

하지만 내 말이 맞은 게 아니었다. 사흘 후, 일을 하고 돌아왔을 때, 전화벨이 울렸다. 나는 숨을 약간 헐떡이며 달려가 전화를 받았다. 전화를 건 사람은 감미로운 목소리로 자신이 교육과 문화 교류를 담당하고 있는 가오 부영사라고 했다. 그는 나한테 영사관에 한 번 나와 달라고 했다. 나는 깜짝 놀라 관자놀이가 뛰었지만 냉정해지려고 노력했다. 나는 그에게 말했다.

"지난번에 그곳에 갔을 때는 건물 안에 한 발짝도 들여놓지 못하게 했습니다. 직원 중 하나는 저한테 허풍쟁이라고까지 했고요. 너무 굴욕적이어서 다시는 영사관에 가지 않겠다고 생각했습니다."

"왕훙판 동지, 이번에는 내가 개인적으로 동지를 초대하는 겁니다. 내일 좀 만나고 싶은데요."

"일을 해야 합니다."

"모레는 어떤가요? 토요일이잖습니까."

"그렇게 할 수 있는지 잘 모르겠어요. 사장한테 먼저 물어봐야 할 것 같습니다. 그런데 가오 부영사님, 무슨 일이신데 그러세요?"

"혹시 당신 스승인 멩푸화 교수가 지금 어디 있는지 알고 있는지 궁금해서 그럽니다."

"뭐라고요? 그렇다면 교수님이 사라지셨다는 말인가요?"

"우리는 그가 어디에 있는지만 알고 싶을 뿐이에요."

"전혀 모르겠는데요. 제가 교수님을 마지막으로 만난 건 지난번 컬럼비아 대학 나탈리 사이먼 교수를 찾아갔을 때였어요."

"그건 우리도 알고 있습니다."

"그 외에는 드릴 말씀이 없습니다. 미안합니다."

"왕홍판 동지, 솔직히 말하는 게 좋을 겁니다. 조국에 관한 문제예요."

"사실대로 말씀드린 겁니다."

"좋아요, 언제 올 수 있는지 알려주세요."

나는 사장한테 얘기해보고 전화를 하겠다고 했다. 전화를 끊고 나자 불안한 마음을 억누를 수 없었다. 나는 이러한 관리들을 상대할 때마다 늘 무력감을 느꼈다. 그들이 나를 멩 교수와 공범이라고 생각할 수 있으며 앞으로 두고두고 괴롭힐지도 모른다는 걸 알았기 때문이다. 어쩌면 두 번 다시 여권을 발급받지 못할 수도 있었다.

그날 밤, 나는 교수에게 전화에 대해 얘기를 했다. 그는 아무런 감정도 드러내지 않고 이렇게만 말했다.

"그들이 추적하고 있다는 걸 알고 있었지. 자네를 끌어들여 미안하네. 자네, 지금부터는 조심해야 하네."

"그들이 저도 리스트에 올려놨을 수 있다는 걸 압니다. 하지만 제가 여기에서 합법적으로 살고 있는 한, 그들도 저를 어쩌지 못할 거예요. 교수님은 어떻게 하실 작정이세요?"

"뉴욕에 더 이상 머물 수는 없을 것 같네. 미시시피에 사는 친구와 연락이 닿았네. 그 친구가 거기에서 식당을 개업했는데 와서 일을 좀 해달라고 하더군."

"좋은 생각이네요. 관리들이 교수님을 찾지 못할 먼 곳에서 사셔야 해요. 적어도 일이 년은 그곳에 계세요."

"그래, 죽은 듯이 살 셈이네. 내일 판다 테라스에 가지 않을 생각이야. 자네가 내 옷을 반납해주고 메일링과 마이클에게 내가 더 이상 이곳에 없다고 말해주겠나?"

"그렇게 하면 안 될 것 같아요. 교수님이 어디 계시는지 쉽게 짐작할 수 있을 테니까요. 그렇게 되면 영사관에서 저를 다그칠 거예요."

"그렇군. 그렇다면 옷은 잊어버리게."

교수는 바로 다음 날 남부로 가기로 했다. 그레이하운드의 장거리 버스를 타고 바로 잭슨으로 갈 셈이었다. 나는 그의 결정이 현명하다고 생각했다.

그때 교수가 벽장에서 여행가방을 꺼냈다. 그는 가방을 열고 서류로 가득한 커다란 갈색봉투를 꺼냈다. 그가 감정이 묻은 목소리로 말했다.

"홍판, 자네는 좋은 젊은이야. 내가 가르친 학생 중 최고라네. 여기 헤밍웨이에 관한 논문들이 몇 편 있네. 영어로 번역해 '중국에서의 헤밍웨이'라는 제목으로 책을 낼 생각이었지. 솔직히 말하면 그걸로 약간의 돈과 명예를 거머쥘 생각이었네. 그런데 이제 나는 이 작업을 할 수 있는 위치에 있지 않아. 그래서 자네한테 이 논문을 주려고 하네. 자네라면 이걸 잘 활용할 수 있을 것 같아서 말이네."

그는 내 앞에 봉투를 놓으면서 울먹였다. 나는 봉투를 받았지만 안에 든 걸 꺼내진 않았다. 나는 지난 몇 년 사이에 학술지에 발표된 대부분의 논문들에 대해 잘 알고 있었다. 그런 논문들은 형편없을 뿐만 아니라 잘못된 정보가 담겨 있었다. 학술적인 논문이라고 할 만한 건 거의 없었다. 멩 교수가 그걸 영어로 번역했다면 소위 학자라는 사람들에게는 당황스러운 일이었을 것이다. 그들 중 일부는 중국어와 영어를 병용하여 출판된 《노인과 바다》를 제외하곤 영어로 헤밍웨이를 읽어본 적도 없는 사람들이었다. 그들은 주로 공식적인 정기간행물에 나온 리뷰나 요약문에 기초해 헤밍웨이의 소설에 관한 논문을 썼다. 그들 중 정말로 헤밍웨이를 이해하는 사람은 거의 없었다. 나는 《태양은 다시 떠오른다》를 영어로 읽기 전에는 헤밍웨이가 익살스러운 작가라는 생각은 해본 적이 없었다. 번역이 되는 과정에서 말장난과 농담이 사라져버렸기 때문이었다. 나는 미국의 어느 출판사도 이러한 쓸모없는 논문을 영어로 출판하는 데 관심을 갖지 않을 거라고 확신했다. 멩 교수가 은밀한 프로젝트를 생각해내고 그걸로 부와 명예를 거머쥘 수 있다고 생각한 건 대단히 어리석은 일이었다. 그래도 나는 그에게 고맙다고 했다.

"저를 신뢰해주셔서 대단히 감사합니다."

그리고 그는 나에게 현금 뭉치를 건넸다. 1000달러가 넘는 액수였다. 그는 그것을 자기 아내에게 보내달라고 했다. 나는 내 이름으로 된 수표를 발행해 우편으로 보내겠다고 약속했다.

그는 한숨을 쉬며 우리가 언젠가 다시 만나게 될 것이라고 했다. 교수가 자리에서 일어났다. 그리고 잠자리에 들기 전 씻으려고 욕실로 갔다. 다음 날은 우리 두 사람에게 긴 하루가 될 것이었다.

나는 그 후로 다시는 교수와 만나지 못했다. 그리고 그가 지금 어디에 있는지 알지도 못한다. 20년 동안 나는 이 주에서 저 주로 옮겨 다녔다. 그리고 다시는 중국으로 돌아가지 않았다. 그러는 와중에 나는 헤밍웨이에 관한 논문을 잃어버렸다. 하지만 내가 밤새 책상에 앉아 영어로 첫 소설을 쓴 게 멩 교수가 뉴욕을 떠나던 날이었다는 건 또렷이 기억한다.

·

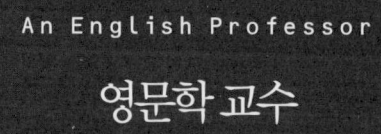

An English Professor

영문학 교수

탕루성은 정년 보장 심사에 필요한 세 개의 서류를 제출하고 나서야 비로소 마음이 놓였다. 세 가지 서류 중 첫 번째 것은 연구, 두 번째 것은 강의, 세 번째 것은 봉사에 관한 서류였다. 7년 동안 조교수로 있다가 승진을 하기 위해서는 세 분야 중 하나에서 뛰어나야 하고 다른 두 분야에서는 아주 잘해야 했다. 그가 재직하는 학교는 기본적으로 강의 중심 대학이었지만, 세 분야 중 연구 실적을 가장 중요하게 평가했다. 그는 뛰어난 선생도 아니었고 그렇다고 봉사를 많이 한 것도 아니었다. 그는 과에서 운영하는 두 개의 위원회에서 봉사를 했고 매년 봄에 개최되는 작문대회 운영을 도왔다. 연구 분야에서도 뛰어나지 못했다. 그래도 그는 운이 좋았다. 최근에 뉴욕 주립대 출판사에서 자신의 원고를 받아들였기 때문이었다. 그의 저서는 미국의 아시아계 남성작가와 여성작가 사이의 차이를 보여주는 안내서였다. 학문적으로 가치가 있는 건 아니었지만 출판사 편집자는 일 년 후인 이듬해 봄에 책을 출판하겠다는 편지를 보내왔다. 루성은 그 편지를 복사하여 연구 서류에 첨부했다. 그는 벌써 두 번째 책을 집필하기 시작했다. 아시아계 미국작가들이 문화적 유산을 어떻게 활용하는지에 관한 책이었다. 그는 학술지에 첫 장을 게재하기까지 했다. 정년이 보장된 동료들 중 일부는 책을 펴낸 적이 없었다. 30년 전에 강의를 시작한 사람들은 특히 그랬다. 그래서 루성은 자신의 상황이 안정적이고 괜찮다고 생각했다.

그는 휘트니 홀로 갔다. 그는 이번 학기에 그 건물에서 이민자 문학을 가르치고 있었다. 오늘은 목요일이었다. 카를로스 불로산이 쓴 《미국은 마음속에 있다》는 작품이 이번 주에 다루는 교재였다. 루성은 픽션의 형식을 취할 것인지 아니면 논픽션의 형식을 취할 것인지 선택하는 데 따르는 문제점에 대해 길게 얘기했다. 불로산은 원래 그 이야기를 소설의 형태로 썼는데 출판사 관계자가 그에게 회고록으로 출판하라고 설득했다. 똑같은 일이 아시아계 미국작가들에게도 있었다. 예를 들어 맥신 홍 킹스턴이 쓴 《여전사》도 그랬다. 그것이 프랭크 친이라는 작가가 "동양인의 자서전은 백인들의 인종차별 가운데 하나이다"라고 말하게 된 이유였다. 루성은 학생들에게 물었다. 친의 주장이 어느 정도까지 정당화될 수 있을까? 회고록과 소설 사이의 근본적인 차이는 무엇인가? 다른 형식을 취하는 데 따르는 장단점은 무엇일까? 학생들은 질문에 자극을 받아 열띤 토론을 벌였다.

수업 분위기가 좋아서 만족스러웠지만, 이건 자주 있는 일이 아니었다. 대부분의 경우, 그는 청각장애인한테 노래를 부르는 것처럼 좌절감을 느꼈다. 때때로 그는 수업 중 냉소적인 웃음을 짓기도 했다. 지난 학기 말에 한 학생은 강의 평가서에 이렇게 썼다. "탕 교수님은 우리를 무시하는 것 같다. 교수님이 못마땅하게 생각하는 것을 우리가 얘기하면 종종 우리를 비웃곤 하셨다." 이번 학기에 루성은 자신의 태도에 대해 더 신중해졌다. 그는 학생들 앞에서 웃는 걸 자제했다. 그는 교수라는 건 학생들을 기분 좋게 만들어야 하는 엔터테이너라는 걸 이해했지만, 자연스러운 방법으로 학생들을 즐겁게 하는 방법은 아직 터득하지 못하고 있었다. 그래도 이번 학기에는 강의 평가 결과가 더 좋게 나올 것이라고 확신했다. 그렇게 되면 원로 교수들한테 그의 강의 방식이 나아지고 있다는 걸 보여주게 될 것이었다.

수업이 끝난 후에 그의 연구실을 찾아오는 사람은 아무도 없었다. 그래서 오후 4시에 연구실을 나섰다. 지하철역으로 가다가 그는 니키를 만났다. 인기 있는 교수이자 자신의 정년 보장을 지원해주는 키 큰 흑인 여교수였다. 그녀는 늘 바둑판무늬 스카프를 두르고 보석 귀걸이를 하고 있었다. 그리고 항상 기분 좋게 웃었다. 루성은 그녀에게 서류를 막 제출했다고 말했다.

"우아, 빠르시네요. 내가 당신이라면 마지막 날까지 기다렸을 텐데. 하지만 상관없겠죠. 제출하기 전에 모든 걸 꼼꼼히 살펴봤나요?"

"네."

그녀는 반쯤 농담 삼아 물었다.

"철자 틀린 것도 없고 일관성이 없는 것도 없던가요?"

그녀의 양쪽 볼에 보조개가 나타났다.

"모든 걸 꼼꼼히 점검했어요."

"그럼 안심하고 좋은 소식을 기다릴 수 있겠네요."

"니키, 도와줘서 고마워요."

그는 서류를 꼼꼼히 점검했다고 말하긴 했지만, 약간 불안했다. 연구와 봉사 파일은 세 번쯤 점검했지만, 강의 파일은 한 번밖에 교정하지 않았다. 그는 철자가 잘못됐거나 빠진 것이 없기를 바랐다. 마감일은 다음 주 월요일인 3월 31일까지였다. 자신이라면 마지막 순간까지 모든 것을 살펴봤을 거라는 니키의 말이 맞았다. 그는 며칠 더 기다렸어야 했다.

저녁식사를 하고 나자, 루성은 더 불안해졌다. 그의 아내는 〈한 지붕 밑에서〉라는 일본 쇼를 보고 있었다. 그는 서재로 들어가 재즈 음악을 들었다. 구르는 듯한 음악이 흘러나왔다. 그는 컴퓨터를 켜고 파일을 열어 점검하기 시작했다. 모든 것이 괜찮았다. 박력 넘치는 글은 아니었지만 명료했다. 자신감을 가질 만도 했다. 하지만 긴 보고서의 끝에 있는 'Respectly yours'라는 말이 마음에 걸렸다.

가슴이 철렁했다. 그는 책장에 있는 사전을 하나하나 꺼냈다. 어디에도 'respectly'라는 단어는 나와 있지 않았다. 《웹스터》 사전에도, 《아메리칸 헤리티지》 사전에도 'respectfully(정중하게)'가 맞는 표현이라고 되어 있었다. 그는 'respectedly'라는 말은 어떨까 생각해보았다. 편지의 말미에 'respectedly yours'라는 말을 쓸 수 있는 걸까? 그건 괜찮을 것 같았다. 영중사전에서 그런 표현을 본 것 같았다. 그런데 어디에서 봤는지 기어이 나질 않았다. 그래서 자기도 모르게 'respectly'라는 말을 불쑥 쓰게 된 것이 분명했다. 그 실수가 너무나 어리석어 보였다.

어떻게 하지? 니키한테 이 착오에 대해 얘기해야 할까? 아니야, 그러면 내 어리석음과 무능력을 선전하는 꼴이 될 거야. 하지만 대학의 정년 보장위원회는 말할 것도 없고, 전체 교수들이 그 실수를 보게 되면 어쩌지? 사람들은 그걸 단순한 철자 오류라고 생각하지 않을 것이다. 그러한 어법 위반은 영어에 대한 그의 무능력을 드러내는 것일 터였다. 만약 그의 전문 분야가 과학이나 사회학, 비교문학이라면 그런 실수는 별것 아닌 것으로 보였겠지만 영문학 교수가 그런 실수를 했다는 것은 문학 작품을 분석하는 다양한 방법론을 정교하게 사용한 것과 상관없이 용서받기 힘든 것이었다. 사람들은 고개를 저으며 영문학 교수라면 적어도 영어를 제대로 쓸 줄은 알아야 하는 것 아니냐고 입방아를 찧을 것이었다.

자신에 대해 적개심을 가진 동료들이 어떻게 반응할지 생각하자 아찔했다. 루성은 일부 교수들이 그의 능력에 대해 의심을 품고 있다는 걸 알았다. 그의 영어 발음은 외국인 냄새가 듬뿍 나는 강한 억양이 실려 있었고, 자신이 좋아하지 않는 책이나 작가를 어떻게 칭찬해야 하는지 알지 못했다. 그는 언젠가 멜빌 전공자인 동료 교수 게리를 화나게 한 적이 있었다. 《모비 딕》이라는 소설이 보기 흉한 고래처럼 서투른 소설이라고 말해버린 탓이었다. 학과장인 피터 존슨도 그를 좋아하지 않았다. 자신이 안식년일 때 루성이 채용됐기 때문인 것 같았다. 그는 4년차 보고서에서 교수로서 루성의 능력이 의심스럽다는 의견을 피력했다. 다행히 니키가 나서서 루성은 아시아계 미국문학 연구에서 두각을 나타내고 있다고 동료들을 설득했다. 그건 어느 정도까지는 사실이었다. 그는 학회에서도 자주 연구 결과를 발표하곤 했다. 하지만 이번에는 상황이 달랐다. 니키는 조교수에 불과했다. 정년 보장에 관한 문제에서 정교수들을 움직일 정도로 강력한 힘을 가진 건 아니었다. 루성은 존슨이 그의 실수를 문제 삼아 그를 파멸로 몰고 가지나 않을까 두려웠다.

그는 서재를 거닐며 실수를 어떻게 바로잡을지 생각해보았다. 재즈 음악이 끝난 지 오래였지만 그는 방 안이 조용해져 있다는 걸 알지 못했다. 아무리 생각해도 뾰쪽한 묘안이 떠오르지 않았다. 그가 침실로 갔을 때, 아내 셰리는 이미 잠들어 있었다. 그녀는 배에 담요를 덮고 오른쪽 다리를 그가 누울 곳으로 뻗고 잠들어 있었다. 조심스럽게 그녀의 발을 들었다. 그러자 발톱에 헤나로 물을 들인 게 눈에 들어왔다. 그는 그녀의 다리를 펴서 자기 자리로 옮겨주었다. 그리고 침대로 들어갔다. 그는 깊은 한숨을 내쉬었다. 그녀는 뭔가를 중얼거리고 아랫입술을 다시며 미소를 지었다. 그는 아직도 젊은 아내의 둥근 얼굴을 바라보았다. 그녀의 작은 입이 살짝 벌어져 있었다. 그가 불을 끈 순간, 그녀의 손이 그의 가슴에 살짝 닿았다. 그녀가 중얼거렸다.

"저 꽃무늬 블라우스 한번 입어볼게요. 너무 예뻐요."

그는 그녀의 손을 치우고 자신의 실수에 대해 계속 생각했다. 그는 아침에 과사무실로 가서 강의 서류를 찾아와야겠다고 생각했다. 아직도 거기에 있을 게 분명했다. 연구 실적은 외부 심사위원에게 제출하기 위해 복사를 했겠지만, 강의 실적은 동료 교수들만 평가하기 때문에 과사무실에 있을 것 같았다. 그는 빨리 잠이 오기를 바라며 눈을 감았다.

다음 날 아침, 셰리는 루성이 우울한 기분이라는 걸 알아챘다. 그녀는 김이 모락모락 나는 오트밀 그릇을 남편 앞에 놓아주며 물었다.

"기분이 안 좋아 보이는데 무슨 일이에요?"

"잠을 잘 못 자서 그래."

때때로 그는 불면증에 시달렸다. 그래서 그녀는 더 이상 묻지 않았다.

"강의 들어가기 전에 연구실에서 눈 좀 붙여요."

"괜찮을 거야. 걱정하지 마."

"오늘 저녁엔 조금 늦을 거예요. 몰린이 사해정에서 연주를 하거든요. 거기에 가야 돼요."

"알겠어. 저녁은 내가 알아서 챙겨 먹을게."

몰린은 셰리의 남동생으로, 밴드에서 클라리넷을 연주하는데, 종종 호텔이나 레스토랑에서 연주를 했다. 그는 겨우 스물여섯 살로, 셰리보다 다섯 살 아래였다. 아직도 인생에서 뭘 해야 할지 생각해보고 있었다. 남매는 하와이에서 태어나 홍콩에서 자랐다. 그리고 4년 전인 1993년에 뉴욕에 왔다. 셰리의 부모는 그녀에게 동생을 잘 보살피라고 했다. 루성은 그의 아내가 몰린과 많은 시간을 보내는 걸 꺼려하지 않았다. 그는 처남을 좋아했다. 그래서 종종 그가 연주하는 걸 보러 갔다. 그러나 오늘은 금요일임에도 몰린이 속해 있는 악단이 연주하는 열광적인 음악을 듣고 싶은 기분이 아니었다.

아침을 먹고 나서 그는 학교로 출발했다. 기차를 타고 가면서 작문 수업을 위한 메모를 억지로 훑어봤다. 수없이 가르친 과목이었다. 별 준비 없이도 가르칠 수 있었다. 집중하려 해도 머리가 말을 안 들었다. 그는 다른 사람들보다 일찍 학과 사무실에 도착하고 싶었다.

하지만 과사무실에는 사무원인 캐리와 피터 존슨이 벌써 나와 있었다. 루성은 정년 보장을 받은 교수들이 점검할 수 있도록 평가 자료를 보관해두는 작은 독서실로 부리나케 들어갔다. 놀랍게도 철제 캐비닛 위에는 아무것도 없었다. 그는 자신의 서류가 어디에 있는지 캐리에게 물었다. 그녀가 한쪽 눈을 찡그리며 말했다.

"복사해서 원로 교수님들께 드렸어요."
"벌써 그걸 보기 시작했다는 말인가요?"
"물론이죠. 회의를 하려면 그래야 되니까요."

그는 쓰러질 것 같았지만 마음을 가라앉혔다. 이때 존슨이 그의 사무실에서 나왔다. 그는 빅토리아조 문학 전문가였다. 껑충한 다리에 배가 벨트 위로 살짝 나왔고, 매부리코 위에 걸친 큼직한 금속테 다중초점 안경이 얼굴을 반쯤 가리고 있었다. 그는 루성에게 인사를 하고 놀리듯이 그에게 윙크를 했다. 하지만 그가 무슨 말을 하기도 전에 학과장은 겨드랑이에 두툼한 문학작품 선집을 끼고 나가버렸다. 강의하러 가는 게 틀림없었다. 하지만 그의 야릇한 매너가 루성을 기겁하게 만들었다. 루성은 학과장이 어슬렁거리며 걸어가는 모습을 지켜보았다. 속이 울렁거렸다. 학과장이 아무 말도 하지 않은 이유가 뭐지? 학과장은 그가 쓴 'respectly'라는 단어를 본 게 틀림없었다.

루성은 그의 연구실로 급히 가서 문을 잠갔다. 그는 강의 시간을 제외하곤 하루 종일 감방 같은 연구실에서 자신이 처한 어려움에 대해 생각했다. 이제 과 교수들 모두가 그 끔찍한 단어를 보았을 것이다. 그는 웃음거리가 된 게 분명했다. 니키조차도 더 이상 그를 변호해줄 수 없을 것이다. 그 누구도 자신을 도와주지 못할 것 같았다. 그는 자신이 그렇게 무력해 보인 적이 없었다.

그는 최근 몇 년 동안 중국어로 발간되는 《세계주간》에 영어 문법과 어법에 관한 칼럼을 연재하고 있었다. 정년 보장을 받지 못하면 대학 내에서는 물론이고 그를 전문가로 알고 있는 중국인 사회에서도 조롱거리가 될 것이다. 명성에도 금이 가고 사람들은 그에게 닥친 불행을 고소해할 것이다. 특히 현대 중국예술에 관한 그의 부정적인 생각을 싫어했던 사람들은 더 그럴 것이다. 그렇게 부주의하고 성급하지만 않았더라면 얼마나 좋았을까 싶었다. '자신을 망치는 건 자신의 어리석음뿐이다'는 격언은 얼마나 맞는 말인가.

그는 더 이상 혼자만 비밀을 안고 있을 수 없어서 토요일에 셰리에게 고백했다. 그녀도 불안해했다. 평소의 루성은 신중한 사람이기 때문이었다. 그는 때로는 과민할 정도로 신중했다. 그들은 거실에 있는 조립식 소파에 앉아 있었다. 몰린도 와 있었다. 그는 컷오프 청바지에 붉은 셔츠를 입고, 구석에 있는 대나무 의자에 앉아서 만화책을 읽으며 초콜릿을 입힌 건포도를 먹고 있었다. 루성이 셰리에게 물었다.
"니키한테 이 얘기를 해야 할까?"
"이미 보았을 거예요."
"나는 평생 이렇게 낙담해본 적이 없어. 1989년에 전공을 바꾸지 않은 게 한스럽네."
그는 1989년 여름을 떠올렸다. 당시 그는 논문을 그만두고 다른 중국 대학원생들처럼 법과대학원이나 경영대학원에 가야 할지 망설이고 있었다.

몰린이 노랗게 염색한 머리를 손가락으로 빗으며 끼어들었다.

"매형, 너무 걱정하지 마세요. 저를 보세요. 저는 풀타임으로 일한 적은 없지만 다른 사람들처럼 숨도 쉬고 여전히 버티고 있잖아요. 이런 걸 편하게 받아들이고 인생을 즐기는 법을 배우셔야겠어요."

루성이 한숨을 쉬었다.

"처남, 내 상황은 달라. 너무 많은 사람들이 나에 대해 알고 있어. 내가 쫓겨나면 스캔들이 될 거야. 나도 자네처럼 악기를 연주해서 어디서든 돈을 벌 수 있으면 좋겠네."

"당신 인생은 끝난 게 아니에요. 베이징 대학과 하버드 대학의 학위를 동시에 갖고 있는 사람이 얼마나 되겠어요."

"미국에서는 일류 대학 학위가 직장을 찾거나 무슨 클럽에 가입하는 데 도움이 될 수는 있지만, 그걸 넘어서 자신의 능력을 증명해야 하고 열심히 해서 성공을 해야 돼."

그는 자신의 학위가 별 가치도 없는 인문학 학위라는 말을 덧붙이고 싶었다. 하지만 셰리가 자신과 결혼한 주된 이유가 자신이 적어도 그녀의 눈에 전도양양한 학자였기 때문이며, 그녀의 부모가 결혼을 허락한 것도 홍콩이나 중국 본토에서 상당한 가치가 있을 두 개의 번쩍이는 학위 때문이라는 걸 알았기에 더 이상 말을 하지 않았다.

"이렇게 생각해봐요. 정년 보장이라는 게 뭐죠? 그건 5만 달러의 연봉을 받을 수 있게 해주는 고용허가일 뿐이에요."

루성은 얼굴을 찡그렸지만 아내의 말을 시인했다.

"맞아. 나도 다른 일을 할 수 있겠지."

그는 주말 내내 생각에 잠겨 있었다. 어떤 일을 해볼까 종종 생각해보기도 했다. 그런데 그를 존경하는 중국인 친구들에게 자초지종을 설명해야 할지 모른다는 생각을 하자 당황스러웠다. 아무리 굴욕적이어도 진실이 최선이었다.

셰리는 손님이 입을 오페라 복장에 바느질을 해야 했다. 그래서 그녀는 남편에게 나가서 친구와 영화관에 가거나 차를 마시라고 했다. 그러나 그는 집에 머물며 생각 없이 잡지를 넘겼다. 어느 것도 그의 시름을 잊게 할 정도로 흥미롭지 못했다. 다른 방에서 재봉틀 돌아가는 소리가 들렸다. 어찌 된 일인지 그 소리도 그를 우울하게 했다.

벌써 4월 중순이었다. 학기가 끝나려면 3주밖에 남지 않았다. 시간이 너무 더디게 가는 것 같았다. 그는 종종 멍한 상태였다. 수업 중에도 다른 생각을 하느라 학생들이 질문하거나 말하는 걸 제대로 알아듣지 못할 때가 있었다. 학생들에게 답변할 때는 기계적으로 했다. 그는 더 이상 숙제도 내주지 않았다. 이 학기가 그의 마지막 학기일 수도 있었다. 루성은 학교에서 그에게 정년 보장을 해주지 않는다 해도 일 년은 더 가르칠 수 있다는 걸 알았다. 하지만 그렇게 되면 너무 굴욕적일 것 같았다. 그는 동료들과 마주쳐도 길게 얘기하는 건 피했다. 마치 동료들의 눈이 그의 비밀을 꿰뚫어보고 있는 것 같았다. 니키가 한 번은 깔깔 웃으며 말했다.

"루성, 일어나요. 요즘 잠을 못 자나 봐요? 아니면 다른 괴로운 일이 있나요?"

"논문 마감일에 쫓겨 지난밤에 제대로 못 자서 그래요."

그가 힘없이 대답했다.

그와 셰리는 다음 해에 어떻게 할 것인지 얘기했다. 그녀는 다른 대학을 알아보라고 했다. 하지만 그는 그러고 싶지 않다고 했다. 이 학교에서 잘리면 일종의 추방자가 되어 다른 학교들도 그를 채용하지 않으려고 할 것이었다. 그는 처음부터 다시 시작할지라도 다른 일을 하고 싶었다.

어느 날이었다. 그는 《세계주간》 편집자와 술을 마시고 있었다. 그러다가 문득 《세계주간》 편집부에서 구인광고를 하고 있다는 걸 알고 신문사 일을 해보고 싶다고 말했다. 유진이라는 이름의 그 편집자는 두툼한 턱을 흔들며 말했다.

"루성 교수님, 내가 당신이라면 그런 건 생각조차 하지 않겠습니다."

"학교가 싫증나서 그래요. 기분전환 좀 해보려고요."

"사람들은 늘 다른 언덕이 자기가 앉아 있는 곳보다 높다고 생각하죠. 솔직히 영어 능력을 갖춘 당신이 부러워요. 당신과 달리 나는 중국어에 갇혀 있잖아요. 나는 이 신문의 고위편집자예요. 여기에서는 돈을 가장 많이 받는 편집자죠. 그런데도 일 년에 2만 6000달러밖에 안 돼요."

유진이 잠시 멈췄다가 말을 이었다.

"조교수는 얼마나 벌죠?"

"5만 5000달러쯤 될 거요."

"어떤 차이인지 아시겠어요?"

유진은 볶은 땅콩을 한 주먹 집어 입에 넣고 소리 나게 씹었다. 그의 희끗희끗한 수염에 맥주 거품이 약간 묻어 있었다.

"당신과 나 사이에 어떤 차이가 있는지 아세요?"

"모르죠. 말해보세요."

"20년 이상을 미국에서 살고 일했지만 나는 아직도 위안화 권에 있는 것 같아요. 루성, 당신은 이미 달러 권에 들어가 있고요. 영어로 출판되는 신문이 아니라면 신문사에서 일할 생각은 하지 마세요."

루성은 자신이 처한 어려움을 유진에게 설명할 수는 없었다. 그는 영어의 관용구와 함정에 관한 주간 칼럼을 계속 연재하겠다고 약속했다. 유진 말로는 사람들이 그 칼럼을 좋아한다고 했다.

그다음 주 초였다. 루성은 어느 출판사에서 판매원을 모집한다는 광고를 보았다. 그는 자신이 세일즈맨으로서 성공할 것 같진 않았지만 그 회사에 전화를 해보았다. 쾌활한 목소리의 남자가 전화를 받고 목요일 오후 3시에 예비 면접을 보러 오라고 했다.

이틀 후, 루성은 루스벨트가에 있는 사무실에 갔다. 그를 맞은 이는 호리호리하지만 골격이 크고 꺼칠꺼칠한 더벅머리의 남자였다. 그는 자신의 이름이 알렉스라며 손을 내밀었다.

루성이 그의 손을 잡았다. 흐늘흐늘한 느낌이 드는 손이었다. 그는 알렉스에게 이력서를 건넸다. 이력서에는 그가 영문학 시간강사라고만 되어 있고 하버드 대학에서 박사학위를 받은 건 빠져 있었다. 남자는 이력서를 훑어보더니 얼굴이 환해졌다. 그가 갈색 눈을 반짝이며 말했다.

"저도 영문학을 전공했어요. 고전을 좋아하죠. 특히 《일리아드》를 좋아해요. 지금도 새로운 번역이 나오면 찾아서 읽는답니다."

루성이 놀라며 말했다.

"위대한 시죠."

《세계주간》에서 근무하는 편집자들을 제외하면, 그는 대학 밖에서 문학에 조예가 있는 사람을 만난 일이 거의 없었다.

"오늘날 사람들은 민주주의와 정의에 대해 많은 이야기를 하지만 대부분의 생각들은 호메로스의 작품들에 이미 나와 있지요."

알렉스가 책상 위에 이력서를 놓으며 말했다.

"맞습니다. 뭘 가르치시죠?"

"미국문학을 가르칩니다."

"스타인벡도 가르치시나요?"

"이따금 가르치죠. 《생쥐와 인간》을 가르친 적이 있어요."

"저는 그가 쓴 책을 좋아합니다. 특히 《에덴의 동쪽》을 좋아하죠."

알렉스가 열광하자 루성은 당황스러웠다. 그는 대부분의

사람들이 스타인벡을 싫어한다고 알고 있었기 때문이다.

알렉스는 루성이 충분한 자격을 갖췄다며 토요일에 화이트 플레인스에서 열리는 오리엔테이션에 참석하라고 했다. 면접은 10분밖에 걸리지 않았다. 알렉스는 누군가 다른 사람을 만나야 되는 모양이었다. 그는 루성에게 행운을 빈다고 말했다.

건물을 나서며 루성은 세일즈맨이 되는 것에 대해 생각해 봤다. 나쁘지 않을 것 같았다. 알렉스는 즐겁게 사는 것 같았다. 플러싱 중심지에 자기 사무실도 갖고 있었다. 비서까지 두고 있었다. 자신도 열심히 일하면, 그 사람처럼 자신만만한 표정과 몸짓을 갖게 될 것 같았다. 물론 흐늘흐늘한 악수는 제외하고 말이다. 그런데 화이트 플레인스는 멀리 떨어진 곳이어서 그곳에 가려면 기차를 타야 했다. 그렇게 되면 하루가 날아갈 것이었다. 그래도 선택의 여지가 없었다.

그날 밤, 그는 셰리에게 면접을 보러 갔었다는 얘기를 했다. 그녀는 그에게 가장 맞는 것이 무엇인지 알려면 다양한 것들을 시도해봐야 한다며 오리엔테이션에 참석하라고 했다. 그는 속으로 세일즈맨도 벌이가 괜찮을 수 있고, 이곳은 돈만 많이 받으면 직업에 귀천이 없는 미국이라는 걸 일깨웠다.

하루 종일 오리엔테이션이 진행되는 장소는 라마다인이었다. 루성은 15분 늦게 도착했다. 스무 명 정도의 지원자가 참석해 있었다. 그중 3분의 1이 여자였다. 각자에게는 여남은 장의 유인물과 연필, 줄이 그어진 메모장이 들어 있는 반들반들한 청색 폴더가 주어졌다. 연사는 전문 세일즈맨으로, 어깨가 널찍하고 눈이 날카로운 남자였다. 그는 엉덩이를 탁자에 기대고 《세계 백과사전》을 사도록 고객을 설득하는 방법에 대해 얘기했다. 그의 옆에는 스물여섯 권으로 된 백과사전 한 세트가 세 줄로 세워져 있었다. 이따금 그는 한 권을 집어 인쇄의 질이 얼마나 고급스러운지 보여주었다. 그에 따르면, 판매원은 액면가의 25퍼센트에 해당하는 커미션을 받게 되어 있었다. 한 세트가 650달러니까, 한 세트를 팔면 162달러 50센트의 커미션이 돌아온다는 말이었다.

그 남자의 말이 계속되었다.

"한 주에 대여섯 세트를 판다고 상상해보세요. 누구라 하더라도 상당한 수입이 될 겁니다. 이 직업의 좋은 점은 여러분 나름으로 스케줄을 조정할 수 있고 여러분을 감시할 상사가 없다는 겁니다. 한 주에 10시간 일할 수도 있고 20시간이나 60시간 일할 수도 있습니다. 그건 전적으로 여러분한테 달려 있습니다. 그러나 여러분에겐 사전을 싣고 다닐 차가 필요할 것입니다."

세리한테 차가 있었기 때문에 차는 문제가 아니었다. 몇몇 지원자들이 질문을 했다. 세일즈맨은 그들에게 자신이 지난 18년 동안 이 일을 즐겼다고 말했다. 그가 이 말을 할 때, 그의 널찍한 볼이 마치 억지웃음을 짓는 것처럼 씰룩거렸다. 루성은 그 남자가 그들에게 진실을 얘기하고 있는지 의심스러웠다.

대부분의 참석자들이 뉴욕 시에서 온 사람들이었기 때문에 회사에서는 그들에게 호텔 점심을 공짜로 제공했다. 그들은 좌우로 문이 열리는 식당으로 들어갔다. 타원형 수영장이 내려다보이는 식당이었다. 이따금 미풍이 불어 수영장 물이 파동을 쳤다. 루성은 작고 통통한 남자 옆에 앉았다. 빌리라는 사람이었다. 두 사람은 닭고기 가슴살, 삶은 브로콜리, 통밀 롤빵을 먹으며 얘기를 나눴다. 혈색이 좋은 빌리는 목사가 직업이지만 부업으로 백과사전 판매를 즐긴다고 했다. 그는 열렬한 목소리로 말했다.

"지난주에는 두 세트나 팔았답니다."

루성이 물었다.

"그걸 팔려고 열심히 노력하셨나요?"

"사실은 그게 아니었어요. 제 교구에 있는 가족을 방문하러 갔을 때 한 권을 가져갔을 뿐인데, 그들이 세트를 통째로 사겠다지 뭐예요. 아이들이 숙제할 때 필요할 거라면서요. 루성, 당신은 무슨 일을 하세요?"

"대학에서 학생들을 가르치고 있습니다."

"파트타임인가요, 아니면 풀타임인가요?"

루성은 목소리를 약간 낮췄다.

"풀타임이에요."

"그 말은 당신이 교수라는 말인가요?"

"일종의 교수죠."

"솔직히 말해, 내가 당신이라면 이런 일에는 신경 쓰지 않겠어요."

"어째서요?"

빌리가 트림을 하고 속삭임에 가까울 만큼 목소리를 낮췄다.

"백과사전에 들어 있는 많은 정보들은 곧 온라인에서 찾을 수 있을 거예요. 2년 정도 지나면 아무도 저렇게 부피가 큰 책들을 집에 갖고 있으려 하지 않을 겁니다. 내 생각에는 출판사에서도 저런 걸 다시 찍을 것 같지 않아요. 우리가 팔려고 하는 건 틀림없이 재고일 거예요. 이걸 직업이라고 할 수는 없죠."

"그렇다면 당신은 왜 이 일을 하십니까?"

"교회에 필요한 돈을 벌려고 재미 삼아 할 뿐이에요."

루성은 오후의 일정에는 참석하지 않았다. 그는 로비에 있는 탁자 위에 청색 폴더를 놓고 나왔다. 그는 호텔에서 나와 기차역으로 향했다. 햇볕은 따스했다. 그는 청색 티셔츠를 입고 있었다. 그 위에 입었던 셔츠는 허리에 동여맸다. 그의 마른 몸이 땅딸막한 그림자를 비스듬하게 드리우고 있었다.

학기가 끝나가고 있었다. 루성은 학생들이 낸 과제를 점검했다. 그는 도무지 집중할 수가 없었지만 이게 마지막이라는 사실을 자신에게 거듭 환기시켰다. 나중에는 이런 쓰레기 같은 것들을 더 이상 읽을 필요가 없게 될 것이다.

그는 이렇게 생각했다.

'너는 곧 해방될 거다.'

하지만 앞으로 닥칠 굴욕을 생각할 때마다 너무 고통스러웠다. 그는 요즘 들어 캐나다 나이아가라 폭포 가까이에 있는 절에 대해 생각했다. 그는 2년 전, 그곳에 가서 스님과 얘기를 하며 즐거운 시간을 보낸 적이 있다. 수염을 짧게 깎은 스님이었다. 그는 스님과 국화차를 마시고 양념이 된 호박씨를 먹으며 많은 얘기를 했다. 사원에서 보낸 그날 밤이 그의 인생에서 가장 평화로운 시간이었다. 그가 그곳에서 즐긴 것은 평화만이 아니었다. 그는 그 후 며칠 동안 마음이 홀가분했다. 결혼을 하지 않았다면, 절에 들어가 살 수 있는지 알아보고 싶었다. 적어도 통역이나 문학 전공자로서 쓸모가 있으니 그를 받아들여줄지 몰랐다. 그는 자신의 과거에 대해 아무도 모르는 곳으로 가서 살고 싶었다.

5월 중순, 어느 날 저녁이었다. 셰리가 환한 얼굴에 미소를 지으며 집으로 돌아왔다. 그녀는 루성을 향해 편지를 흔들며 외쳤다.

"좋은 소식이에요!"

그는 나댈 기분이 아니어서 투덜거렸다.

"뭔데 그래?"

"당신이 정년 보장을 받았어요."

"정말? 장난하지 마."

그는 일어났지만 움직이지는 않고 약간 튀어나온 눈으로

아내를 바라보았다.
 셰리가 다가오더니 피터 존슨에게서 온 편지를 남편에게 건넸다. 루성은 학과장이 보낸 편지를 훑어봤다.

 루싱 탕 교수님께
 우리 학과에서 당신의 정년을 보장하고 조교수로 승진시키기로 결정했다는 것을 통보하게 되어 기쁩니다. 우리는 학자로서 당신이 성취한 것과 강의에 대한 헌신을 소중하게 생각하고 있습니다. 우리는 당신이 우리 학과에 소중한 자산이 될 것이라고 믿고 있습니다.

 존슨은 이어서 학교 당국이 그 승진을 검토하고 승인해야 하는 문제가 아직 남아 있다고 말했다. 그러나 그것은 형식상의 문제일 뿐이라는 말을 덧붙였다. 그가 알기로는 학장이 학과의 결정을 번복한 예가 없다고 했다. 루성은 따뜻한 내용의 편지를 읽은 후, 뭔가에 홀린 사람처럼 아직도 그 자리에 못 박혀 있었다. 그는 학과장의 편지가 사실인지 확신할 수 없었다.
 셰리가 물었다.
 "왜 그래요? 안 좋아요?"
 "학과에서 나한테 정년 보장을 해주기로 결정했다면, 니키가 먼저 나한테 전화를 했을 거야."
 "편지를 다시 읽어봐요. 그저께 회의에서 그렇게 결정했다고 하잖아요."

"그래도 피터 존슨한테서 먼저 통보가 와서는 안 되지. 그는 나를 보는 것도 싫어하는 사람이야. 당신도 알잖아."

"당신은 망상이 너무 심해요. 학과장이라도 감히 이런 문제로 장난을 치지는 않을 거예요. 니키에게 전화해서 사실인지 확인해봐요."

"알았어."

그는 니키의 집에 전화를 했다. 벨이 세 번 울리자 그녀가 태평한 목소리로 전화를 받았다. 그가 걱정하는 것에 대해 얘기하자 그녀가 웃으며 말했다.

"당연히 사실이지요."

그는 어째서 그녀가 전화를 하지 않았는지 궁금했지만 그렇게 묻지는 않았다. 그러자 그녀가 덧붙였다.

"피터가 신속하게 그 문제를 처리했어요. 이번에는 당신을 전폭적으로 지지하더군요."

"아, 나는 그런 결론이 나올 것이라곤 기대하지 않았어요."

"루성, 이건 당연한 거예요. 어제 당신한테 전화를 하려고 했는데 내가 좀 바빴어요. 우리 딸이 오늘 퀴즈대회에 나가서 짐을 챙겨줘야 했거든요. 그 아이를 오늘 오후에 보내고 나서 집에 돌아오다가 몇 년 동안 못 본 친구를 만났지 뭐예요. 그래서 늦게 집에 돌아왔어요. 여하튼 오늘밤에 전화를 할 생각이었어요. 직접 좋은 소식을 전해주지 못해 미안하지만, 모든 게 참 잘됐어요. 사실 서너 명을 제외한 학과 교수들 모두가 당신한테 찬성표를 던졌어요. 모든 게 확고하니까 학장도 틀림없이 승인을 할 거예요. 루성, 축하 파티를 해야죠."

　전화를 끊기 전에 그는 그녀에게 고맙다는 인사를 하고 축하 파티 날짜를 조만간 알려주겠다고 했다. 이제야 그는 확신이 들었다. 아, 잘나가는 사람들도 실수를 하는 모양이었다. 박식한 교수들도 훌륭한 논문과 책을 쓰는 데 매진하고 상호 텍스트성, 다성적 서사학, 해체비평, 신역사주의 등과 같은 최첨단 이론들에 몰두하다 보니 방심했던 모양이었다. 그들은 'respectly'라는 잘못된 말을 눈여겨보지도 않은 것이다.

　루성이 소리를 질렀다.

　"와, 정년 보장을 받았어! 정년 보장이야!"

　그는 아내에게 뛰어가서 허리를 잡고 그녀의 몸을 빙빙 돌렸다.

　그녀가 비명을 질렀다.

　"내려줘요! 내려줘요!"

　그가 아내를 내려주고 말했다.

　"와, 정년 보장이 된 거야. 이제는 더 이상 해고당할 염려를 하지 않아도 되겠네. 이제 나는 진짜 교수야! 이건 미국에서만 일어날 수 있는 일이라고!"

　"월급도 많이 오를 거예요."

　갑자기 그가 껄껄껄 웃기 시작했다. 그는 몸이 굽혀지고 기침을 할 때까지 웃고 또 웃었다. 셰리가 기침을 멎게 하려고 그의 등을 두드려주기 시작했다. 그가 몸을 펴면서 〈거칠게 태어났어〉라는 노래를 하기 시작했다. 몰린이 속한 악단이

즐겨 연주하는 노래였다.

루성의 아내는 그가 노래를 부르는 모습을 보고 기겁했다.

"거칠게 태어났어!"

노래 전체를 알지 못하는 그는 후렴만 살짝 바꿔 노래를 계속했다.

"행복하게 태어났어! 성공하게 태어났어!"

그의 아내가 말렸다.

"진정해요, 진정하라고요!"

하지만 그는 낄낄거리며 노래를 계속했다.

"얼마나 좋은 세상인가! 정년 보장으로 태어났어! 뛰어나게 태어났어!"

셰리는 전화기를 들고 번호를 돌렸다.

"몰린, 빨리 좀 와라. 네 매형, 정신이 나간 거 같아……. 아니, 난동을 부리는 건 아니고. 정년 보장이라는 통보를 받고 충격을 받아서 그래. 빨리 와서 네 매형 좀 진정시켜줘."

잠시 후, 몰린이 도착했다. 루성은 아직도 노래를 부르고 있었다. 그런데 이제는 경극에 나오는 가사를 큰 소리로 부르고 있었다.

"나는 오늘 어머니가 부어준 술을 마시네. 아, 술이 나를 과감하고 강하게 만드네."

몰린이 셰리에게 말했다.

"매형한테 수면제 좀 먹여요!"

그는 루성을 소파에서 일으켜 침실로 데리고 갔다.

루성이 침대에 앉자마자 셰리가 따뜻한 물과 두 알의 약을 가지고 와서 그에게 먹였다. 셰리와 몰린은 그를 침대에 눕혔다. 한 줄기 땀이 그의 둥근 이마에서 번쩍이고 있었다. 그녀가 담요를 덮어주며 말했다.
"여보, 잠 좀 자요."
 루성은 아직도 뭔가를 흥얼거리고 있었다. 하지만 이제는 목소리가 가라앉아 있었다. 기진맥진해진 게 분명했다. 셰리가 침대 옆 탁자에 놓인 스탠드 조명을 희미하게 조정해놓고 동생과 함께 나갔다.
"다시 히스테리를 부리면 어떻게 해야 하지? 병원으로 데려갈까?"
"지켜보세요. 내일이면 정상으로 돌아올지 몰라요."
 그녀가 한숨을 쉬었다.
"그러면 좋으련만."

A Pension Plan
연금 보장

성은 뇌경색으로 인한 일종의 노인성 치매로 고생하고 있다고 했다. 나는 가정보건사 실습을 할 때, 두 가지 병에 대해서 많은 걸 배웠다. 그래서 그의 병이 파킨슨병이나 알츠하이머병은 아니라고 확신했다. 그는 전신불수는 아니었지만 낮에는 간호를 필요로 했다. 나는 3개월 이상 일이 없었기 때문에 그를 보살피게 되어 기뻤다.

매일 아침마다 나는 따뜻한 물수건으로 그의 얼굴을 닦아주었다. 그런데 그의 가족은 나한테 면도는 해주지 말라고 했다. 그건 그의 가족들만이 할 수 있는 일이었다. 성은 예순아홉 살이었다. 기질이 온화하고 말씨도 부드러웠는데, 30년 전 장춘 시에 있는 중학교에서 물리를 가르쳤다고 했다. 하지만 더 이상 물리 책을 읽을 수도 없었고 공식이나 원리를 기억하지도 못했다. 그래도 아직은 몇 개의 단어는 기억하고 있었다. 그는 혼자 앉아 있을 때는 종종, 무릎에 신문을 놓고 읽었다. 내가 할 일은 그의 식사를 챙기고, 몸을 청결하게 해주고 산책을 시켜주는 것이었다. 젊은 간호사가 이틀에 한 번씩 와서 중요한 것들을 점검하고 주사를 놔주었다. 이십 대인 간호사는 내게 성의 병은 불치병이라고 했다. 악화되는 속도를 의사의 처방으로 늦추고 있을 뿐이라는 것이었다. 나는 내가 맡은 환자가 치매에 걸린 다른 환자들처럼 거칠지 않아 운이 좋다고 생각했다.

성의 부인은 오래전에 죽었다. 그가 미국에 오기 전 일이었다. 하지만 그는 그녀가 아직도 살아 있다고 생각했다. 종종 그는 그녀의 이름을 기억하지 못했다. 그래서 나는 매일 아침, 그가 그녀와 함께 찍은 이십여 장의 사진이 들어 있는 앨범을 보여주었다. 사진 속의 그들은 젊고 행복해 보였다. 그의 부인은 아름다운 여자였다. 피부가 반들반들하고 양쯔 강 남쪽 지역에서 볼 수 있는 가녀린 몸집의 여자였다. 때때로 나는 그녀의 얼굴을 가리키며 그에게 물었다.

"이게 누구죠?"

그러면 그는 눈을 치켜들고 멍한 얼굴로 나를 쳐다보았다.

일을 시작한 지 한 달이 지났을 때, 그의 딸인 미나가 사진을 보면 그가 동요할 수도 있으니 더 이상 보여주지 말라고 했다. 그래서 나는 앨범을 치워버렸다. 그는 앨범을 안 보여줘도 불평하지 않았다. 미나가 약간 으스대긴 했지만 나는 별로 개의치 않았다. 그녀는 아버지를 사랑하는 게 분명했다. 그녀는 나를 니우 이모라고 불렀는데, 그럴 때마다 마음이 불편했다.

나는 마흔여덟으로, 그렇게 많은 나이가 아니었다.

내가 해야 하는 일 중에는 성에게 음식을 먹여주는 일도 있었다. 나는 때때로 음식을 삼키라고 그를 얼러야 했다. 때때로 그는 아픈 아이처럼 음식을 입에 오래 넣고 있지 않으려 했다. 나는 그를 위해 닭고기 죽, 생선 만두, 새우와 토란을 넣은 수프, 잘게 부순 버섯을 넣은 국수와 같은 고운 음식을 요리했다. 하지만 치아가 온전히 다 있음에도 그는 대부분의 음식을 구분하지 못하는 것 같았다. 미각의 상당 부분이 죽은 게 분명했다. 음식을 먹을 때면, 그는 알아들을 수 없는 말을 중얼거렸다. 그러다 가끔 나한테 이렇게 묻곤 했다.

"무슨 말인지 알겠어요?"

그럴 때면 나는 말없이 가만히 있었다. 그가 좀 더 다그치면, 나는 고개를 저으며 말했다.

"아뇨, 모르겠는데요."

"당신은 늘 멍해 있다니까요."

그는 이렇게 불평하고는 더 이상 먹지 않겠다고 버텼다.

점심을 먹이는 데 보통 두 시간 이상 걸렸다. 나는 개의치 않았다. 내가 할 일은 본질적으로 그가 시간을 보내는 걸 도와주는 것이었기 때문이다. 음식을 먹일 때는 시간이 많이 걸리기 때문에 나는 그보다 먼저 식사를 했다.

점심식사가 끝나면, 우리는 가끔 바람을 쐬러 나갔다. 쇼핑도 하고 신문도 한 부 샀다. 나는 그를 휠체어에 태워 밀고 다녔다. 그는 주부처럼 쿠폰을 잘라 모아놓는 습관을 갖고 있었다. 신문에서 세일 광고를 볼 때마다 쿠폰을 오려 딸을 위해 보관해두곤 했는데, 그걸로 미뤄 보면 그는 많은 것들을 부인과 함께 했던 자상한 남편이었을 것 같았다. 그는 농어, 잉어, 뱀장어, 황어, 메기 등과 같은 민물고기를 좋아했다. 하지만 바다에서 나는 것은 가리비를 제외하고는 먹지 않으려 했다. 가리비는 젊은 간호사가 콜레스테롤이 없다며 추천해준 것이었다. 그녀는 우유와 치즈도 권했지만 그가 싫어했다.

어느 날 오후, 우리는 다시 쇼핑을 하러 갔다. 우리가 중심가에 있는 신문 판매점 가까이 갔을 때였다. 성이 소리쳤다.

"잠깐!"

"왜 그러세요?"

나는 걸음을 멈췄다. 사람들이 지하철역 출구에서 쏟아져 나오고 있었다.

그가 말했다.

"여기서 기다려요."

"왜 그러세요?"

"아내가 나올 거니까."

나는 그에게 더 묻고 싶었지만 참았다. 그는 정상적인 문장을 이해할 수 있는 상태가 아니었다. 열 개 단어 이상의 질문을 하면, 그는 어떻게 대답해야 할지를 몰랐다.

더 많은 사람들이 지나갔다. 우리 두 사람은 줄어가는 사람들 속에 서 있었다. 더 이상 아무도 나오지 않자, 나는 그에게 물었다.

"계속 기다릴까요?"

"그래요."

그는 손을 무릎에 놓았다. 휠체어의 맨 위 가로장에는 신문에서 오려낸 것들이 테이프로 붙여져 있었다.

나는 쿠폰을 가리키며 말했다.

"생선을 사야 되는 거 아시죠?"

그는 멍한 눈을 하고 눈동자를 이리저리 굴렸다. 이때, 지하철역 출구가 다시 사람들로 붐볐다. 사람들이 인도를 앞뒤로 걸어가고 있었다. 놀랍게도 성이 적갈색 바지에 분홍색 실크셔츠를 입고 둥근 안경을 쓴 젊은 여자를 향해 손을 들었다. 그녀가 머뭇거리다가 걸음을 멈췄다. 그녀가 광둥어로 말했다.

"아저씨, 왜 그러세요?"

그가 물었다.

"내 아내 봤어요?"

"사모님이 어떤 분인데요? 이름이 뭔가요?"

그는 말없이 있다가 걱정스러운 얼굴로 나를 쳐다보았다.

내가 말했다.

"몰레이 완이에요."

그의 비위를 건들지 않고 어떻게 더 설명해야 할지 몰라, 나는 여자를 향해 눈을 찡긋하기만 했다.

그녀가 미소를 지으며 가무잡잡한 얼굴을 저었다.

"그런 이름을 가진 사람은 모르는데요."

그가 소리를 질렀다.

"거짓말하네!"

그녀가 콧구멍을 벌름거리며 그를 노려봤다. 나는 그녀를 옆으로 잡아당기고 귓속말을 했다.

"마음에 담지 마세요. 정신이 온전하지 못해서 그래요."

"정신병자라면 밖으로 데리고 나와 다른 사람들의 기분을 나쁘게 하진 마셔야죠."

그녀는 나를 흘겨보며 그곳을 떠났다. 어깨까지 내려온 그녀의 머리가 출렁거렸다.

짜증이 난 나는 휠체어가 있는 곳으로 갔다.

"모르는 사람한테 다시는 말을 걸지 마세요."

그는 알아듣지 못하는 것 같았다. 그러나 그는 불행해 보였다. 아내를 보지 못해서인지도 몰랐다. 내가 휠체어를 미는 동안 그는 알아들을 수 없는 말을 계속 중얼거렸다.

생선가게는 가까운 곳에 있었다. 우리는 큼지막한 송어를 샀다. 눈이 반들반들하고 비늘이 온전하고 배가 탄탄한, 아주 싱싱한 고기였다. 카운터 뒤의 남자가 내장을 꺼내서 버리고, 내가 얘기한 대로 머리는 그냥 두었다. 한 번에 다 먹을 수 없는 양이라서, 반만 요리하고 나머지 반은 다음을 위해 아껴놓기로 했다. 그는 돌아오는 길에 자기가 고기를 갖고 있겠다고 우겼다. 나는 비닐봉지 윗부분을 묶어 그에게 주었다. 그래서 그가 무릎 위에 생선을 놓고 있어도 신경 쓰지 않았다. 나는 피가 섞인 액체가 흘러나와 그의 카키색 바지 앞자락에 묻는 걸 보지 못했다. 그래서 집에 도착했을 때, 나는 젖은 자국을 보고 그가 오줌을 지렸다고 생각했다. 그런데 가만히 보니, 양쪽 다리는 멀쩡했다.

"그러니까 내가 할 일을 더 만들 작정이었군요? 어째서 생선을 제대로 들고 있지 않았던 거죠?"

그는 당황한 것 같았다. 하지만 그는 내가 지하철역에서 더 기다리지 못하게 하자 화가 나서 생선을 아무렇게나 다룬 게 틀림없었다. 나는 샤워를 시키려고 그의 옷을 벗기기 시작했다. 어차피 그날은 그렇게 할 계획이었다. 생선 피가 묻은 바지는 나중에 세탁할 생각이었다. 세탁기는 그의 딸이 가족과 함께 살고 있는 1층에 있었다. 그의 땅딸막한 사위는 출장이 잦은 세일즈맨이어서 대부분 집에 없었다.

나는 성이 욕조에 들어가는 걸 도와주었다. 그는 내가 그의 몸을 씻기는 동안, 바퀴가 고정된 보행기를 잡고 있었다. 나는 그의 몸에 골고루 비누를 칠하고 나서 샤워기로 씻어냈다. 그는 샤워하는 걸 즐겼다. 그는 늘 그런 것처럼 이쪽저쪽으로 몸을 돌리며 협조적이었다. 내가 따뜻한 물을 뿌리자 그는 소리를 지르며 좋아했다. 그가 좋아할 만했다. 나처럼 빈틈없이 환자의 목욕을 시켜주는 간병인은 거의 없었다. 나는 언젠가 요양원에서 일한 적이 있었다. 그곳에서는 노인들의 옷을 벗기고 구멍이 난 의자에 그들을 묶고 샤워를 시켰다. 우리는 그들을 하나씩 기계 속으로 밀어 넣었다. 자동차 세차를 하는 것처럼. 물이 사방에서 쏟아져 내렸다. 샤워가 끝나서 밖으로 끌어내면 그들은 깃털이 빠진 칠면조처럼 딸꾹질을 하며 바르르 떨었다. 어떤 간병인은 자신이 싫어하는 노인들을 한두 시간씩 젖은 상태로 놔두기도 했다.

성의 몸을 수건으로 닦아준 다음, 나는 그가 깨끗한 옷으로 갈아입는 걸 도와주고 아직도 숱이 많고 윤기를 잃지 않은 희끗희끗한 머리를 빗어주었다. 그의 손톱이 길어 속에 때가 낀 게 보였다. 하지만 회사에서는 손톱을 깎지 말라고 했다. 회사의 방침이었다. 손톱을 깎다가 감염이 되면 소송을 당할지 모른다는 이유에서였다. 나는 그에게 말했다.

"가만히 있어요. 생선 수프를 만들어줄게요."

"맛있겠다."

그가 두 개의 금니를 드러내며 입맛을 다셨다.

나는 운전을 할 줄 몰랐다. 그래서 성이 병원에 갈 때마다, 미나가 작은 밴으로 우리를 태워다주었다. 그녀는 그렇지 않아도 바쁘게 살았다. 네 살짜리 쌍둥이 아들을 둔 데다 은행에서 일했기 때문에 아이를 돌봐주는 사람을 써야 했다. 그녀의 아버지는 서양 의술을 믿지 않았다. 그래서 우리가 병원에 데리고 갈 때마다 언짢아했다. 그도 나름대로 이유가 있을지 몰랐다. 이틀에 한 번씩 오는 젊은 간호사에 따르면, 침이나 한약이 그의 병을 치료하는 데 더 효과적일 수 있다고 했다. 하지만 한방 치료를 받으면 그가 돈을 내야 했다. 보험회사에서는 그런 돈은 내주지 않았다. 그럼에도 그는 나에게 훨체어를 밀고 이곳저곳을 들르게 했다. 때때로 그는 안으로 들어가서 영어를 못해서 면허를 취득하지 못한 의사들이 환자들을 어떻게 치료하는지 쳐다보기도 했다. 의사들은 환자의 맥박을 재고 부항을 뜨고 마사지를 하고 뼈를 바로잡았다. 그로서는 의사가 처방하는 약초들을 다 감당할 수 없었다. 보통 한 번 갈 때마다 의사들은 여남은 종류의 약초를 처방해주었다. 하지만 그는 이따금 뭔가를 더 샀다. 두어 마리의 전갈이나 지네를 사기도 했고, 인삼 뿌리보다 열 배는 더 싼 인삼 수염을 사서 나한테 뜨거운 물에 우려내 차를 만들어달라고도 했다. 내게 벌레를 구워 가루로 만들어달라고 하기도 했는데, 그럴 때마다 그는 미나에게는 절대 말하지 말라고 했다. 미나는 중국 의술을 엉터리라고 생각했기 때문이다. 나는 지네나 전갈이 그에게 도움이 될지 어떨지 전혀 알지 못했다. 그런데 그는 그걸 먹을 때마다 몇 시간 동안 활기를 찾는 것 같았다. 눈에는 부드러운 빛이 돌고 얼굴에도 화색이 돌았다. 민요를 여러 곡 부르기도 했다. 노랫말은 늘 뒤죽박죽이었지만 가락은 맞았다. 그러한 노래들을 잘 알고 있던 나는 때때로 그를 따라 콧노래를 불렀다.

우리는 같이 노래를 했다.

"맑은 시내가 동쪽으로 흐르네. 나는 당신의 은밀하고 달콤한 말을 간직하리라."

"꽃피는 봄처럼 미소를 짓는 동네처녀가 나를 위해 만든 금줄 달린 작은 주머니."

하지만 가끔씩 나는 그와 같이 있을 때면 기분이 그리 좋지 않았다. 사실 평소의 그는 까다롭고 시무룩했다. 난데없이 화를 내기도 했다. 보험회사에서 침을 맞는 비용은 나왔기 때문에 그는 정기적으로 침을 맞으러 다녔다. 걸어 다닐 수 있는 거리에 있는 유일한 침술사는 46번가에 있는 리우 의사였다. 나는 가끔씩 그의 사무실을 찾는 데 애를 먹었다. 벽돌 건물들이 다 똑같은 모양이었기 때문이다. 어느 날 오후였다. 보라색 이파리들이 달린 단풍나무가 그늘을 드리운 인도를 따라 휠체어를 밀고 가고 있을 때, 그가 나한테 리우 의사의 사무실을 방금 지나쳤다고 말했다. 나는 뒤돌아보고 그의 말이 맞다는 걸 알았다. 그래서 우리는 돌아서서 사무실 입구를 향해서 갔다.

내가 저지른 실수에 흥분한 그는 의사에게 나를 '바보'라고 했다. 그는 발에 침을 꽂고 경사진 침대에 누워 자기 머리를 가리키며 말했다.

"이제 기억력이 좋아졌어요."

리우 의사가 말했다.

"그렇습니다. 많이 좋아졌습니다."

나는 그에게 거짓말을 하는 당나귀처럼 생긴 의사가 싫었다. 성은 점심으로 뭘 먹었는지조차 기억하지 못하는 사람이었다. 그런데 어떻게 기억력이 좋아지고 있다고 말할 수 있단 말인가. 그의 미소는 백치 같았고 얼굴에는 독선이 가득했다. 그가 입구를 제대로 알아맞힌 건 요행이었다. 나는 몹시 화가 났다. 나는 그의 휠체어에 앉으며 그처럼 나도 덜덜 떠는 시늉을 했다. 나는 신음 소리를 흉내 내며 이렇게 말했다.

"아, 도와주세요! 저를 리우 의사한테 데려다주세요. 리우 의사가 내 목에 마법의 침을 놓아줘야 할 것 같아요."

리우가 오리처럼 꽥꽥거리며 웃었다. 성의 눈은 두 개의 작은 화살촉처럼 나를 향해 고정되어 있었다. 그의 뺨이 붉게 물들어 있었다. 그의 정수리에 있는 머리가 갑자기 일어서 있었다. 그 모습을 보고 나는 흠칫 놀랐다. 나는 휠체어에서 일어났다. 그래도 나는 이런 말을 덧붙이지 않을 수 없었다.

"나를 데려다주세요. 혼자서는 못 걷겠어요."

나는 경솔하게 그를 흉내 내지 말았어야 했다. 그가 좋아하는 밤이 들어간 닭고기 수프를 만들어줬지만, 그는 그날 내내 나를 외면했다. 그가 나를 싫어하고 끝없이 문제를 일으킬 거라고 생각했다. 하지만 다음 날 아침, 내가 지하실로 내려갔을 때, 그는 원래의 모습으로 돌아와 있었다. 나를 알아보고 미소를 짓기까지 했다.

성에게 이상한 습관이 생겼다. 그는 혼자 있으려 하지 않고 내가 늘 자기 옆에 있기를 바랐다. 빨래를 하러 위층에 갈 때도 그는 요란한 소리를 내며 싫어했다. 나는 그가 내 관심을 필요로 한다고만 생각했다. 내가 그의 방에서 나갈 때면 그의 눈이 나를 따라오는 걸 느낄 수 있었다. 밥을 먹을 때는 더 고분고분해지고 먹여주는 건 뭐든지 먹었다. 어느 날 아침, 나는 그에게 내 코를 가리키며 놀리듯이 물었다.

"내 이름이 뭐죠?"

그가 말했다.

"주펜."

나는 그가 내 이름을 기억하고 있다는 사실이 짜릿해 그를 한쪽 팔로 안아주었다. 솔직히 나는 그와 같이 있는 게 좋았다. 한 시간에 8달러를 받기 때문만이 아니라 그가 나를 좋아해주는 것이 내 일을 편하게 해주었기 때문이다. 이제는 식사하는 것도, 목욕을 시키는 것도 시간이 덜 걸렸다. 그는 요즘 들어 편안하고 행복해 보였다. 그의 손자들조차 그를 보러 내려올 정도였다. 사위가 집에 없을 때는 그도 그들을 보러 위층으로 올라갔다. 무슨 이유에선지 그는 어깨가 두툼하고 다리는 뭉툭하며 푸른 눈이 강렬한 백인 사위를 두려워하는 것 같았다. 미나의 남편은 성이 아이들에게 해를 끼칠지도 모른다고 생각하고 있으며, 노인에게서 나는 냄새도 싫어 한다고 했다. 하지만 맹세코, 내가 돌보기 시작한 환자에게서는 더 이상 악취가 나지 않는다.

그는 이웃에 상당히 많은 친구들이 있었다. 그래서 우리는 종종 바운 거리에 있는 작은 공원으로 그들을 만나러 갔다. 그들은 모두 칠팔십 대였다. 서너 명은 여자였고 일고여덟 명은 남자였다. 그러나 내가 돌보는 환자와 달리 그들은 아프지도 않았고, 머리도 더 명석했다. 성은 더 이상 그들과 얘기를 할 수 없었지만, 그들은 전에 상당히 사이가 좋았던 것 같았다. 그들은 악의 없이 그를 놀렸다. 하지만 그는 아무 말도 하지 않고 그들을 향해 미소만 지었다. 어느 날 오후, 총알 모양의 머리에 땅딸막한 몸집의 펭 노인이 작은 발굽처럼 갈라진 엄지손톱으로 나를 가리키며 그에게 큰 소리로 물었다.
"이게 누구야? 자네 여자친구인가?"
놀랍게도 성이 고개를 끄덕였다.
이가 다 빠진 남자가 물었다.
"언제 결혼할 거야?"
피스타치오를 한 주먹 쥐고 있는 작은 여자가 끼어들었다.
"다음 달에 할 거요?"
성은 혼란스러워 보였다. 그의 친구들은 자꾸 얘기를 건넸다. 어떤 사람들은 나를 향해 손을 흔들었다. 나는 얼굴이 화끈거려 그들에게 말했다.
"저분을 놀리지 마세요! 부끄러운 줄도 모르시는군요!"
펭 노인이 말했다.
"여자가 사납군."
다른 사람이 거들었다.
"작은 고추 같네."
앞서 말했던 여자가 덧붙였다.
"자기 남자를 잘 지키네."
나는 그들을 막을 방법이 없다는 걸 알고 성에게 말했다.
"자, 이제 집에 가세요."
우리가 자리를 뜬 후에도 그들은 농담을 계속했다. 그 후로 내가 그를 공원에 데리고 가는 일이 드물어졌다. 대신 우리는 플러싱 도서관에 갔다. 그는 도서관에서 잡지 보는 걸 좋아했다. 특히 사진이 많은 잡지를 좋아했다.

어느 날 아침, 내가 욕조에서 그의 몸을 씻길 때였다. 그가 내 손을 잡아 천천히, 그러나 단호하게 자기 쪽으로 끌어당겼다. 나는 그가 자신의 불편한 곳을 확인해달라고 하는 것으로 생각했지만, 놀랍게도 그는 내 손을 잡아 털이 부얼부얼한 자신의 배에 대고 눌렀다가 성기로 끌어당겼다. 내가 손을 끌어당길 새도 없이 그가 무슨 말인가를 중얼거리기 시작했다. 나는 고개를 들고 그의 눈에 이상한 빛이 어리는 걸 보았다. 그의 눈에서 불꽃이 튀는 것 같았다. 말없이 나는 손을 빼내 그의 등에 물을 뿌렸다. 그가 말했다.

"사랑해요, 사랑해요."

나는 서둘러 그의 몸을 닦아주고 깨끗한 옷으로 갈아입혔다. 나는 그러는 동안 한마디도 하지 않았지만 몹시 혼란스러웠다. 이 문제를 어떻게 처리해야 하지? 이 문제에 대해서 그의 딸에게 얘기해야 할까? 그는 나쁜 남자는 아니었다. 하지만 나는 그를 사랑하지 않았다. 21년이라는 나이 차이 말고도, 나는 남자와 다시 친밀한 관계를 갖는 것을 상상할 수 없었다. 나의 전남편은 8년 전에 나를 떠나 옛날에 좋아했던 여자한테 갔다. 베이 지역에서 자기사업을 하는 여자였다. 나는 혼자 사는 것에 익숙해져 있었다. 재혼할 생각도 없었다. 내가 성에게 잘해준 것은 일이 더 쉬워지도록 나를 좋아하고 신뢰하게 만들기 위해서였다. 그런데 말도 안 되는 일이 벌어진 것이다.

어떻게 해야 할지 몰라서 나는 모르는 척했다. 나는 그로부터 멀어지고 그를 가까이 하지 않으려고 했다. 그래도 나는 그를 밖으로 데리고 나가야 했고 식사를 할 때는 어린애한테 그러듯 그를 다독여야 했다. 그는 내가 심한 말을 하면 울음을 터뜨리고 많이 울었다. 그는 내 이름을 부드러운 목소리로 불렀다.

"주펜. 주펜."

내 이름을 입에 넣고 씹고 있는 듯했다.

그렇게 아프지만 않았다면 그는 재미있고 매력적인 남자였을 것 같았다. 나는 그가 안쓰러워졌다. 그래서 참으려고 노력했다.

일주일쯤 지나자, 그는 기회만 되면 만지려고 했다. 그를 위해 뭔가를 가져오려고 일어서면 그는 내 엉덩이를 두드렸다. 또한 그는 나를 못 가게 하려는 것처럼, 그리고 내가 이러한 친밀감을 좋아하기라도 하는 것처럼, 내 팔뚝에 손을 얹었다. 그러던 어느 날 오후, 나는 내 허벅지에서 그의 손을 치우며 말했다.

"손 치워요. 싫다고요."

그는 깜짝 놀라더니 흐느끼기 시작했다.

"재미없어. 재미없어."

그는 얼굴을 비틀고 눈은 감은 채, 허공에 손을 내두르며 울었다.

소란한 소리에 미나가 아래층으로 내려왔다. 그녀는 머리를 묶어 위로 올리고 있었다. 낙담하는 아버지를 보고 그녀가 날카롭게 물었다.

"니오 이모님, 아버지한테 무슨 짓을 하신 거예요?"

"나한테 자꾸 지분지분하셔서 그만두라고 했어요."

"뭐라고요? 무슨 거짓말을 그렇게 하세요? 아버지는 당신이 누구인지도 모르는데 어떻게 그럴 수가 있단 말이에요?"

그녀가 통통한 얼굴에 인상을 썼다. 아버지의 명예를 지키겠다는 각오가 엿보였다.

"아버지가 나를 좋아하세요. 정말이에요."

"아버지는 온전하지 않으세요. 그런 분이 어떻게 당신한테 감정을 품을 수가 있죠?"

"나를 사랑한다고 하셨어요. 물어보세요."

그녀가 그의 앙상한 어깨에 손을 얹고 흔들었다.

"아버지, 주펜을 사랑하세요?"

그는 당황스러운 것처럼 그녀를 멍한 눈으로 쳐다보았다. 나는 아무 말도 하지 않고 나를 모욕하는 그가 미웠다.

미나가 허리를 펴더니 내게 말했다.

"왜 거짓말을 하시는 거죠? 이모님이 아버지의 마음을 다치게 해놓고 오히려 아버지를 비난하다니요."

"젠장, 나는 사실대로 얘기했어!"

"어떻게 그걸 증명할 수 있죠?"

"내 말을 믿지 못하겠다면 좋아요, 내가 이 일을 그만두죠."

나는 말을 해놓고도 깜짝 놀랐다. 이 일은 나에게 소중했다. 하지만 말을 거둬들이기에는 너무 늦었다.

그녀가 마스카라를 바른 눈썹을 꿈틀거리며 능글맞게 웃었다.

"당신이 대체 뭔데? 자기가 없으면 지구가 돌아가지 않을 만큼 절대적으로 필요한 존재라고 생각하는 거예요?"

나는 말없이 문간으로 가서 내 물건들을 챙겼다. 늦은 오후였다. 어차피 하루 일과를 끝마칠 시간이었다. 나는 미나가 내가 속한 파견회사 사장인 닝장과 친구라는 걸 알았다. 두 사람은 난징 출신이었다. 미나는 틀림없이 사장한테 내 험담을 해서 내가 다른 일을 찾기 어렵게 만들 게 뻔했다. 그래도 나는 체면을 지키고 나를 다시 써달라고 애걸하지는 않기로 했다.

나는 그날 밤 저녁을 먹지 않고 몇 시간 동안 울었다. 하지만 미나에게 솔직하게 얘기한 것을 후회하지는 않았다. 예상했던 대로 사장은 다음 날 아침 일찍 전화를 해서 더 이상 일하러 가지 말라고 했다.

나는 며칠 동안 집에서 텔레비전을 보며 지냈다. 나는 한국과 타이완 프로그램을 좋아했다. 하지만 영어를 배우고 싶어서 〈나의 모든 아이들〉과 〈사랑의 종합병원〉이라는 연속극을 봤다. 물론 거의 알아들을 수는 없었다. 나는 친구를 통역으로 해서 교회의 로렌조 목사한테 직장을 잃었다는 얘기를 했다. 그는 상심하지 말라고 했다.

"하느님이 곧 일을 주실 테니 걱정하지 말아요. 시간이 나면 영어 공부하러 나오세요."

나는 아무 대답도 하지 않고, 그런 말을 하기는 쉽다고 생각했다. 내 나이에 어떻게 다른 나라 말을 기초부터 배울 수 있단 말인가? 나는 알파벳 순서도 기억하지 못했다. 13년만 젊다면 좋을 것 같았다.

그러던 어느 날 저녁, 닝장이 전화를 했다. 그는 성을 다시 돌보고 싶은 의향이 있는지 물었다. 나는 그런 말을 하는 이유가 궁금했다. 다른 간병인을 보내지 않았다는 말일까?

"무슨 일인데요? 미나가 나한테 화를 내지 않던가요?"

"안 냈어요. 당신도 알다시피, 그 사람은 성격이 급하잖아요. 솔직히 말하면, 당신이 떠난 후로 그 여자의 아버지가 아이처럼 실쭉해서는 밥을 안 먹겠다고 한대요. 당신이 다시 가 줬으면 좋겠어요."

"어째서 당신은 내가 그렇게 할 거라고 생각하죠?"

"나는 당신을 알아요. 당신은 마음이 따뜻한 사람이잖아요. 당신의 자존심 때문에 노인이 고통을 당하고 굶는 건 원치 않잖아요."

맞는 말이었다. 그래서 나는 다음 날 아침부터 다시 시작하기로 했다. 닝장은 나한테 고맙다며 연말에는 급료를 올려주겠다고 했다.

내가 돌아가자 미나는 아주 친절하게 대해주었다. 그녀의 아버지는 다시 정상적으로 음식을 먹기 시작했다. 하지만 그는 여전히 나를 사랑한다는 말을 멈추지 않았고 기회가 있을 때마다 내 몸에 손을 댔다. 나는 그를 혼내지 않았다. 다만 그의 감정을 상하게 하지 않도록 신체 접촉을 피했다. 솔직히 그는 비정상적이었지만 해가 없는 사람이었다. 불치병 때문에 그렇게 비참하게 된 것이었다. 그렇지 않다면 나이 든 여자들이 기꺼이 그와 결혼하려고 했을지 몰랐다. 거리나 도서관에서 친구를 만날 때마다, 성은 내가 자기 여자친구라고 말했다. 나는 당혹스러웠지만 굳이 그의 말을 정정하려고 하지 않았다. 설명을 하려고 하면 할수록 더 복잡해져가는 일들이 이 세상에는 얼마든지 있으니, 나는 내가 할 일만 하면 된다고 생각하며 침묵을 지켰다.

이따금 그는 내가 그를 씻겨줄 때마다 내 손을 그의 성기로 끌어당기거나 내 가슴을 만지려고 했다. 그는 나에게 "내 마누라"라고 하기까지 했다. 나는 화가 나서 미나에게 조용히 말했다.

"당신 아버지가 그렇게 하지 못하도록 할 방법을 찾아야겠어요. 그렇지 않으면 나는 이 일을 계속할 수 없어요."

그녀가 한숨을 쉬었다.

"니우 이모님, 우리 서로한테 솔직해지자고요. 나도 너무 걱정이 돼 죽겠어요. 이모님도 아버지한테 마음이 있으세요?"

나는 당황스러웠다.

"무슨 말이죠?"

"제 말은 아버지를 사랑하느냐 말이에요."
"아니, 그렇지 않아요."
그녀는 내가 아니라고 한 것이 공개적으로 내 애정을 시인한 것이라도 되는 것처럼 희미한 미소를 지었다. 나는 기껏해야 그를 약간 좋아하는 정도라는 사실을 강조하고 싶었다. 하지만 내가 말을 하기 전에 그녀가 말했다.
"제 아버지와 결혼하시는 건 어때요? 외관상으로만 말이에요."
"별스런 말이 다 있네요. 일을 하지 않으면 나보고 어떻게 살라는 말이죠?"
"그게 제가 외관상으로만 결혼하라고 한 이유예요."
나는 더 당황스러웠다.
"무슨 말인지 모르겠군요."
"제 말은 이모님이 일을 하시면서 이 아파트에 사실 수 있다는 말이에요. 아버지의 부인인 것처럼 행세하면서요. 아버지가 만족해하고 편해질 수 있도록 말이죠. 한 달에 400달러 드릴게요. 더불어 급료도 그대로 받으시면 되고요."
나는 그녀가 무슨 의도로 그런 말을 하는지 알 수 없었다.
"무슨 말인지 모르겠네요."
"이렇게 하시는 거예요. 법적으로 이모님은 아버지의 배우자는 아니에요. 여기에서 아버지와 더 많은 시간을 보내는 것 말고는 아무것도 바뀌지 않을 거예요."
"같은 침대를 쓸 필요도 없단 말인가요?"

"당연하죠. 저 방에서 주무시면 돼요."

그녀가 창고로 쓰는 방을 가리키며 말했다. 작지만 아늑한 잠자리로 바뀔 수 있는 방이었다.

"그러니까 결혼은 명목상일 뿐이라는 말이죠?"

"맞아요."

"생각 좀 해보고요."

"좋아요, 서두르실 필요는 없어요."

나는 이틀 동안 그 제안을 받아들일 것인지 생각해보았다. 나는 이모를 머릿속에 떠올렸다. 사십 대 초반에 이모는 자기보다 열아홉 살이나 많고 하반신이 마비된 남자와 결혼해서 죽을 때까지 그를 간호했다. 이모는 그 남자를 좋아하진 않았지만 동정했다. 어떤 점에서 보면, 이모는 자신의 가족이 굶어죽지 않도록 자신을 희생한 것이다. 남편이 죽자, 이모는 그에게서 아무것도 물려받지 못했다. 그는 집을 조카에게 물려주고 죽었다. 나중에 이모는 첫 번째 결혼에서 낳은 딸네 집으로 갔다. 그리고 황허 강 유역에 있는 작은 도시에서 나의 사촌과 같이 지금도 살고 있다. 내 이모와 비교하면, 나는 훨씬 좋은 위치에 있었다. 나는 나한테 필요한 돈만 벌면 되었다. 내가 성의 집으로 들어간다면 아파트를 세낼 필요도 없고, 게다가 한 달에 81달러나 되는 지하철 요금을 절약할 수 있을 것이었다. 내가 제안을 수락하겠다고 하자, 미나는 좋아하며 고맙다고 했다.

그런데 놀랍게도 그녀는 한 장의 종이를 가지고 오더니 나한테 서명을 하라고 했다. 서류에 적힌 것은 계약 조건이라고 했다. 나는 영어를 읽을 줄 몰랐기 때문에 중국어로 된 걸 보고 싶다고 했다. 나는 어떤 것에 서명을 하기 전에는 조심해야 한다는 걸 알고 있었다. 4년 전, 친구와 아파트를 같이 쓰기 위해 머물던 곳을 떠나 코로나로 갔을 때, 보증금을 돌려받지 못한 사건이 있었다. 집주인이 700달러를 돌려주지 않은 것이었다. 계약이 만료되기 전에 이사를 하면 보증금을 돌려줄 수 없다는 사실이 명시된 서류에 양쪽 서명이 돼 있었던 것이다.

미나는 중국어로 다시 써주겠다고 했다. 다음 날 아침, 나는 성의 옆에 앉아 그에게 신문 기사를 읽어주고 있었다. 미나가 들어오더니 나한테 부엌으로 오라고 했다. 부엌으로 가자 그녀는 내게 계약서를 건넸다. 나는 그걸 읽어보고 몹시 화가 났다. 계약서에 적힌 내용을 보니, 내가 그녀의 아버지에게서 재산을 빼돌릴 계획을 하고 있는 것 같은 느낌을 주었다. 마지막 단락은 이런 내용이었다.

"요약하자면, 니우주펜은 성진핑과 결혼하지도 않을 것이고 그로부터 유산을 물려받지도 않는다는 것에 동의한다. 두 사람의 결합은 영원히 명의상일 뿐이다."

나는 미나에게 물었다.

"그러니까 당신은 나를 남자나 후려 돈을 우려내는 여자로 생각하는 거군요. 나를 믿지 못하면서 왜 가짜 결혼에 신경을 쓰죠?"

"저는 니우 이모님을 믿어요. 하지만 우리는 미국에 살고 있어요. 이곳에서는 공기마저도 사람을 변하게 할 수 있어요. 솔직히 말하면, 아버지 명의로 아파트가 두 채 있어요. 이 지역의 부동산 시세가 낮던 예전에 사둔 것이에요. 그래서 우리는 앞으로 있을 문제의 소지를 없애려고 하는 거예요."

"나는 당신 아버지가 부자라고 생각한 적도 없고, 당신 아버지와 결혼하지도 않을 거예요."

그녀는 고양이 같은 눈을 나에게 고정시키며 말했다.

"그렇다면 어떻게 여기에서 계속 일하실 수 있겠어요?"

"하지 않겠어요."

"니우 이모님의 기분을 상하려고 한 게 아니었어요. 이 문제는 우리의 기분이 진정됐을 때 다시 얘기하는 게 어떨까요?"

"이런 식으로 내 자신을 팔 수 있을 것 같지 않네요. 나는 당신 아버지를 사랑하지 않아요. 당신도 여자가 사랑하지 않는 남자와 결혼하는 것이 얼마나 힘든 것인지 알잖아요."

그녀가 능글맞게 웃었다. 나는 그녀가 속으로 무슨 생각을 하는지 알았다. 이렇게 나이를 먹은 여자가 결혼을 제안 받았을 때, 사랑 어쩌고 하는 건 어리석다고 생각하고 있을 것이었다. 나이를 먹을수록 사랑이 적어지는 건 사실이다. 그래도 마찬가지였다. 나는 용기를 내서 말했다.

"오늘이 나의 마지막 날이에요."

"아닐지도 모르죠."

미나는 돌아서서 문으로 향했다. 그녀의 엉덩이가 약간 흔들렸다. 그녀는 청바지를 입지 말았어야 했다. 청바지를 입으니 더 뚱뚱해 보였다.

닝장은 다음 날 전화로, 시내에 있는 사무실로 와서 터놓고 애기 좀 하자고 했다. 나는 그에게 삼십 대 남자에게 어떤 걸 털어놓는다는 게 마음이 편치 않다고 했다. 사실, 그는 사십을 향해 가고 있었다. 외모는 벌써 중년처럼 보였다. 몸이 통통하고 사화산 입구에 있는 호수처럼 대머리가 된 곳도 있었다. 그래도 그는 나와서 애기를 하자고 했다. 나는 다음 날 그와 만나기로 했다.

하루 종일 나는 그에게 무슨 말을 해야 할지 생각해보았다. 무조건 거부해야 할까? 그럴 수 있을지 불확실했다. 나는 닝장의 손아귀에 잡혀 있는 사람이었다. 그는 몇 달, 아니 몇 년 동안 내가 일을 못 하게 할 수 있었다. 미나와 모욕적인 계약을 해야 할까? 그걸 받아들이는 것 말고는 선택의 여지가 없는지도 몰랐다. 돈을 올려달라고 할까? 그것이 내가 얻을 수 있는 유일한 것일지도 몰랐다. 그래서 나는 사장과 협상을 할 때, 한 시간에 1달러를 올려달라고 하기로 마음먹었다.

다음 날 아침 출발하기 전, 나는 머리를 빗고, 화장도 약간 했다. 나는 거울 속의 나 자신을 보고 깜짝 놀랐다. 튀어나온 광대뼈, 빛나는 눈, 마름모꼴의 입술. 20년만 젊었더라면 아름다운 여자로 통할 것 같았다. 하지만 여전히 허리가 가늘고 가슴이 불룩했다. 나는 사장과 맞상 뜨기로 마음먹고 집을 나섰다.

  나는 지하철역에서 플라스틱 병과 알루미늄 캔이 든 자루들이 가득 실린 유모차를 끌고 가는 작은 몸집의 초라한 여자와 우연히 마주쳤다. 그녀 역시 중국인이었다. 일흔이 훨씬 넘어 보이는 노인이었다. 헐렁한 갈색 바지에 노란색 히비스커스가 그려진, 짧은 소매의 검정색 셔츠를 입고 있었다. 천으로 된 자루들은 수화물처럼 깨끗하고 다양한 색상이었다. 녹슨 접이식 의자가 짐 꼭대기에 묶여 있었다. 작은 유모차 옆구리에는 물병과 빨간 술이 달린 작은 감색 가방이 든 노끈 주머니가 걸려 있었다. 감색 가방에는 점심도시락이 들어 있을 게 분명했다. 유모차에 실린 것과는 별개로 세 개의 커다란 자루가 한데 묶여 있었다. 2리터짜리 코카콜라 병들이 그 안에 들어 있었다. 플랫폼에 서 있는 사람들은 머리가 허연 노인으로부터 멀찍이 떨어져 있었다. 그녀는 말끔하고 온화하지만 불안해 보였다. 그녀는 짐을 묶은 로프를 계속 조였다. 오십 대 남자가 노란 고리 모양의 고수머리를 한 두 소녀와 함께 지나갔다. 소녀들이 노인과 자루를 쳐다보았다. 노인은 작은 손을 흔들며 그들에게 수줍은 미소를 지으며 말했다.

  "바이바이."

  큰 눈망울의 두 소녀는 아무 대꾸도 하지 않았다.

  전철이 도착하고 승객들이 내렸다. 나는 노파가 물건을 전철에 싣는 걸 도와주었다. 그녀는 물건을 싣는 데 너무 필사적이어서 문이 닫힌 후에도 내게 고맙다는 말을 하지 않았다.

연금 보장

그녀는 심하게 숨을 헐떡였다. 나는 그 안에 병과 캔이 몇 개나 들어 있을까 궁금했다. 200개쯤 들어 있을 것 같았다. 그녀는 문 옆에 서 있었다. 목적지에서 그녀의 물건을 내릴 수 없을까 봐 두려운 모양이었다. 나는 여러 차례 그녀를 바라보았다. 그러나 다른 사람들은 아무도 그녀에게 신경을 쓰지 않는 것 같았다. 그녀는 비슷한 물건을 싣고 매일 전동차를 타는 게 틀림없었다.

그 모습을 보며 나는 비참한 심정이 되었다. 쪼글쪼글한 노파에게서 내 모습을 보았다. 시간 외 수당도 없고 의료보험도 없고 연금도 없는 간병인으로 내가 과연 몇 년이나 일할 수 있을지 궁금했다. 노년을 위해 일부를 저금할 수 있을 정도로 돈을 충분히 벌 수 있을지도 궁금했다. 더 이상 환자를 돌보지 못하게 되면 어떻게 살지 걱정이었다. 이제라도 뭔가를 해야 했다. 그렇지 않으면 나는 언젠가 저 노파처럼 재활용 가게에 팔 캔과 병을 찾기 위해 쓰레기를 뒤지는 신세가 될지 몰랐다. 그녀에 대해 생각하면 할수록 나는 더 낙담했다.

노파는 자기 몸보다 다섯 배나 큰 짐을 끌고 다음 역에서 내렸다. 사람들은 그녀를 빠르게 지나쳤다. 나는 자루 중 하나가 뭔가에 걸려 노파가 계단에 넘어지지나 않을까 걱정이 되었다. 그녀가 등에 지고 있는 세 개의 커다란 자루들이 흔들리고 있었다. 그녀는 유모차를 끌며 비실비실 걸어갔다. 그녀가 신은 얄팍한 운동화는 올만 남아 있는 것 같았다.

닝장은 내가 사무실에 들어가자 좋아했다.
"주펜, 앉으세요. 마실 것 드릴까요?"
"아뇨."
나는 고개를 저으며 그의 책상 앞에 앉았다.
"어떻게 하면 내가 당신을 그 집으로 돌아가게 설득할 수 있는지 얘기해보세요."
나는 단호하게 말했다.
"연금을 주세요!"
그는 깜짝 놀라더니 웃으며 말했다.
"장난하시는 거죠? 우리 회사에서는 그런 걸 제공하지 않아요. 선례를 남길 수는 없죠."
"알고 있어요. 그래서 내가 성 씨를 더 이상 돌보지 않겠다는 거예요."
"그분이 지금처럼 계속 먹기를 거부하면 곧 죽을지도 몰라요."
갑자기 안쓰러운 마음이 들었다. 하지만 나는 자신을 억제했다.
"곧 괜찮아질 거예요. 그는 실제로 나에 대해 잘 알지도 못해요. 게다가 그의 기억력은 구멍이 숭숭 난 양동이 같아요."
"우리 회사와 관계가 나빠지면 다른 곳에서도 일하기 힘들어진다는 걸 알고 있나요?"
"나는 지금부터는 연금을 주는 회사에서만 일을 하기로 작정했어요."

"그건 당신이 영어를 할 줄 알아야 가능한 겁니다."

"배울 수 있어요."

"당신 나이에요? 그런 소리 하지 말아요. 당신이 이 나라에서 얼마나 오래 살았습니까? 10년 아니면 11년이죠? 당신이 말할 수 있는 영어 문장이 몇 개나 되죠? 대여섯 개 되나요?"

"이제부터는 다르게 살 거예요. 노조가 있는 회사에서 일할 수 있을 정도로 영어를 구사할 수 없다면 차라리 굶어 죽겠어요!"

내 목소리에 깃든 단호함에 그는 깊은 인상을 받은 것 같았다. 그는 한숨을 쉬고 말했다.

"솔직히 말해서 나는 당신의 기백이 좋아요. 그런데 당신 말을 들으니 내가 사람들을 착취하는 자본가처럼 느껴지네요. 좋아요, 행운을 빌어요. 제가 해드릴 일이 있으면 알려주세요."

나는 그의 사무실을 나섰다. 대기는 갈매기들의 날갯짓으로 고동치고 케밥 냄새로 가득했다. 나무들이 푸르렀다. 나무에 맺힌 이슬방울들이 햇살을 받아 빛나고 있었다. 나의 머리는 가슴속에서 아직도 부풀어 오르고 있는 감정들로 약간 가벼워져 있었다. 솔직히 내가 다른 삶을 사는 데 충분한 영어를 배울 수 있을지는 모르겠다. 하지만 노력은 해야 한다.

Temporary Love

계약 커플

리나는 솔방울 촛대를 식탁 위에 놓고 2인용 소파에 앉아 판빈을 기다렸다. 그들이 함께 살기 시작한 이후 그녀가 저녁상을 차린 건 이번이 처음이었다. 그들은 둘 다 결혼한 상태였지만, 각자의 배우자는 아직 중국에 있었다. 일 년 전쯤, 그녀가 판빈의 집으로 들어왔다. 어디까지나 동거인으로서였다. 그들은 '계약 커플'이 되었다. 계약 커플이란, 배우자를 미국으로 데려올 수 없는 상황에서 서로를 위로해주고 생활비를 아끼기 위해 한시적으로 동거하는 남녀를 가리키는 말이었다. 물론 어떤 남자들에게는 그러한 관계가 돈을 주지 않고 여자와 잘 수 있는 방법일 따름이었다. 하지만 판빈은 리나를 이용한 적이 결코 없었다. 그는 진짜로 그녀와 사랑에 빠졌으며, 그녀가 자신을 저버리면 미쳐버릴지 모른다고 말하기까지 했다. 그래도 그들은 집에 각자의 전화를 놓고 있었다. 판빈은 부인과 통화를 할 때면 문을 꼭 닫고 했지만, 그에

반해 리나는 남편과 거리낌 없이 통화했다.

　보슬비가 내리고 있었다. 내밀어진 창에 빗방울이 변덕스럽게 후드득 떨어지고 있었다. 리나는 저녁 뉴스를 보고 있었지만, 앵커가 하는 얘기를 마음에 새기지 못하고 있었다. 이라크 모술의 버스정류장에 자살폭탄 테러가 발생하여 난리법석이 된 끔찍한 광경을 카메라가 비춰도 마찬가지였다. 6시쯤, 문이 열리고 판빈이 들어왔다. 우산을 구석에 놓으며 그가 말했다.

"와, 냄새 좋네요."

"내가 좀 일찍 왔어요."

리나가 이렇게 말하며 식탁으로 갔다. 그리고 양초에 불을 붙여 솔방울 촛대에 꽂았다.

그가 식탁 위의 음식을 바라보며 말했다.

"오늘이 무슨 날이에요?

"아뇨, 그냥 축하를 해야 한다고 생각했어요."

"뭘 축하해요? 우리 커플의 두 번째 기념일?"

그는 자신이 한 농담에 조금은 당황스러워하며 웃었다.

"그렇게 말할 수 있죠. 하지만 이건 우리들의 이별을 위한 거예요. 자, 앉아서 식사해요."

그는 재킷을 벗고 의자에 구부정하게 앉아 젓가락을 집어 들었다.

"그건 생각하지 않겠다고 했잖아요."

"어리석은 소리 하지 말아요. 남편이 곧 미국에 올 거고, 그러면 나는 나가야 해요. 그가 우리 관계에 대해서 알게 되면 아주 곤란해질 거예요."

그는 닭고기 카레를 먹는 동안에도 생각에 잠겨 한숨을 쉬었다. 그는 그녀의 남편을 만난 적이 없었다. 하지만 그녀가 남편 주밍에 관한 얘기를 많이 했기 때문에 판빈은 그를 오랫동안 알고 지낸 것 같은 느낌을 받았다. 판빈이 그녀에게 말했다.

"남편이 자리를 잡은 다음, 그에게 얘기를 해보면 어떨까 싶어요."

"그건 안 돼요. 그를 자극하지 말아요. 그는 몇 년 동안 쿵후를 했어요. 당신을 때릴지도 몰라요."

"그래요? 당신이 그와 이혼하면, 그에게는 선택의 여지가 없을 텐데."

"내가 왜 그래야 하는데요? 여기 들어와 살기 전에, 당신의 아내나 내 남편이 오는 순간 우리의 관계는 끝이라는 데 동의했잖아요."

"상황이 달라졌어요. 나는 당신을 사랑해요. 그건 당신도 알잖아요."

"너무 나약하게 생각하지 말아요. 자, 우리가 같이 보낸 좋은 시간들을 위해 건배해요."

그녀가 와인 잔을 들었다. 하지만 그는 고개를 저으며 와인에 손을 대지 않았다. 그녀의 창백한 얼굴에 긴장한 표정이 역력했다.

계약 커플 275

그녀는 잔을 내려놓았다. 침묵이 이어졌다.

그는 접시에 있는 카레를 마저 먹고 일어서며 말했다.

"잊지 못할 저녁식사, 고마웠어요."

그는 위층에 있는 자기 방으로 향했다. 그가 나무계단을 오르는 소리가 요란하게 났다.

그녀는 그가 그날 밤 자기한테 올 것이라고 생각했다. 하지만 세수를 하고 이를 닦으러 욕실에 가는 걸 제외하고 그는 방에서 나오지 않았다. 동시에 그녀는 그가 침대로 올까 봐 두렵기도 했다. 일단 그의 품에 안기게 되면 정신 못 차리고 그가 원하는 건 무엇이든 하겠다고 약속해버릴지도 몰랐다. 그것이 자신의 능력 밖의 일이라 해도. 한편으로 이런 고민은 남편에 대한 죄책감으로 나타났다. 그녀는 속죄라도 하듯 무리를 해서 남편의 생일 선물로 디지털카메라를 보냈다. 자제력을 잃을지 모른다는 두려움에도, 그녀는 판빈과 마지막으로 강렬한 친밀함을 느껴보고 싶었다. 주밍이 오면 그녀는 다시 정숙한 아내로 돌아가야 했다.

다음 날 그녀가 눈을 떴을 때, 판빈은 아침식사도 하지 않고 출근한 상태였다. 여느 때 같으면 그는 두 사람이 먹을 토스트와 스크램블드에그를 만들고, 쌀죽이나 참깨죽을 끓여놓고 갔을 테지만 오늘은 아무것도 해놓지 않고 전날 저녁에 남긴 음식에도 손을 대지 않은 상태였다. 그녀는 자신이 그의 감정을 상하게 했음을 알았다. 하지만 이치에 맞지 않은 사람은 그였다. 그들은 두 사람 중 하나가 상대의 동의 없이 언제라도 서로의 관계를 끝낼 수 있다는 약정에 서명했었다. 처음부터 그들은 같이 사는 것이 서로의 편의를 위해서일 뿐이라는 걸 이해하고 있었던 것이다.

그녀는 세무사 사무소에서 일하는 내내 정신이 멍했다. 그래서 그녀가 작성해준 연말정산 양식에서 사업 비용을 충분히 공제하지 않았다고 불평하는 고객과 입씨름을 하기까지 했다. 그 고객은 어떤 창고의 관리자였는데, 브랜 양복, 구두, 컴퓨터, 도서, 잡지, 플로어 램프, 배터리, 심지어는 아령 같은 물건들을 구입한 8000달러에 대해 세액 공제를 해달라고 했다. 리나는 그것이 국세청을 속이는 행위라고 했고, 자라목을 한 괴짜 노인은 노발대발하면서 그에게 더 유리하게 해줄 수 있는 다른 세무사한테 가겠다고 했다. 리나는 느닷없이 몰려드는 감정에 눈물이 날 뻔했다. 그녀는 스스로를 억제하고 말했다.

"그러세요, 좋을 대로 하세요."

열심히 노력했지만, 그래도 웃어줄 수는 없었다.

고객이 돌아간 후에 리나는 하루 일을 마쳤다. 판빈의 집에서 나오고 싶었다. 사흘 전, 그녀는 샌포드가에 있는 방 한 칸짜리 아파트를 얻었다. 그녀는 누군가에게 도움을 청할까 하다가 우선은 모든 짐을 혼자 싸기로 결정했다. 어쩌면 모든 것을 한꺼번에 옮길 필요는 없을지 몰랐다. 그녀의 남편은 3월 하순에야 도착할 예정이었다. 아직 두 주나 남아 있었다.

놀랍게도 판빈이 집에 와 있었다. 거실 마루에는 그녀의 짐

상자 여섯 개가 있었는데, 모두 열려 있었다. 그것을 뒤진 게 분명했다. 그녀가 빈정거리며 말했다.

"내가 뭘 훔쳐 가는지 확인할 셈이었나요?"

"아니, 그냥 궁금해서요."

그가 씩 웃으면서 그녀의 수영복을 들고 냄새를 맡으며 덧붙였다.

"이걸 입은 걸 본 적이 없는데, 내가 가져도 될까요?"

그녀가 킥킥거렸다.

"100만 달러 내세요. 나는 남편이 있는 여자예요."

그는 그녀의 수영복을 상자에 다시 넣으며 말했다.

"앉아서 얘기 좀 해요. 어제 저녁에는 내가 제정신이 아니었어요. 미안해요."

그가 사과를 하자 그녀의 마음이 약간 누그러졌다.

"앞뒤 못 가리는 아이처럼 행동하지 말아요."

"나도 당신의 남편인 것 같은 느낌이 들어요."

그의 얼굴에 깃든 표정은 무표정에 가까울 정도로 진지했다. 그녀가 볼을 썰룩거리며 다시 킥킥거렸다.

"결혼 증서는 어디 있죠?"

"그건 종이쪽지일 뿐이에요. 당신을 사랑해요. 당신에 대해 더 잘 아는 건 나예요. 당신을 구석구석 다 안다고요. 당신이 좋아하는 것과 싫어하는 것을 알아요. 그리고 당신이 나를 사랑한다는 것도 알아요."

"제발 그렇게 말하지 말아요. 우리 두 사람 다 결혼했고 책임을 다해야 해요. 당신은 아내와 아이를 버리고 다른 여자한테 갈 수 있어요?"
 "잘 모르겠어요."
 "위선자 행세는 하지 말아요. 우리가 한 짓은 잘못이었어요. 그동안 우리가 살아온 방식을 수정해야 해요. 빠르면 빠를수록 더 좋아요. 솔직히 나도 당신이 좋아요. 하지만 남편이 오기 전에 내 마음을 거둬들이고 다스려야 해요."
 "그를 아직도 사랑하나요?"
 "이건 사랑과 아무 상관이 없어요. 나는 그에게 좋은 아내가 되려고 노력할 거예요."
 "우리는 친구로 남을 수도 없는 건가요?"
 "그건 당신이 생각하는 친구의 기준에 달려 있어요."
 "이따금 한 번씩 만나는 친구요."
 "잠도 자고요?"
 그가 고개를 끄덕이며 씩 웃었다. 그의 둥근 눈에서 빛이 났다.
 "솔직히 말하면, 나는 당신을 내 아내보다 더 사랑해요. 하지만 이혼할 수는 없어요. 아이 때문이죠."
 그녀는 그가 말하는 것이 진심인지 알 수가 없었다.
 "그러니 우리 그만 헤어져요. 일시적인 고통이 비참하고 복잡한 문제들을 막아줄 테니까요."
 "그렇게 단순한 문제가 아니에요. 당신을 보내지 않을 거예요."

"강제로요? 그건 불가능해요."

"나한테는 말할 수 있는 입이 있어요."

"원 세상에, 나한테 겁을 주는 건가요? 내가 당신의 정부로 있지 않으면 우리의 관계를 남편에게 얘기라도 하겠다는 말인가요?"

그는 아무 대꾸도 하지 않았다. 그의 얼굴에 부자연스러운 미소가 번졌고, 눈가는 희미하게 빛났다. 그는 길게 한숨을 내쉬었다.

그녀는 그의 말이 진심인지 아닌지는 알 수 없었으나 무척 화가 났다. 그녀는 택시를 부르기 위해 부엌으로 갔고, 그는 잽싸게 따라와 수화기를 잡았다.

"아직도 나는 당신의 운전사이자 일꾼이에요."

그가 얼굴을 찡그렸다. 그의 눈이 어두웠다.

그녀는 그에게 이제는 자유라고 말하고 싶었지만, 말이 나오지 않았다. 그들은 차도에 주차된 그의 차로 그녀의 짐을 날랐다.

리나에게는 혼자 사는 것이 더 이상 쉬운 일이 아니었다. 그녀는 판빈의 집, 넓은 거실과 크고 편안한 침대, 그리고 그가 해주던 식사에 익숙해져 있었다. 둘이 같이 있을 때는 그가 요리를 했다. 그녀가 부엌 기름에 너무 노출되면 피부가 노화된다고 불평했기 때문이었다. 그는 그녀가 게으름뱅이여서 그렇다고 농담을 했지만 요리를 도맡아 하고 또 그렇게 하는 걸 좋아했다. 이제 그녀는 혼자서 모든 걸 해야 했다. 저녁은 거의 집에서 해먹지 않고 가까운 식당에서 한두 가지를 사다 먹었다. 판빈의 집에서는 나왔지만, 그녀는 그가 연락할 거라고 은근히 기대하고 있었다. 하지만 그는 전화를 하지 않았다. 어쩌면 사랑이 미움으로 바뀌어 여전히 화가 나 있는지도 몰랐다. 하지만 그는 철부지 어린애가 아니었다. 여자에게 차였다고 자포자기할 나이는 아니었다. 그녀는 가끔 안부 전화라도 하고 싶었다. 그런데 그의 전화번호를 돌리고 두 번째 신호가 가는 순간, 전화를 끊고 말았다. 그를 마음속에서 몰아내고 싶었다. 그녀의 직장이 플러싱 시내에 있지 않았으면 좋겠다고 생각했다. 매일매일 그의 회사 앞을 지나칠 필요가 없었으면 싶었다. 걸어갈 때마다 그와 마주치지 않을까 두려웠다.

3월 24일, 그녀의 남편이 도착했다. 그녀는 공항까지 지하철을 타고 그를 맞으러 갔다. 서로를 못 본 지가 4년이 넘었다. 그는 상당히 변해 있었다. 몸무게도 늘고 얼굴도 더 커 보였다. 눈도 피곤해 보였다. 24시간 동안 비행기를 타고 온 탓일지도 몰랐다. 그녀는 포옹하면서 가볍게 그의 볼에 입을 맞추었지만 그는 가만히 있었다. 대신 웃으면서 이렇게 말했다.

"여긴 밖이잖아."

그의 목소리는 전보다 기운차지는 않았지만 아직도 힘이 있었다. 그녀는 두려움을 모르고 늘 당당한 느낌을 주는 그의 남성적인 목소리가 좋았다. 그는 그녀보다 두 살 많은 서른세 살이었지만, 관자놀이 뒤쪽으로 흰머리가 나 있었다. 지난 몇 년간 마음고생이 심했던 게 틀림없었다. 그들은 터미널에서 짐을 찾고 택시를 타기 위해 줄을 섰다.

리나는 익히지 않은 만두를 샀다. 그녀는 공항에서 돌아오자마자, 만두를 찔 물을 올려놓았다. 주밍은 가져온 게 많지 않았지만 그녀가 얘기했던 책을 여행가방에 하나 가득 실어 왔다. 미국은 중국보다 책값이 엄청 비쌌기 때문이다. 그녀는 남편이 챙겨온 새 사전과 자기계발서들을 보고 무척 좋아했다. 주밍은 전화로 여러 차례 미국에 오면 대학원에 가고 싶다고 했다. 하지만 그녀는 찬성도 반대도 하지 않았다.

책 외에도 그는 미국에 다녀온 친구의 조언에 따라 세 보루의 중국산 담배를 가져왔다. 주밍은 담배 한 개비를 꺼내 불을 붙이더니 탐욕스럽게 피웠다.

"내내 담배를 못 피니 미치겠더군."

그가 담배를 피우자 그녀는 기겁을 했다. 그녀는 밖으로 나가서 피우라고 하고 싶었지만 참았다. 첫날이니 가능한 한 그를 기쁘게 해주고 싶었다. 그녀는 반 컵 정도의 찬물을 솥에 더 부었다. 만두가 속까지 잘 익도록 하기 위해서였다. 뚜껑을 닫고 나서 그녀는 몸을 돌려 그를 향해 미소를 지었다.

"당신이 뉴욕에 와서 정말 행복해요. 저녁 먹고 나면 얼른 씻고 누워요. 피곤할 테니까요."

"나는 괜찮아."

그는 풀사이즈 침대가 두 사람이 눕기에 충분히 큰지 가늠

해보는 것처럼 둘러보다가 그녀를 의심스럽게 바라보았다.

그녀가 말했다.

"비행기를 오래 타고 와서 당신이 피곤할까 봐 한 말이에요."

"뭘 할 수 있는지 보자고."

그는 큰 머리를 한쪽으로 기울이고 그의 뭉툭한 턱을 옆으로 돌리며 코에서 담배연기를 내뿜었다.

그는 골파와 돼지고기가 들어간 만두를 좋아했다. 그걸 생마늘과 함께 먹었다. 리나도 마늘을 마다하지 않았다. 그녀는 지난 일 년 동안 생마늘을 먹지 않았다. 판빈이 남부 지방인 장쑤 성 출신이어서 마늘 냄새를 싫어했기 때문이었다. 그녀는 주밍을 위해 여러 개의 마늘을 깠다. 그리고 자기도 한 개 먹었다. 아주 맛있었다. 그녀는 그에게 마늘을 먹고 나면 양치질을 하라고 말할까 하다가 말았다. 껌이나 민트를 사주는 게 나을지 몰랐다.

주밍이 입맛을 다시며 물었다.

"술 좀 있어?"

"요리용 와인밖에 없어요."

"그건 좋은 게 아니잖아."

"가서 한 병 사올게요."

"아냐, 그럴 필요 없어. 어차피 나는 미국 와인을 좋아하지 않거든."

비행기가 지나가는 소리가 들렸다. 그 소리가 너무 커서 천장이 흔들리는 것 같았다. 그 바람에 하던 얘기가 중단됐다. 소음이 잦아들자 그가 말했다.

"원 세상에, 비행기가 머리 위로 지나가는데 어떻게 잠을 자지?"

그녀가 웃었다.

"밤에는 주거 지역 위로는 지나가지 않아요."

"그렇군."

주밍은 식사를 하면서 가족의 근황에 대해 얘기했다. 그의 아버지는 막 퇴직을 하고 어머니와 다른 퇴직자들의 도움을 받아 유치원을 운영하게 될지 모른다고 했다. 시부모는 리나에게 손자를 몇 명 낳길 바란다고 했다. 그는 '몇 명'이라는 말을 강조했다. 그건 미국에는 아이를 하나만 낳아야 한다는 정책이 없다는 걸 알고 있다는 의미였다. 그녀의 부모는 딸을 몹시 그리워하고 있으며 사람들에게, 심지어는 낯선 사람들에게도 하나밖에 없는 자식에 대한 이야기를 한다고 했다. 그녀의 아버지는 뇌졸중 후에 상당히 좋아졌다고 했다. 그래도 아직 택시 운전을 할 수 없는 상태라 젊은 사람에게 세를 내주고 있다고 했다. 얘기를 듣던 리나는 절망스러웠다. 나쁜 소식이어서가 아니라 바다와 육지 너머로 멀리 떨어져 있음에도 두 가족의 무게가 갑자기 느껴졌기 때문이었다. 그녀는 아직 젊었다. 하지만 가족을 생각하면 노인처럼 나이를 먹은 것 같은 느낌을 받았다.

그녀가 남편에게 말했다.

"자리를 잡기 전에는 아이를 가질 수 없어요."
"알아. 우리한테는 아직 시간이 필요하겠지."
주밍은 그날 밤 관계를 갖겠다고 했다. 그녀는 그의 말에 따랐다. 관계가 끝나자마자 그는 잠이 들었다. 그녀는 몇 시간 동안 깨어 남편이 코 고는 소리에 귀를 기울이고 있었다. 크지는 않았지만 부서진 선풍기에서 나는 소리 같았다.

그다음 주, 주밍은 매일 밖으로 나가 주변을 익혔다. 그리고 공공도서관에 가서 경영대학원에 관한 정보를 수집하며 몇 시간을 보냈다. 그는 급료를 조금 받는 일은 쉽게 찾을 수 있지만 큰돈을 버는 것은 어렵다는 걸 알고는, 리나에게 MBA 과정을 이수하고 싶다고 했다. 그가 호탕하게 웃으며 말했다.
"언젠가 내가 월스트리트에서 일하게 될지도 모르잖아."
그녀는 그를 만류하기가 망설여졌다. 하지만 걱정이었다. 판빈의 집에 살 때는 음식과 수도 및 전기 요금으로 한 달에 200달러만 내면 됐다. 판빈이 집세를 받지 않겠다고 했기 때문이었다. 이제는 생활비가 훨씬 더 들어갔다. 세무사 사무소 일은 안정적이지 않았다. 세금 정산을 하는 기간은 곧 끝날 것이다. 여름과 겨울에는 할 일이 별로 없었다. 두 사람의 생활비를 어떻게 벌어야 할지 걱정스러웠다.
어느 날 저녁, 그녀는 남편에게 말했다.
"올해는 대학원에 갈 수 없을 것 같아요."

계약 커플

"가야 돼."

그녀는 그의 결연한 목소리를 듣고 놀랐다.

"왜 꼭 그래야 하죠? 지금 하는 일은 안정적이지 않아요. 학비는 무슨 수로 내죠?"

"은행에 4만 달러가 있잖아."

"그건 손 대면 안 돼요. 아파트를 살 때 선수금으로 내야 하니까요."

"왜 그렇게 집을 사려고 하는지 모르겠군. 여하튼 나는 경영대학원에 가야 해."

"서두르지 않는 게 좋겠어요."

"올해 들어가고 싶어. 당신은 나한테 빚을 지고 있잖아."

"빚이라니요? 어째서 그렇게 생각하는 거죠?"

"당신은 아직도 내가 모르고 있다고 생각해?"

그의 얼굴이 우울한 색깔을 띠었다. 그의 눈이 이글거렸다.

"뭘 안단 말이에요?"

"당신은 왕판빈이라는 남자와 동거를 했어."

그녀는 어안이 벙벙했다. 머리가 빙빙 돌았다. 어디서 들었지? 판빈한테서? 그 일에 대해 아는 사람이 없을 텐데.

그녀가 말을 더듬었다.

"어떻게 알았죠?"

"누군가가 얘기해줬지."

"누가 그러던가요?"

"그건 중요하지 않아. 양심에 가책을 느끼지 않으려거든 처음부터 다른 남자랑 자고 다니지는 말았어야지."

그녀는 작은 손으로 얼굴을 가리고 흐느끼기 시작했다. 그 사이 그는 느긋이 의자에 등을 기대고 연필을 입에 물고 사전을 쳐다보았다. 경영대학원에 들어가기 위해서는 토플 시험에 통과해야 했던 것이다.

그녀가 훌쩍거리는 소리가 방 안의 정적을 가르고 있었다.

잠시 후, 그녀가 말했다.

"정말 미안해요. 제발 용서해줘요. 나는 약한 여자예요. 그래서 나를 도와줄 남자가 필요했어요. 타국인을 낯선 사람 취급하는 이곳에서 사는 게 얼마나 힘든지 당신도 봤잖아요. 너무 괴롭고 외로워서 미칠 것 같았어요. 주말에는 더 심했어요. 병든 동물처럼 방 안에만 갇혀 있었어요. 아이들을 볼 때마다 만지고 싶었다고요. 그들을 유괴해서 달아나는 상상도 해봤어요. 그럴 때마다 살고 싶었어요. 정상적으로 살고 싶었어요. 판빈이 나를 위로해주고 도와줬어요. 정서적으로도 그렇고 금전적으로도 그랬어요. 솔직히 말해서 그가 없었더라면 나는 미치거나 죽었을 거예요. 적어도 그의 도움이 없었다면 그 돈을 저축할 수도 없었을 거예요."

그는 일어나 앉아 연필을 입에서 빼고 말했다.

"하늘에 맹세코 나는 지난 4년 동안 여자를 만진 적이 없어. 그럴 기회는 있었지만 말이야. 당신 아버지가 뇌졸중으로 쓰러졌을 때, 나는 3개월 동안 매일 밤 간호해드렸어. 눈보라가 쳐도 자전거로 병원에 모시고 갔어. 아무리 괴롭고 우울해도 당신 가족과 내 가족을 돌봐야 했어. 고통 어쩌고 하면서 책임을 회피하려고 하지 마. 나도 당신만큼 고생했으니까."

그녀는 그가 경영대학원에 가도록 해주는 것 외에는 선택의 여지가 없다는 걸 깨달았다. 그건 은행에 있는 돈을 모두 써야 한다는 의미였다. 그를 달래서 이 문제를 시부모에게 일러바치지 않게 하고 그녀의 부모를 치욕스럽게 하지 않게 할 다른 방법은 없었다.

그날 밤, 그녀는 잠을 이루지 못했다. 자신의 허벅지를 만지는 그의 손을 치우지도 않았다. 그의 노여움이 두려웠지만, 그래도 그와 살아야 할 것 같았다. 그녀는 판빈에 대해서도 생각해봤다. 하지만 그는 말만 번지르르한 것 같았다. 그녀는 남편이 어떻게 그걸 알게 됐는지 궁금했다. 생각할수록 남편에게 얘기를 한 사람은 판빈인 것 같았다. 그녀는 그가 "나한테는 말할 수 있는 입이 있어요"라고 했던 걸 떠올렸다. 그가 그녀를 배반한 게 분명했다. 어떻게 그리도 복수심 많고 조심성 없을 수 있단 말인가. 그는 거짓말쟁이였다. 그녀를 사랑한다고 했던 것도 거짓말이었다. 정말로 그녀를 염려했다면 등을 찌르지는 말았어야 했다.

이 일은 끝난 게 아니었다. 그녀는 그를 가만두지 않을 참이었다.

그녀는 이틀 후 판빈에게 전화를 걸어 오후에 만나자고 했다. 열의 없고 미지근한 목소리로 응수하긴 했지만, 그는 좋아하는 것 같았다. 두 사람은 프린스가에 있는 노래방에서 만나기로 했다.

그가 먼저 도착해 방으로 들어갔다. 2분 후, 그녀가 도착했다. 그가 주문한 맥주와 샐러드를 보고 그녀는 얼굴을 찌푸렸다. 그러나 잠자코 앉았다. 그가 씩 웃었다. 입술은 창백하고 눈은 충혈되어 있었다.

"무슨 일이에요?"

"당신이 그렇게 비열하고 혐오스러운 짓을 할 거라고는 생각하지 못했어요."

"무슨 얘기를 하는 거예요?"

그녀는 견과류를 씹다가 그를 응시했다.

"내 남편한테 모두 일러바쳤잖아요."

그가 손가락으로 무릎을 두드렸다.

"아니, 그러지 않았어요! 하지만 알아도 별수 없는 일이죠. 진실은 조만간 드러나게 돼 있으니까요. 어쩔 셈이죠?"

"그이가 경영대학원에 가면 저축한 돈이 학비로 다 나갈 판이에요. 그런데 우리에 관해서 그에게 무슨 얘기를 했죠?"

"나는 당신 남편을 몰라요. 왜 내 말을 믿지 않는 거죠?"

"당신이 그에게 전화를 하거나 이메일로 알려줬겠죠. 당신이 속임수를 잘 쓴다는 건 알았지만 나를 배반할 거라고는 생각하지 못했어요."

"잠깐만, 나는 당신 남편과 결코 얘기한 적이 없어요. 모든 걸 내 탓으로 돌리지 말아요."

그는 한숨을 쉬고 말을 계속했다.

"사실 나도 궁지에 몰려 있어요."

그는 바지 주머니에서 봉투를 꺼내더니 탁자 위에 놓았다.

"아내한테서 온 편지예요. 이혼하자더군요."

리나는 깜짝 놀랐다. 그녀는 편지를 꺼내 읽어보고 싶었지만 참았다. 그에게는 죄가 없을지도 모른다는 생각이 들었다. 그는 아내의 요구에 괴로워하고 있는 게 분명했다.

리나가 물었다.

"그렇다면 누가 남편에게 우리에 관해 얘기했을까요?"

"우리는 다른 계약 커플과 다르게 우리의 관계를 굳이 숨기려고 하지 않았잖아요. 우리가 같이 사는 게 못마땅했던 누군가가 우리에 관한 비밀을 누설했을 수 있죠. 세상에는 도덕성을 물고 늘어지는 자들이 늘 있으니까요. 내 아내도 우리의 관계에 대해 알고 있더라고요. 그것을 이혼의 근거로 제시했고요. 고향 사람들은 아내의 편을 들고 있는 게 분명해요. 그녀가 내 아이의 양육권을 가져갈 거예요."

리나는 그가 여섯 살짜리 아들을 얼마나 끔찍하게 생각하는지 잘 알기에 가슴이 아팠다. 그녀는 누가 밀고자인지를 색출하는 데 더 이상 관심이 없었다. 그게 누구든 무슨 소용이랴 싶었다. 이미 피해는 받을 만큼 받았고 그들이 할 수 있는 건 아무것도 없었다.

그녀가 맥주를 벌컥벌컥 마시며 물었다.

"당신 아내는 언제 알았대요?"

"오래전에 안 게 분명해요. 자기는 건축가를 사랑하게 됐다고 하더군요. 그 남자가 내 아들을 자기 아들처럼 대하겠다고 약속했다나 봐요. 한동안 두 사람이 그렇고 그런 사이였나 보더군요. 여기로 오라고 하니까 별 구실을 다 대며 안 오던데 그래서 그랬던 게 틀림없어요. 당신 남편은 우리에 관해 얼마나 오래전부터 알고 있었다고 하던가요?"

"말하지 않으려 했어요. 여기로 오기 전에 모든 걸 계획했던 게 분명해요."

"그것 봐요. 내가 당신한테 그를 미국으로 데려 오려고 너무 애쓰지 말라고 했었잖아요."

"나는 결혼을 유지하고 싶었어요."

"과거라는 굴레에서 벗어날 수 없었던 거죠."

"당신은 벗어날 수 있나요?"

"노력할 거예요."

그녀는 한숨을 쉬었다. 너무 늦었다고 생각했다. 그녀는 판빈과 얘기하면서 그 문제를 어떻게 풀어갈 것인지 조언을 구하고 싶었지만, 그가 그 상황을 이용해 그녀의 결혼을 망쳐놓을까 봐 참았다. 그녀의 마음속에는 그에 대한 일말의 불안감이 아직도 남아 있었다.

몇 주 동안 리나는 다른 일을 찾아보고 있었다. 그녀의 남편은 시험공부를 했다. 주말에 그녀가 집에 있을 때면, 남편은 집중을 해야 한다며 도서관으로 갔다. 도서관에 갈 때는 계란 샌드위치와 한 줌의 초콜릿도 가져갔다. 그는 중국에서 경제학을 전공했기 때문에 시험 과목에 대해 다소 걱정을 덜 었지만, 문제는 영어였다. 그는 영어를 극복하기 위해 최선의 노력을 다했다. 어떤 점에서 리나는 야망에 헌신적인 그의 모습에 감탄하고 있었다. 그녀는 낙천적이고 열심히 일하는 그의 모습을 처음부터 좋아했다. 그는 언젠가 공공화장실 변기에 쪼그리고 앉아서 수학 공식을 공부하다가 졸도한 적도 있었다. 그해에 고향에서 베이징 소재의 대학에 입학한 건 그가 유일했다.

 5월이 되자 리나는 한 법률회사에서 회계 업무를 담당하게 되었고, 그로 인해 조금 안정을 찾았다. 하지만 경영대학원에 가겠다고 고집을 부리는 주밍 때문에 여전히 불안했다. 그녀는 돈을 좀 빌려서라도 그의 학비를 내줄 준비가 돼 있었다. 하지만 학위를 취득한 후에도 그가 여전히 이 결혼을 유지하고 싶어 할지 의문이었다. 앞으로 2년 사이에 무슨 일이 생길 수도 있었다. 좋아하는 여자를 만나 도망가고 이혼을 요구할지도 모를 일이다. 정숙하지 못한 아내한테서 짜낼 것은 다 짜내며 그런 기회를 엿볼 게 틀림없었다. 미래에 대해 생각하면 할수록 리나는 괴로웠다. 때때로 그녀는 남편이 자신을 경멸한다는 걸 느꼈다. 베이징에 있을 때는 일단 자리를 잡으면 아이를 낳을 계획이었다. 하지만 더 이상 그러고 싶은 생각이 없었다.

 그들은 같은 침대에서 잤고, 일주일에 한두 번씩 관계를 가졌다. 그녀는 그게 즐겁지 않았다. 그래서 그녀는 남편이 자신의 몸을 찾지 않아도 괘념치 않았다. 괴로운 건 관계를 한 다음이었다. 그녀는 그가 코 고는 소리를 들으며 자신이 이용당하고 있다는 느낌을 받았다. 남편이 자신을 다른 남자의 욕망에 오염된 더럽고 썩은 여자라고 생각할 것 같았다. 그는 약삭빠르고 속을 알 수 없는 사람이었다. 아무에게도 털어놓지 않고 여러 계획들을 세우고 있을 게 분명했다. 때로는 관계를 할 때 그녀에게 상처를 줄 작정인 것처럼 거칠게 다루었다. 그럴 때마다 그녀는 판빈이 그리웠다. 판빈은 사랑을 할 때면 늘 오랫동안 그녀를 안아주었다. 그리고 이렇게 하면 어떤 느낌이고 저렇게 하면 어떤 느낌인지 계속 물었다. 그는 그녀가 스스로를 열어 자신의 정열을 즐기고 싶게 만들었다. 때때로 그녀는 남편에게 도서관에서 빌려볼 수 있는 부부 생활에 관한 책을 권해볼까 하는 생각도 해보았다. 하지만 그가 뻔뻔하다고 생각할지 몰라 감히 말도 꺼내지 못했다.

그녀는 남편에게 잠을 따로 자자고 제안했다. 주밍은 반대하지 않았다. 그가 고분고분하게 응하자, 그녀는 남편이 언젠가 자기를 떠날 거라고 확신했다. 그래도 그녀는 자신의 잘못을 반성하는 마음으로 남편의 학비를 대주려고 했다. 판빈과 그렇게 서둘러 관계를 정리한 것은 실수였는지 모르지만, 그녀는 남편을 미국으로 데려온 걸 후회하지는 않았다.

그사이 그녀는 판빈의 직장에 여러 차례 전화를 했다. 하지만 그는 전화를 받지도 않았고 전화를 하지도 않았다. 그러던 어느 날, 그가 전화를 받았다. 냉정하고 사무적인 목소리였다. 그는 사장이 위층에서 기다리고 있어서 오래 이야기할 시간이 없다고 했다.

그녀가 기어드는 목소리로 물었다.

"어떻게 지내요?"

"아직도 살아 있어요."

그의 목소리가 너무 비통하게 들려 그녀는 미안한 마음이 들었다.

그녀가 말을 계속하자 그가 그녀의 말을 잘랐다.

"끊어야 해요."

"이번 주에 다시 전화해도 될까요?"

"우리 관계가 끝났다고 말한 사람은 당신이 아니었던가요? 나는 아내와 집이 필요하지 애인은 필요하지 않아요."

그녀는 말없이 있었다. 그녀는 그의 결혼생활에 무슨 일이 생겼다는 걸 알았다. 그녀가 묻기도 전에 그가 전화를 끊었다. 그녀는 눈물이 났다. 그녀는 마음을 진정시키기 위해 화장실로 갔다.

그녀는 나중에 지인을 통해서 판빈이 이혼하고 아내에게 아이의 양육권까지 넘겼다는 걸 알게 되었다. 5년 넘게 그는 아내에게 7만 달러 이상을 보내주었다. 그 돈으로 그녀는 부자가 되었다. 융자금을 다 갚고 나서도 그녀에게는 상당한 돈이 남았다. 실의에 찬 판빈은 일하러 갈 때를 제외하고는 집

밖으로 거의 나오지 않았다. 사람들이 그에게 젊은 여자들을 소개해줬지만 아무도 만나지 않으려 한다고 했다. 그는 중국 여자와 다시는 데이트를 하지 않겠다고 했다. 그는 변한 것 같았다. 그동안 알고 지냈던 사람들을 피하는 것 같았다.

시험을 다 본 직후, 주밍은 한 무술관에서 일을 하게 되었다. 그는 사범 조수였다. 주로 하는 일은 아이들을 가르치는 것이었지만, 바닥을 닦고 화장실까지 청소해야 하는 파트타임이었다. 그는 활력이 넘치는 사람이 되었다.

6월 하순, 루이지애나에 있는 대학에서 일 년짜리 MBA 프로그램에 합격했다는 통보를 해왔다. 리나는 그가 학비가 더 비싼 대학에 들어갈 계획이었다는 걸 알았다. 하지만 지원 마감일을 대부분 놓치고 말았다. 그는 늦은 합격 통보에 무척 기뻐했고 바로 가고 싶어 했다. 그녀는 남편이 자신을 떠나기 시작했다고 느꼈다. 그가 뉴올리언스로 가게 되면 무슨 일이 생길지는 아무도 모를 일이었다. 학위를 이수한 후, 그는 어디로 가게 될까? 미국의 MBA가 상당한 대우를 받고 있는 중국으로 돌아갈까? 그럴 것 같지는 않았다. 월스트리트를 넘볼 수 없을지는 몰라도, 그는 이곳에서 경력을 시작할 것이다.

그녀는 비참했다. 그러나 얘기할 사람이 아무도 없었다. 판빈이 곁에 있었으면 싶었다. 그는 아주 조용하고 주의 깊게 그녀의 말을 들어주었다. 잠이 든 게 아닌지 의심스러울 정도로 조용히 들어주었다. 그리고 얘기를 듣고 나면 뭘 해야 하

계약 커플 295

는지, 누굴 만나야 하는지를 조언해주었다. 그는 지략도 풍부했다. 컴퓨터 공학을 전공했음에도 실용적인 철학서를 즐겨 읽었다. 마키아벨리와 같은 고전이든 세상사에 관한 현대적인 도서든 가리지 않고 좋아했다.

  7월 초순, 어느 토요일 오후였다. 리나는 샤워를 하고 어깨까지 머리를 내려뜨리고 잘록한 허리를 돋보이게 하는 하늘색 드레스를 입었다. 그리고 지나가다 들른 것처럼 판빈의 집으로 갔다. 문을 두드리자 그가 나왔다. 그는 놀란 듯 보였으나 곧 들어오라고 했다. 몸이 많이 말랐지만 여전히 기백이 넘쳤다.

  거실로 가면서 그가 물었다.

  "차나 커피 중 뭘 마실 거예요?"

  "커피 주세요."

  그녀는 자기 것이라도 되는 것처럼 친숙하게 느껴지는 2인용 소파에 앉았다. 밖으로 돌출된 유리창이 달린 방은 여전했다. 달라진 것이 있다면 마루였다. 최근에 왁스를 칠했는지 반들반들하게 윤이 났다. 그는 잘 지내고 있는 것 같았다.

  그는 그녀 앞에 커피 잔을 내려놓고 앉았다. 그가 단조로운 소리로 물었다.

  "나를 만나러 온 이유가 뭐죠?"

  "불법인가요?"

  그녀가 계란형의 얼굴을 옆으로 기울이고 미소를 지으며 그를 향해 턱을 치켜 올렸다. 그의 입술이 약간 비틀려 있었다.

"당신은 이미 나를 정리했다고 생각했어요."

"나는 아직도 당신을 걱정하고 있어요."

"그럴 필요 없어요. 나는 강한 사람이에요. 어떻게 헤쳐 나갈지 알고 있어요."

"남편이 2주 후에 뉴올리언스로 가요."

"그래서 어쨌다는 거죠? 그게 나와 무슨 상관이죠?"

그녀가 소리를 죽이고 웃었다.

"당신 입으로 당신도 내 남편이라고 하지 않았던가요?"

"그건 나한테 가족이 있던 4개월 전 일이에요."

"지금은 다르게 생각한단 말인가요?"

"상황이 변했어요. 나도 변했고요. 내 아내는 사랑하는 사람을 만나 내 아들까지 데려갔어요. 그것 때문에 나는 거의 죽을 뻔했어요. 하지만 살아났어요. 그리고 다른 사람이 되었지요."

"얼마나 다른 사람이 되었는데요?"

"다음 주에 내 여자친구를 만나러 키예프에 갈 거예요."

"여자친구라고요?"

"그래요. 인터넷에서 알게 됐어요."

리나는 비아냥거리지 않을 수 없었다.

"국제적인 바람둥이가 되고 싶은가 보네요."

"세계적인 플레이보이라고 해도 되지만 나는 그딴 말에 신경 안 써요. 이제부터 나는 중국 여자와는 사귀지 않을 거예요. 질렸으니까요. 중국 여자들은 한결같이 과거의 짐을 너무 많이 걸머지고 있어요. 내가 나눠서 지기에는 너무 무거워요. 나는 과거와 아무 상관없이 자유롭고 호탕하게 살고 싶어요."

"과거가 없으면 어떻게 현재의 의미를 찾을 수 있죠?"

"나는 살아남기 위해서는 과거를 없애야 한다는 믿음을 갖게 됐어요. 과거를 버리는 거죠. 과거라는 것이 존재하지 않았던 것처럼 아예 생각하지도 않는 거죠."

"그게 어떻게 가능하죠? 어쩌다 그렇게 어리석은 생각을 하게 됐어요?"

"그게 내가 살고 싶은 방식이에요. 유일한 방식이라고요. 당신이 과거와 관련된 모든 끈들에 그렇게 연연하지 않았더라면, 당신은 나를 떠나지 않았을 거예요. 맞죠? 이게 내가 아름다운 우크라이나 여자를 사귀려고 하는 이유예요."

"그 여자는 영주권을 따는 데나 관심이 있을 뿐이에요. 동양 남자인 당신한테 심각하게 그러는 게 아니라고요. 당신과 결혼할 순 있어도, 아이를 낳아주진 않을 거예요. 아니면 당신이 그녀를 갖고 놀다가 버리게 될지도 모르고요."

"그건 당신이 추측할 필요가 없는 일이에요. 당신도 나한테 그렇게 하지 않았던가요? 여하튼 내 여자친구에 대해 험담하지 말아요. 나는 이름을 믿어요. 여자협잡꾼 중에 '올가'라는 이름은 없을 테니까요."

그녀가 웃었다.

"참 어리석군요. 아직 그 여자를 만나지도 않았는데 여자친구라고 하다니요. 형제자매는 없다던가요?"

"남동생이 하나 있대요."

"부모는요?"

"있대요. 조부모도 있고요."

"그 사람들이 일종의 짐 아닌가요? 우리가 가진 것과 똑같은 과거 아닌가요?"

그는 쩔쩔매며 손목시계를 들여다보더니 일어섰다.

"택배사에 가야 돼요."

그녀도 일어섰다. 그리고 그의 친구로 있고 싶다고 말하려다가 그만두고, 그가 해주던 요리가 그립다고 말했다. 그는 아무 반응도 하지 않았다. 그녀는 식은 커피를 들어 마지막 한 방울까지 마시고 말없이 그의 집에서 나왔다. 그녀는 그가 올가에게 얼마나 빠져 있는지 알지 못했다. 키예프행 비행기 표를 샀는지도 알지 못했다. 그는 연기를 할 수밖에 없었는지도 몰랐다. 그녀는 그가 뭘 어떻게 하든, 스스로를 웃음거리로 만들지 않기를 바랐다.

The House Behind a Weeping Cherry

벚나무 뒤의 집

룸메이트가 나갔을 때, 나는 첸 여사가 방세를 올릴까 봐 걱정이 되었다. 그동안에는 방을 나눠 쓰면서 한 달에 300달러를 내고 있었다. 집주인이 더 내라고 하면 꼼짝없이 다른 곳을 찾아봐야 할 판이었다. 나는 거대한 벚나무 한 그루가 앞에 버티고 있는 이 영국 식민지풍 집을 좋아했다. 벌써 초여름이고 꽃피는 계절도 지났지만, 벚나무는 새들을 끌어들이며 목가적인 분위기를 만들었다. 그처럼 평화로운 분위기임에도 플러싱 시내와 가까워 중심가에서 차들이 오가는 소리가 들렸다. 그 집은 내가 일하는 곳과 가까워 여러모로 편리했다. 첸 여사는 1층을 사용했고 내 방은 위층에 있었다. 위층에는 세 명의 여자들이 살고 있었다. 목공일을 배우던 내 룸메이트는 세 여자 모두 창녀들이고 때로 집 안에서 손님을 받는다며 나가버렸다. 솔직히 나도 마음이 편치는 않았다. 하지만 나는 여자들에 익숙해져 있었다. 나는 이십 대 초반의 여리게 생긴 후옹이 특히 좋았다. 그녀는 베트남 출신이었는데, 그녀의 부모는 30년 전에 호찌민이 함락되고 부동산 시장이 괜찮았을 때, 중국에서 베트남 촐론으로 이민을 갔던 사람들이었다. 나는 뉴욕이 처음이었고, 혼자 산다는 게 때로 비참하게 느껴졌다.

아니나 다를까 그날 저녁, 코 옆에 큰 점이 있는 땅딸막한 첸 여사가 올라왔다. 그녀는 자리에 앉더니 염색한 머리를 만지작거리며 말했다.

"완렌, 당신이 이제부터 이 방을 혼자 쓰게 됐으니 방세에 관해 얘기 좀 해야겠어요."

나는 그녀의 뒤에 있는 빈 침대를 손으로 가리키며 말했다.

"죄송하지만 저는 지금보다 더 낼 수는 없습니다. 다른 사람을 찾아보세요."

"그래요, 광고를 할 수도 있겠죠. 하지만 내가 생각해둔 게 있어요."

그녀가 나를 향해 몸을 기울였다. 나는 아무 반응도 하지 않았다. 나는 푸젠 성 출신의 그 여자가 싫었다. 너무 계산적인 것 같았기 때문이다. 그녀의 말이 이어졌다.

"혹시 운전면허증이 있나요?"

"노스캐롤라이나 주에서 발급받은 게 있지만 그걸로 여기에서 운전할 수 있는지는 모르겠어요."

나는 샬롯 외곽에 있는 채소 농장에서 배달하는 일을 한 직이 있었다.

"그건 문제가 안 돼요. 뉴욕 면허로 쉽게 바꿀 수 있거든요. 면허등록소가 아주 가까운 곳에 있어요."

그녀는 사이가 벌어진 이를 드러내며 웃었다.

"제게 원하시는 게 뭐죠?"

"방세를 더 받지는 않겠어요. 이 방도 혼자 쓰세요. 대신, 저녁에 저 애들이 밖에 나갈 때 태워다주면 좋겠어요."

나는 침착해지려고 노력했다.

"그게 불법은 아니겠죠?"

그녀가 낄낄거렸다.

"겁내지 말아요. 저 애들은 호텔이나 개인 집으로 가니까 경찰이 들이닥칠 일은 없어요. 아주 안전하지요."

"일주일에 몇 번이나 태워다줘야 하나요?"

"자주는 아닐 거예요. 많아야 네다섯 번이나 될까."

"저 사람들의 식비도 내주시나요?"

"그래요, 장거리 통화요금 외에는 다 내주죠."

마침내 나는 여자들이 늘 식사를 같이 하는 이유를 알게 되었다.

"좋아요. 저녁에 태워다줄 수는 있어요. 하지만 퀸스와 브루클린에서만 태우겠습니다. 맨해튼은 너무 무서워서요."

그녀가 짧게 웃었다.

"좋아요. 나도 저 애들을 그렇게 멀리까지는 보내지 않으니까요."

"그런데 저도 그런 일을 할 때는 식사를 같이 해도 되나요?"

"물론이죠. 그렇게 얘기해둘게요."

"고맙습니다."

나는 잠시 멈췄다가 말을 이었다.

"저도 적적할 때가 있어서요."

음흉스러운 미소가 그녀의 얼굴에 스쳤다.

"저 애들하고 같이 시간을 보낼 수도 있을 거예요. 아마 깎아줄지도 몰라요."

나는 그 말에 어떻게 대답해야 할지 몰랐다. 그녀는 내려가기 전에 모든 것을 비밀로 해야 한다며, 내가 같이 가면 여자들이 안전하게 느낄 것 같아 그렇게 해달라고 한다는 점을 분명히 했다. 여자들에게 자기 마음대로 부릴 수 있는 운전사가 딸려 있다면 창녀를 대하는 고객들의 태도가 달라질 거라는 의미였다. 나는 차고에 검정색 아우디가 있는 걸 보았다. 나는 지난 몇 달 동안 운전을 한 적이 없었다. 그래서 자동차를 운전하며 만끽할 수 있는 자유로움이 그리웠다. 운전을 할 때면 공중으로 솟아 오를 것만 같은 자유로움이 느껴졌다. 그래서 나는 어느 정도, 여자들을 태우고 다니는 일이 기다려졌다.

집주인이 나간 후, 나는 도로 쪽으로 난 창문 앞에 서보았다. 하나밖에 없는 창문이었다. 10미터가 넘는 벚나무의 우듬지가 별들이 총총한 하늘을 배경으로 보였다. 마치 깃털이 모여 있는 듯한 모습이었다. 멀리서 비행기 한 대가 불빛을 반짝이며 소리 없이 구름 사이를 통과해 동쪽으로 가고 있었다.

나는 첸 여사의 제안이 나를 불법적인 일에 얽어맨다는 걸 알았지만 개의치 않았다. 이제 나는 창녀들과 함께 사는 데 익숙해졌다. 그들이 생계를 위해 무슨 일을 하는지 처음 알았을 때는 나도 내 룸메이트처럼 당장 나가고 싶었다. 하지만 직장과 가까운 곳에 다른 마땅한 집을 찾을 수 없었다. 나는 시내에 있는 의류공장에서 다리미질하는 일을 하고 있었다. 나는 여자들을 조금 더 알게 되면서 사람들이 생각하는 것처럼 그들이 흡혈귀가 아니라는 걸 깨달았다. 다른 사람들처럼 그들도 먹고살기 위해서는 일을 해야 했다.

나도 나 자신을 팔고 있었다. 나는 주중에는 날마다 바지 허리, 셔츠 목깃과 소매, 천의 이음새 등에 다리미질을 했다. 지하실은 무더웠다. 에어컨이 있었지만 10년은 족히 된 것이어서 소리만 컸지 제구실을 하지 못했다. 우리는 맨해튼에 있는 가게들에 납품하는 괜찮은 옷들을 만들고 있었다. 포장하기 전에는 모든 걸 산뜻하게 다려야 했다.

그처럼 노동력을 착취하는 공장에서 내가 일하게 되리라고 누가 생각했겠는가! 지난번에 부모님은 대학에 가라고 종용하는 편지를 또 보내왔다. 그런데 나는 아무리 노력해도 토플 시험을 통과할 수 없었다. 남동생은 이제 막 수의과대학에 들어간 참이었다. 나는 학비로 쓰라고 동생에게 3000달러를 보내주었다. 미국에 오기 전에 배관이나 집 개조와 같은 기술을 배워뒀더라면 싶었다. 어떤 일도 다리미질하는 것보다는 나을 것 같았다.

매음굴에는 이름이 없었다. '눈부신 몸매와 부드러운 마음씨를 가진 다양한 국적의 아시아 여인들, 당신이 꿈꾸던 천사들.' 나는 언젠가 부엌에서 이런 신문광고를 본 적이 있었다. 전화번호 외에는 아무 정보도 나와 있지 않았다. 그 전화번호는 여자들이 같이 쓰는 번호였다. 나는 그 광고를 보고 하마터면 크게 웃을 뻔했다. 셋 모두 중국 여자들이었기 때문이다. 물론 후옹은 베트남어를 모국어처럼 잘해서 베트남 여자로 통할 수 있었다. 그리고 나나는 홍콩 출신이어서 억양이 있는 중국어를 구사했기 때문에 말레이시아나 싱가포르 여자로 통할 수 있었다. 하지만 상하이 출신의 대학생인 훤칠한 키의 리리는 아무리 봐도 천생 중국 여자였다. 그녀는 영어를 잘해 전화 받는 일을 도맡아했다.

대부분의 음성적인 매음굴과 다르게, 이곳에서는 여자들이 주기적으로 바뀌지 않았다. 리리는 여름이 끝나면 학교로 돌아갈 것 같았다. 그렇게 되면 첸 여사는 영어를 능숙하게 하는 다른 이십 대 여자를 고용할 것이다. 하지만 첸 여사가 이 사업의 진짜 주인인지는 확실치 않았다. 여자들은 크로크라는 사람을 입에 올렸다. 나는 그 남자를 만난 적이 없었지만, 그들을 통해 그가 이 일대에서 구린내가 나는 가게를 운영하고 있는 깡패라는 걸 알았다.

나는 그들과 함께 저녁을 먹는 게 좋았다. 보통 저녁은 8시쯤 먹었다. 너무 늦은 시간이긴 했지만, 7시가 돼서야 공장에서 나오니까 아무래도 괜찮았다. 종종 다른 남자들도 식사하는 자리에 끼었다. 그들은 고객들에게도 공짜로 저녁식사를 제공했다. 음식은 수수했다. 쌀밥에 두세 가지의 반찬이 고작이었다. 반찬 중 하나는 고기였고 다른 하나는 채소였다. 이따금 채소 대신에 해산물 요리가 나오기도 했다. 국도 나왔다. 보통 시금치나 죽순에 마른 새우나 두부, 계란을 넣어 끓인 국이었다. 여자들은 하루씩 돌아가며 요리를 했다. 요리 당번이 손님을 받고 있으면 다른 사람이 그녀를 대신해 요리를 해야 했다. 일부 고객들은 식탁의 분위기가 좋아서인지 몇 시간 동안 잡담을 하며 머물다 갔다.

다른 남자가 있으면 나는 가만히 있었다. 그리고 재빨리 식사를 마치고 방으로 들어가 텔레비전을 보거나 혼자 장기를 두거나 잡지를 보았다. 그러나 다른 남자가 없을 때면 나는 가능한 한 오래 머물렀다. 여자들은 내가 옆에 있는 게 좋은 모양이었다. 그들은 나를 놀리기까지 했다. 후옹은 가장 예쁠 뿐만 아니라 요리도 가장 잘했다. 그녀는 양념에 의존하지 않고 요리를 했다. 그에 반해 리리는 설탕을 너무 많이 쳤고, 나나는 무엇이든 너무 오래 튀겼다. 어느 날, 후옹이 큼지막한 병어 요리와 프라이팬에 튀긴 감자와 셀러리를 내놓았다. 그녀에게 말하지는 않았지만, 사실은 두 가지 다 내가 좋아하는 요리였다. 그날 저녁에는 아무도 고객이 없었다. 그래서 우리는 7시 반에 저녁식사를 하기 시작했다. 우리는 천천히 먹었다.

나나가 말했다.

"오늘 오후에 여자친구한테 차였다는 남자가 왔었는데 자꾸 울어서 혼났어. 끔찍했어. 어떻게 위로해야 할지 모르겠더라니까. 그래서 '그러려니 하라'고 말해줬지."

리리가 물었다.

"돈은 받았니?"

"물론이지. 아무 짓도 안 하고 80달러를 주더라니까."

내가 말했다.

"그렇다면 그 사람이 왜 왔는지 궁금하네요."

후옹이 말했다.

"누군가 얘기할 사람이 필요했던 모양이죠."

리리가 말했다.

"모르겠어. 다른 여자하고 그걸 할 수 있는지 확인하려고 왔는지도 모르지. 남자는 여자 없이는 살 수 없는 약한 존재잖아."

나는 리리를 좋아한 적이 없었다. 그녀는 늘 내가 신경 쓰이는 것처럼 눈을 반쯤 감고 말했다.

내가 말했다.

"밖에 나가면 총각들이 많아요. 대부분은 문제없이 잘 살아가죠."

나나가 깔깔 웃으며 참견했다.

"당신처럼 말인가요?"

나는 사실대로 고백했다.

"나는 결혼을 하기에는 너무 가난해서 혼자 사는 거예요."

후옹이 물었다.

"여자친구는 있어요?"
"아직 없어요."
나나가 무표정한 계란형 얼굴로 물었다.
"그럼 내가 창녀가 아니라고 생각하고 한번 해볼래요?"
나는 웃으며 말했다.
"당신의 취향은 나한테는 너무 사치스러워요."
농담만은 아니었다. 그들 모두가 웃었다.
나나의 말이 이어졌다.
"에이, 내가 깎아줄게요."
내가 말했다.
"그런 식으로 당신을 이용할 수는 없죠."
그 말을 듣고 그들이 다시 웃었다. 하지만 내 말은 진심이었다. 내가 그들 중 하나와 잠을 잔다면, 다른 두 사람하고도 똑같이 해야 할지도 모른다. 그렇게 되면 많은 돈이 들어갈 것이다. 그렇게 되면 그들 모두와 적당한 관계를 유지하기가 힘들 것이다. 게다가 그들이 모두 깨끗하고 위생상 문제가 없는지도 확실치 않았다. 설령 그렇다고 해도 리리는 싫었다. 얽히지 않는 게 상책이었다.

그때, 전화벨이 울렸다. 리리가 받았다.
"여보세요. 자기야, 뭘 도와줄까?"
그녀의 목소리가 달콤한 목소리로 바뀌었다.
나는 관심이 없는 척 식사를 계속했지만, 사실은 주의 깊게 듣고 있었다. 리리가 상대방한테 말했다.

벚나무 뒤의 집

"여기엔 아시아 여자들이 많아요. 어떤 여자한테 관심이 있죠? 그럼요……. 물론 예쁘지요, 다 예뻐요……. 적어도 스물한 살은……. 아, 그건 당사자들 사이의 문제지요. 잠깐만요, 메모 좀 할게요."

그녀는 펜을 들고 주소를 적기 시작했다. 그사이 후옹과 나는 자기들 중 하나가 그 일을 맡아야 한다는 걸 알고 저녁식사를 서둘러 마쳤다.

리리가 전화기에 대고 말했다.

"알았어요. 30분 내로 가도록 할게요……. 그럼요, 물론이죠. 고마워요. 안녕."

리리는 전화를 끊고 돌아서서 말했다.

"후옹, 네가 가야겠다. 한이라는 남자야. 타이 여자가 필요하대."

"나는 타이어를 할 줄 모르잖아."

"베트남어로 얘기하면서 네가 중국에서 오지 않았다는 걸 보여주면 돼. 그자의 정신을 빼놓으면 알아차리지 못할 거야."

후옹은 이를 닦고 화장을 하기 위해 자기 방으로 갔다. 리리는 행선지가 적힌 종이를 나한테 건네주었다. 더블럭 호텔이었다. 전에 여자들을 여러 차례 그곳에 태워다준 적이 있었기 때문에 가는 길을 잘 알았다. 나는 눈을 가리기 위해 갈색 오리너구리 모자를 썼다.

몇 분 후, 후옹이 나갈 준비를 하고 나왔다.

나는 놀라며 말했다.

"와, 아름다워요."

"그래요?"

그녀는 팔을 들고, 내가 옆모습을 볼 수 있도록 몸을 약간 틀었다. 그녀의 허리가 뒤에서 잘록하게 들어가 있었다.

내가 말했다.

"작은 여우같아요."

그녀가 내 팔을 찰싹 때렸다. 그녀는 베이지색 미니스커트를 입고 립스틱을 바르고 있었지만, 지나치게 화장을 한 십대처럼 보였다. 그래서 그녀의 얼굴은 팽팽한 몸매보다 오히려 나이 들어 보였다. 그녀가 핸드백을 가느다란 어깨에 걸치고 걸어갈 때, 그녀의 몸이 튀어 오르기라도 할 것처럼 다리와 엉덩이가 흔들렸다. 우리는 같이 차고로 내려갔다.

호텔은 번잡한 도로에 있었다. 두 대의 버스가 입구에 서 있었다. 하나는 아직도 배기가스를 뒤로 내뿜고 있었다. 관광객들이 짐을 챙기고 있었고, 가이드가 그들에게 체크인을 위해 모이라고 소리치고 있었다. 나는 구석에 있는 조용한 자리로 가서 후옹을 내려주었다.

나는 그녀에게 말했다.

"필요하면 전화해요. 기다리고 있을게요."

"고마워요."

그녀는 문을 닫고 여유롭게 걸어갔다. 호텔에 투숙하는 손님이라도 되듯 걸음걸이가 가벼웠다.

낮잠을 자려고 의자에 누웠을 때, 가슴이 철렁 내려앉았다. 그녀는 젊고 아름다웠다. 이렇게 몸을 팔며 살아서는 안 될 일이었다. 고작 120달러를 벌자고 그곳에 있는 아무 남자하고나 잠자리를 같이 하는 건 안 될 일이었다. 그녀가 부모에게 정기적으로 돈을 보내야 하는 건 확실했다. 하지만 다른 방식으로 살아갈 수도 있었다. 그녀는 둔하지 않았다. 모양새 좋은 기술을 배울 수도 있었다. 그녀는 베트남에서 고등학교를 나왔고 이제 영어를 어느 정도 말할 수도 있었다. 식탁에서 얻어들은 정보에 의하면 그녀는 불법 체류자였다. 그에 반해, 나는 캐나다 영주권을 갖고 있었고 리리는 학생 비자를 갖고 있었다. 그들이 어느 정도의 돈을 벌 수 있다는 건 확실했다. 하지만 그건 '마사지'를 하면 한 달에 2만 달러 이상 벌 수 있다는 신문광고의 문구와는 거리가 멀었다. 때때로 고객들은 그들에게 20달러에서 60달러 사이의 팁을 주었다. 나나는 앙상하고 못생긴 축에 속했다. 입도 약간 들어가 있었다. 그래서 나이가 많고 돈이 많은 고객이 아니라면 보통 한 번에 60달러만 받았다. 그들은 운이 좋은 날에는 집주인에게 돈을 건네준 후에도 각자 200달러 이상을 벌 수 있었다. 이따금 밉살스러운 고객은 그들에게 팁을 주는 것은 고사하고 그들의 소지품까지 훔쳐가기도 했다. 리리는 언젠가 은팔찌를 잃어버린 적도 있었다. 자기처럼 상하이 출신이라고 했던 남자가 훔쳐간 것이었다.

나는 후옹에게 호텔과 가정집을 방문하는 일에 대해 물었다. 그녀는 집에서보다 밖에 나가면 고객당 삼사십 달러를 더 벌 수 있으나 더 위험하다고 했다. 어느 날 밤이었다. 나는 그녀를 인터내셔널인에 태워다주었다. 그런데 막상 가보니 방에는 남자가 두 명이었다고 했다. 그들은 그녀가 미처 나오기도 전에 안으로 잡아끌어 그녀의 다리가 더 이상 자기 것이 아닌 것 같을 정도로 심하게 했다고 했다. 차로 돌아올 때는 하이힐을 벗고 걸어야 할 정도였다. 그녀는 집에 오는 내내 울었다. 그녀는 다음 날 아팠지만, 보험이 없어서 병원에 가지 않으려 했다. 나는 그녀에게 선가든 한약방에 가보라고 했다. 그녀는 진찰료로 10달러를 냈다. 노인은 그녀의 팔목에 손가락을 대고 진맥을 하더니 신장이 약하다고 말했다. 그리고 간에 열이 너무 많다며 한약을 처방해주었다. 그걸 먹고 그녀는 많이 나았다. 그 후부터 나는 호텔 안으로 들어가 복도에서 기다리겠다고 했다. 그러나 그녀는 너무 눈에 띈다며 못 하게 했다.

  차 안에서 낮잠을 자려고 해봤지만 잠이 오지 않았다. 그녀는 어떤 남자와 같이 있을까? 괜찮은 사람일까? 고객이 젊고 잘생긴 사람이면 그녀는 그걸 좋아할까? 그녀는 매춘부처럼 행동하고 있을까? 때때로 나는 밤에 잠을 자는 게 힘들었다. 나는 그녀에 관한 공상을 했다. 그러나 완전히 깨어 있을 때는 그녀로부터 거리를 지켰다. 나는 공장에서 다리미질을 하는 빼빼 마르고 특징 없는 사람에 지나지 않았다. 나에게는 괜찮은 여자와 데이트를 할 기회조차 없을지도 모른다. 하지만 헤픈 여자를 여자친구로 삼는 것은 수치스러운 일이었다. 기껏해야 나는 후옹에게 좋은 친구나 될 수 있을 것이다.

오늘밤, 그녀는 50분도 안 돼 돌아왔다. 흔치 않은 일이었다. 나는 그녀가 돌아온 것이 기뻤다. 그런데 그녀의 눈이 젖어 있었다. 그녀는 힘들어 보였다. 그녀가 차 안으로 들어와 앉자마자 나는 차를 뺐다.

나는 고객이 그녀가 타이 여자가 아니라는 걸 알아차린 것은 아닐까 걱정하며 물었다.

"어땠어요? 문제는 없었던 거죠?"

"또 재수가 없었어요."

"무슨 일이 있었는데요?"

"베이징에서 온 관리더라고요. 나한테 영수증을 써달라지 뭐예요. 내가 자기한테 약이나 다른 물건을 판 것처럼 꾸며서 말이죠. 내가 어디서 영수증을 구해줄 수 있단 말인지! 말도 안 돼요!"

"그자가 값을 갖고 옥신각신했단 말인가요?"

"아니, 그런 건 아니고요. 그런데 그 사람이 내 젖꼭지를 너무 세게 물어서 피가 난 것 같아요. 집에 가면 소독약을 발라야겠어요. 이제 손님들은 내가 병에 걸렸다고 생각할 거예요."

나는 어떻게 반응해야 할지 몰라 한숨을 쉬었다. 37번가를 지날 때, 내가 말했다.

"덜 위험한 일을 할 수는 없을까요?"

"직장을 잡아주면 그렇게 할게요."

그 말을 듣고 말문이 막혔다. 그녀는 10달러짜리 지폐 한 장을 내 손에 쥐어주었다. 말은 하지 않았지만, 그것은 여자들끼리 합의한 일종의 규칙이었다. 태워줄 때마다 그들은 내게 같은 액수의 돈을 주었다. 사실 후옹과 나나만이 그렇게 했다. 리리는 밖으로 나가지 않았기 때문이다. 그녀는 전화를 받고 집으로 오는 손님들을 상대해야 했다.

나는 후옹에게 고맙다고 말하고 돈을 셔츠 호주머니에 넣었다.

세 여자는 종종 고객들에게서 받은 돈을 서로 비교해보았다. 그들은 최고의 고객이 나이 먹은 사람들이라는 데 의견을 일치했다. 나이 든 사람들은 보통 덜 공격적이었고 즐겁게 해주는 게 더 쉬웠다. 그들 중 상당수는 실제로 그 일을 하는 것보다 추잡한 농담을 하며 더 많은 시간을 보냈다. 나이 든 사람들의 또 다른 강점은 부인들이 모르게 갖고 있는 작은 금고에 여분의 돈이 있어서 더 너그러울 수 있다는 것이었다. 나이 든 사람들은 집에서 그들과 같이 식사를 하는 경우가 거의 없었다. 그들 중 일부는 첸 여사의 친구들이었다. 그런 경우에 여자들은 그들을 깍듯하게 대했다. 특히 허리가 구부정한 육십 대의 통 씨라는 사람에게는 비아그라를 주기까지 했다. 나는 그 얘기를 듣고 깜짝 놀랐다.

"비아그라라고요? 그 사람이 심장마비를 일으키면 어쩌려고 그래요?"

"반만 주니까 괜찮아요. 그 사람한테는 늘 그게 필요하다고 첸 여사가 말했어요."

나나가 말했다.

"게다가 그 사람은 돈도 잘 줘요. 리리, 오늘도 200달러 주던?"

리리가 대답했다.

"180달러 줬어."

"그 사람은 부인이 없는 거야?"

후옹이 양념 땅콩을 까며 말했다.

"없어. 오래전에 사별했대."

내가 말했다.

"왜 다시 결혼하지 않는 거죠? 적어도 자기를 돌봐줄 사람을 찾아야 하는 거 아닐까요?"

나나가 한숨을 쉬었다.

"돈이 문제죠. 너무 많아서 믿을 수 있는 여자를 찾을 수가 없대요."

후옹이 덧붙였다.

"레스토랑을 두 개나 갖고 있대요."

억지로 웃음을 끌어내려는 것처럼 나나가 나를 똑바로 쳐다보며 말했다.

"완렌, 당신이 일하는 공장도 그 사람 거예요."

내가 쏘아붙였다.

"아니, 그럴 리가 없어요. 내가 일하는 공장의 사장은 홍콩 출신의 니니라는 여자예요."
 그 말을 듣고 그들은 포복절도했다. 사실 내가 일하는 옷가게의 주인은 미국에 오기 전에는 대학에서 강의를 했던 타이완 남자였다.
 상당수의 고객들은 스캔들이 나고 복잡한 문제에 얽혀들어 결혼생활을 망치게 될까 봐 애인한테 시간과 돈 쓰기를 꺼려하는 기혼남들이었다. 그래서 그들은 겉으로는 체면을 차리면서 속으로는 은밀하게 섹스를 즐겼다. 하지만 늘 예외는 있었다. 어느 날 후옹은 한 중년남자가 그녀에게 거의 2년 동안 섹스를 하지 못했다고 고백하더라고 했다. 부인이 너무 아프기 때문이었다. 후옹은 그에게 성생활을 회복할 수 있도록 적어도 한 달에 두 번씩 찾아오라고 했는데, 현재로서는 그가 완전히 무기력한 상태라고 했다.
 후옹이 우리에게 말했다.
 "좋은 남자더라고. 마누라한테 죄책감이 들어 나하고 전혀 하지를 못했어. 그런데도 돈을 주더라고."
 리리가 말했다.
 "그렇다면 처음부터 창녀를 찾아오질 말았어야지."
 나는 후옹과 나나도 리리를 좋아하지 않는다는 걸 알 수 있었다. 그녀는 종종 물건들이 없어졌다며 불평을 했다. 언젠가 한 번은 나나가 그녀의 휴대전화로 샌프란시스코에 있는 누군가와 통화를 했다고 몰아세우기도 했다. 그들은 한바탕 싸움을 하고 이후 며칠 동안 서로 말도 하지 않았다.

나는 침대에 몸져누워 있는 아내를 둔 남자에 관한 이야기를 듣고 곰곰 생각해보았다. 만약 내가 그의 처지를 알고 있는 경찰관이라면, 창녀를 찾아갔다는 이유로 그를 체포할까? 그러지 않을 것 같았다. 처음에 나는 창녀촌을 찾는 모든 남자들이 질이 나쁘고 무분별한 사람들일 거라고 생각했다. 그런데 이제는 그들 중 일부는 자신들도 어떻게 해야 할지 알지 못하는 심각한 개인적 문제들을 안고 살아가는 불행한 사람들에 지나지 않는다는 걸 알 수 있었다. 그들은 창녀가 자기들을 도와줄 수 있을까 싶어 이곳을 찾는 것이었다.

어느 날 밤 침대에 누워 있는데, 나나의 방에서 비명 소리가 났다. 나는 처음에는 그 소리가 고객을 즐겁게 해주기 위해 그녀가 가짜로 내는 신음 소리일 뿐이라고 생각했다. 때때로 나는 여자들과 남자들이 내는 소리에 마음이 산란해져 잠이 들지 못하고 환상에 빠지는 경우가 있었다. 그때, 다시 나나가 비명을 질렀다.

"나가요!"

나는 바지를 입고 달려 나갔다. 나나의 방문이 약간 열려 있었다. 육십 대로 보이는 배불뚝이 남자가 침대 옆에 서서 나나를 향해 격렬하게 손짓하는 게 보였다. 나이 먹은 고객이 문제를 일으키는 걸 본 건 처음이었다. 나는 가까이 다가갔지만 들어가지는 않았다. 첸 여사는 나한테 여자들에게 도움이 필요하면 언제든지 도와주라고 했다. 그녀는 구체적으로 어떻게 하라고 하지는 않았지만, 나는 그녀의 말을, 필요하면 그들을 보호해주라는 말로 해석했다.
남자가 손을 흔들며 소리를 질렀다.
"돈을 줬으니 있는 거야."
나나가 짜증이 묻어나는 얼굴로 말했다.
"밤새도록 그럴 수는 없어요. 제발 가주세요."
나는 들어가서 그에게 물었다.
"문제가 뭡니까? 이미 하지 않으셨나요?"
그가 나를 곁눈질로 쳐다보았다. 얼굴이 원숭이 엉덩이처럼 빨간 걸 보니 술에 취한 것 같았다. 방 안은 술 냄새가 진동했다.
그가 투덜거렸다.
"당신은 누구야? 이건 당신이 상관할 일이 아니야. 나는 오늘밤 여기에 있고 싶으니 건들지 마."
그는 여기가 중국과 같다고 생각하는 모양이었다. 중국에서는 돈을 충분히 내면 여자와 하룻밤을 보내는 것은 흔한 일이었다.
내가 말했다.
"이 집에 사는 사람입니다. 당신이 야단법석을 떨어 잠을 잘 수가 없네요."
"그래? 그건 그렇다 쳐. 나는 내가 낸 돈의 가치만큼 서비스를 받고 싶단 말이야."
그가 얘기할 때, 나는 나나의 침대를 흘깃 바라보았다. 분홍색 시트에 젖은 부위가 두 군데 있었다. 두 개의 베개는 옆으로 치워져 있었고, 마루에는 등나무 의자가 넘어져 있었다. 후옹과 리리도 일어나 있었다. 그들은 문밖에 서서 지켜보고 있었다. 나는 그 남자에게 말했다.

"여기에서는 지켜야 할 것이 있어요. 끝나면 나가야 돼요. 여자를 데리고 밤새 잘 수 있는 게 아니란 말입니다."

"나는 돈을 냈어."

"좋아요, 이건 내 소관이 아니니까 경찰을 부르겠어요. 당신이 이렇게 난리법석을 치는 바람에 잠을 잘 수 없으니까요."

"아, 그래? 부를 테면 불러. 누구부터 잡아가는지 보자."

그는 이제 술이 깬 것 같았다. 그의 눈이 반짝거렸다.

나는 그를 압박했다.

"여기에 사는 사람들은 모두 당신이 쳐들어와서 이 여자를 성폭행했다고 말할 거예요."

나는 내가 한 말에 놀랐다. 후옹과 리리는 눈을 돌렸다.

그가 나나를 가리키며 말했다.

"헛소리 집어치워! 나는 이 창녀한테 돈을 냈어."

"저 사람은 창녀가 아니에요. 나나, 당신이 이 사람을 이곳으로 끌어들인 건가요?"

그녀가 고개를 저었다.

"아니에요."

나는 그에게 말했다.

"우리 모두가 증인들입니다. 자, 이제 여기에서 나가는 게 좋겠습니다."

"믿을 수가 없군. 세상에 믿을 거라곤 없군그래. 이건 중국보다 더하네."

그는 지팡이를 들고 쿵쿵거리며 방에서 나갔다.

세 여자는 웃으면서 그 늙은이가 이곳에 처음 온 사람이었으며 내가 같은 층에서 살고 있다는 게 그들에게는 참 다행이라고 말했다. 우리는 이제 부엌에 있었다. 모두 잠이 확 달아나 있었다. 나나는 스위트드림이라는 차를 끓이기 위해 주전자에 물을 부어 스토브에 올려놓았다.

나는 내가 했던 일이 달갑지 않았다.

"내가 뚜쟁이처럼 행동한 건 아닐까요?"

후옹이 대답했다.

"아니, 잘했어요."

리리가 덧붙였다.

"우리 사이에 남자가 있다는 게 얼마나 고마운 일인지 모르겠어요."

리리의 말이 나를 불편하게 만들었다. 나는 너희 중 하나가 아니야. 나는 속으로 이렇게 생각했다. 하지만 이후부터 그들이 전보다 더 나한테 살갑게 대하기 시작했다. 리리도 나한테 더 자주 말을 걸었다. 그녀는 이제 눈을 온전히 뜨고 말했다. 그들은 나한테 먹고 싶은 게 있느냐고 물었고, 내가 해산물을 좋아한다는 이유로 일주일에 서너 번씩 생선을 요리했다. 내가 일하는 공장에서는 점심때 일꾼들에게 밥만 제공했기 때문에 늘 반찬을 따로 준비해야 했다. 후옹은 요리를 할 때마다, 다음 날 갖고 가라며 남은 음식을 플라스틱 통에 담아주었다. 나나와 리리는 종종, 후옹이 나를 자기 남자친구처럼 대한다고 농담을 했다. 나는 처음에는 당황했지만 차츰 그들이 놀리는 데 익숙해져 갔다.

  7월 하순, 어느 날 아침이었다. 잠에서 깨어나 보니 가슴에 불이 난 것 같았다. 감기에 걸린 모양이었다. 그래도 다리미질할 것이 너무 많아 출근을 해야 했다. 바느질과는 다르게, 다리미질은 앉아서 할 수가 없는 일이었다. 주전자에는 차가 담겨 있었다. 약간 비린내가 나는 차였지만, 나는 목을 부드럽게 하고 눈이 감기지 않도록 연거푸 차를 마셨다. 그 때문에 더 자주 화장실에 가야 했다. 마루에 울퉁불퉁한 곳들이 있어서 돌아다닐 때는 넘어지지 않도록 조심해야 했다. 오후가 되자 온몸에 땀이 나고 맥박이 빨라졌다. 그래서 나는 벽에 붙여놓은 긴 의자에 앉아 쉬기로 했다. 그런데 의자에 가기도 전에 뭔가에 걸려 넘어졌다. 몸을 일으킨 순간, 어깨가 널찍한 마흔다섯쯤 먹은 십장 지미가 오더니 말했다.
"완렌, 괜찮아?"
나는 바지에서 먼지를 털어내며 우물거렸다.
"괜찮아요."
"안 좋아 보이는데."
"열이 좀 있는 것 같아요."

그는 두툼하고 거친 손을 내 이마에 댔다.

"집에 가는 게 좋겠어. 오늘은 바쁘지 않으니까, 대니와 마크가 너 없이도 해낼 수 있을 거야."

지미는 그가 몰고 다니는 픽업트럭으로 나를 집까지 데려다주고, 몸이 좋지 않으면 내일도 나올 필요 없다고 말했다. 나는 되도록이면 출근하겠다고 말했다.

나는 몸이 너무 안 좋아 다른 사람들과 저녁식사를 같이 할 수 없어서 계속 침대에 누워만 있었다. 그러면서도 신음 소리를 내지 않으려 애썼다. 그래도 코를 통해 이따금 신음 소리가 절로 나왔다. 그러고 나면 기분이 약간 나아졌다. 어두워지기 전에 후옹이 들어오더니 침대 옆 탁자에 오렌지주스 통과 컵을 내려놓으며 몸에서 독소가 빠지게 하려면 많이 마셔야 한다고 말했다.

그녀가 물었다.

"저녁에 먹고 싶은 거 없어요?"

"없어요."

"아픈 걸 이겨내려면 먹어야 해요."

"괜찮아질 거예요."

나는 그날이 금요일이기 때문에 그녀가 저녁에 바쁠 거라는 걸 알았다. 그녀가 나간 후, 나는 오렌지주스를 조금 마시고 다시 누워서 잠을 청해봤다. 목은 약간 좋아진 것 같았다. 하지만 열은 아직도 내리지 않고 있었다. 나는 한약방에 갔을 때 알약을 사다놓지 않은 것이 후회스러웠다. 모기 한 마리가 내는 희미한 소리를 제외하고 방은 고요했다. 모기가 내 볼에 앉은 순간, 나는 그걸 때려잡았다. 비참했다. 고향이 그리웠다. 이런 느낌은 참으로 오랜만이었다. 나는 하루하루를 잘 버텨낼 수 있도록 고향을 그리워하는 마음을 늘 억누르며 살아왔다. 바쁜 사람은 향수에 젖을 틈이 없는 법이었다. 하지만 그날 저녁, 어머니가 자꾸 생각났다. 어머니는 민간요법에 대해 많이 알고 있었다. 어머니가 옆에 있었더라면 하루나 이틀 내로 거뜬히 낫게 해줄 수 있었을 것이다. 어머니는 언제나 몸이 완전히 회복될 때까지 며칠 더 침대에 누워 있게 했다. 그래서 어렸을 때는 어머니가 나를 돌봐주는 게 좋아 아프길 바라기도 했다. 나는 지난 2년 동안 어머니를 보지 못했다. 어머니가 너무 그리웠다.

졸고 있는데 누군가가 문을 두드리는 소리가 났다.

"들어와요."

후웅이었다. 이번에는 김이 모락모락 나는 그릇을 들고 있었다.

"일어나서 좀 먹어봐요."

"나 먹으라고 이걸 만들었단 말이에요?"

나는 그것이 우리가 보통 먹는 쌀국수가 아니라 손으로 만든 밀국수라는 걸 알았다. 그녀는 내가 중국 북부 출신이라 밀을 좋아할 거라고 생각한 게 분명했다.

그녀가 말했다.

"당연하죠. 뜨거울 때 먹어봐요. 좀 나아질 거예요."

나는 일어나서 젓가락과 숟가락을 이용해 국수를 먹기 시작했다. 골파, 배추, 마른 새우도 들어 있었고 계란도 세 개나 풀어져 있었다. 감동적이었다. 가슴이 먹먹해지더니 내 눈에 눈물이 고였다. 나는 그녀에게 눈물이 보이지 않도록 고개를 돌렸다. 국수는 고향에서 먹던 맛 같았다. 나는 지난 2년 동안 이런 음식을 먹어본 적이 없었다. 나는 그녀에게 이런 국수를 만드는 법을 어디서 배웠느냐고 물어보고 싶었다. 하지만 아무 말도 하지 않았다. 그냥 정신없이 먹기만 했다. 그사이, 그녀는 침대 옆에 있는 의자에 앉아 눈을 깜빡거리며 나를 열심히 쳐다보았다.

리리가 거실에서 소리쳤다.

"후옹, 어디 있어?"

"응, 여기 있어."

그녀가 일어나더니 문을 열어놓고 나갔다.

나는 무슨 말을 하는지 들어보려고 귀를 기울였다.

"레인보우 여관에서 남자가 찾는대."

후옹이 대답했다.

"완렌이 아파서 오늘은 태워다줄 수 없잖아."

"거긴 여기랑 가까운 37번가에 있잖아. 너, 저번에도 거기 갔었잖아."

"오늘밤은 가고 싶지 않아."

"가고 싶지 않다니, 무슨 말이야?"

"여기 있으면서 완렌을 돌봐주고 싶어. 나나가 가면 안 될까?"

"다른 사람하고 같이 있어."

"네가 대신 가면 안 될까?"

리리가 한숨을 쉬었다.

"좋아. 이번 한 번만이야."

"고마워."

후옹이 돌아왔을 때, 내가 말했다.

"나한테 시간을 너무 쏟으면 안 되잖아요. 할 일이 있으면서 그래요."

"바보 같은 소리 하지 말아요. 여기에 비타민과 아스피린이 있으니까 식사 후에 두 개씩 먹어요."

그날 밤, 그녀는 틈틈이 내 방에 들러 내가 약을 먹었는지, 물은 충분히 마셨는지, 감기를 땀으로 배출할 수 있도록 자기가 갖다준 이불을 완전히 덮고 있는지 확인했다. 자정쯤 잠이 들었지만, 소변을 보기 위해 자주 일어나야 했다. 후옹은 내가 감기에 다시 걸리지 않도록 화장실을 사용하지 말고 방 안에서 소변을 보라고 타구를 갖다놓았다.

다음 날 아침, 열이 내렸다. 하지만 아직도 몸에 힘이 없고 다리도 후들거렸다. 나는 지미에게 전화를 걸어 출근하겠다고 말했다. 하지만 10시가 넘어서야 출근할 수 있었다. 그래도 내 동료들은 내가 그렇게 빨리 나은 걸 보고 놀라워했다. 내가 폐렴이나 성병 같은 심각한 병에 걸려 일주일 정도 몸져누워 있을 거라고 생각했던 게 분명했다. 나는 내 다리미질판에 일감이 그리 많지 않다는 게 기뻤다.

 일주일 후, 몇몇 재봉사들이 일을 그만두고 나가는 바람에 우리는 더 바빠졌다. 옷가게에는 스무 명의 여자들이 있었다. 두세 명을 제외하면 모두가 결혼해서 아이까지 있었다. 그중 넷은 멕시코인이었지만 대부분은 중국인이었다. 그들은 자기들의 스케줄에 맞춰 오고 갈 수 있었다. 그것이 그들이 많지 않은 돈을 받으면서도 여기에서 일을 하는 주된 이유였다. 그들은 일을 하는 양에 따라 돈을 받았다. 대부분은 풀타임으로 일하며 일주일에 300달러 정도 벌었다. 그들처럼 내 스케줄도 일감이 많이 쌓여 있거나 마감일을 지키지 못하는 경우가 아닌 한, 조정이 가능했다. 솔직히 말하면, 푸 사장은 괜찮은 사람이었다. 그는 영어를 잘했고 사업을 어떻게 경영해야 할지 알았다. 그는 우리를 위해 의료보험까지 들어주었다. 그것이 일부 여자들이 이곳에서 일하는 또 다른 이유였다. 어쩌면 그들의 남편은 천한 일이나 작은 사업을 하기 때문에 가족을 위해 의료보험을 들어줄 형편이 못 되는지도 몰랐다. 마크와 대니처럼, 나는 의료보험에 신경 쓰지 않았다. 나는 아직도 서른이 안 된 건강한 남자였다. 보험료로 한 달에 300달러를 쓰고 싶지는 않았다.
 최근에는 여성복 주문이 더 많이 들어오고 있었다. 그래서 나는 평소보다 이른 7시쯤 출근했다. 나는 일을 하는 틈틈이, 긴 휴식시간을 가지며 어딘가에 앉거나 누워서 등과 다리의 피로를 풀어주려고 노력했다.

그만둔 재봉사들의 자리를 채우기 위해 공장에서 채용 공고를 냈다. 어느 날 저녁, 나는 전단지를 집으로 가져갔다. 리리는 방에서 손님을 받고 있었다. 나는 저녁식사를 할 때, 후옹과 나나에게 그걸 보여주며, 관심이 있다면 내가 도와주겠다고 말했다.

나나가 물었다.

"재봉일을 하면 얼마를 버는데요?"

"일주일에 300달러쯤 받아요."

"세상에 그렇게 조금요? 나는 못 해요."

후옹이 끼어들었다.

"노동허가서가 없는 사람들도 받아줘요?"

"네, 불법 체류자들도 일부 있어요. 내가 말해줄게요."

"재봉일을 할 수 있다면 좋겠네요!"

그녀의 말을 듣고, 나는 가슴이 콩닥콩닥 뛰었다.

"배우는 건 그리 어렵지 않아요. 시내에 가면 재봉학원이 있어요. 3주면 과정이 끝나죠."

나나가 말했다.

"수업료가 비싸잖아요."

"아니에요, 사실 그리 비싸지 않아요. 삼사백 달러면 될 거예요."

후옹이 낮은 소리로 말했다.

"그런데 나는 아직 크로크한테 갚아야 할 빚이 많아요. 그렇지 않았다면 몸을 파는 일을 오래전에 그만뒀을 거예요."

사람들을 밀입국시키는 일 외에도 그 남자는 퀸스에서 여러 개의 도박장까지 운영하고 있었다. 그중 하나는 최근에 경찰에 급습을 당했다고 했다.

나는 더 이상 아무 말도 하지 않았다. 재봉사가 버는 돈이 윤락을 해서 버는 것보다 적은 것은 분명했다. 하지만 재봉일을 하게 되면 품위 있는 삶을 살 수 있었다. 하지만 나는 여기에서 일하는 것이 금전적으로 낫다는 나나의 말을 이해할 수는 있었다. 때때로 그녀는 하루에 300달러를 벌었다. 여자들은 손님이 없으면 텔레비전을 보거나 음악을 들으며 시간을 보냈다. 하지만 그들이 그런 식으로 얼마나 오래 살 수 있을까. 그들의 젊음도 언젠가는 시들 것이다. 그렇게 되면 그들은 뭘 할까. 나나가 있는 곳에서 후옹에게 내 생각을 얘기해야 할지 말지 확신이 서지 않아 나는 가만히 있었다.

곱슬머리에 약간 뚱뚱한 백인 남자가 리리의 방에서 나왔다. 그는 화가 난 것처럼 보였다. 그는 혼잣말로 이렇게 말했다.

"망할 싸구려 중국산!"

그는 우리를 거칠게 한 번 쳐다보고 돌아서서 나갔다. 여자들을 찾아오는 손님들은 대부분 아시아계 남자들이었다. 가끔 중남미계 사람들이나 흑인들도 찾아왔다. 백인 남자를 보는 건 드문 일이었다.

리리가 흐느끼며 방에서 나왔다. 그녀는 의자에 털썩 주저앉더니 얼굴을 손으로 감쌌다. 그녀의 기다란 손가락이 보였다. 후옹이 만두가 담긴 그릇을 그녀에게 내밀었다. 그녀가 몸을 뒤로 젖히며 말했다.
"지금은 못 먹겠어."
나나가 물었다.
"무슨 일이야?"
"콘돔이 또 찢어졌어. 나한테서 무슨 병이 옮을지 모른다며 그 남자가 무섭게 화를 내잖아. 중국제 싸구려 콘돔을 쓴다며 60달러만 주더라니까."
내가 그녀에게 물었다.
"그게 진짜로 중국제였어요?"
"모르겠어요."
후옹이 말했다.
"그럴지 몰라요. 첸 여사는 늘 실버시티에서 물건을 사다 쓰니까요."
내가 말했다.
"거긴 한국인 가게잖아요."
리리가 말했다.
"중국이 늘 싸구려 물건만 만드니까 중국인이라는 사실이 여기에서는 너무 창피해 죽겠어요. 중국은 국민의 품위를 떨어뜨리는 것도 모자라 미국에 있는 나한테까지 그런다니까요."
나는 무슨 말을 해야 할지 몰랐다. 개인이 어떻게 개인적인 문제로 국가를 비난할 수 있을까 싶었다.

그날 밤, 나는 후옹에게 밖으로 나가자고 했다. 우리는 벚나무 밑에서 얘기를 했다. 나뭇가지가 서늘한 바람에 너울거렸다. 잎사귀들이 거리의 부드러운 불빛을 받아 한 무더기의 화살촉처럼 반짝였다. 메츠 홈구장에서는 폭죽이 터지고 있었다. 메츠가 경기를 이긴 게 분명했다. 나는 용기를 내어 말했다.

"이 일을 그만두고 우리, 같이 살면 어때요?"

그녀의 눈이 나를 향해 반짝였다.

"내 남자친구가 되고 싶다는 말인가요?"

"그래요, 그러니 몸을 파는 일은 그만뒀으면 좋겠어요."

그녀가 한숨을 쉬었다.

"크로크에게 한 달에 2000달러씩 갚아야 해요. 그런 돈을 마련할 다른 방도가 없어요."

"밀입국 비용으로 얼마를 더 그에게 줘야 하는데 그래요?"

"우리 부모님이 베트남에서 15퍼센트를 냈지만 아직도 1만 8000달러가 남아 있어요."

나는 잠시 말을 멈추고 머릿속으로 계산을 해보았다. 그것은 대단한 액수였다. 하지만 불가능한 액수는 아니었다.

"나는 한 달에 1400달러 이상은 벌어요. 집세와 다른 걸 제하고 나면, 1000달러쯤 남아요. 그 일을 그만두면 내가 그 빚을 갚는 걸 도와줄게요."

"나머지 1000달러를 매달 어디서 구하죠? 나도 재봉일을 하고 싶지만 그것으로는 충분치 않아요. 저번에 그 얘기를 들고 그 일에 대해 계속 생각해보았어요. 일주일에 300달러라도 벌려면 경험을 쌓아야 할 텐데, 경험을 쌓는 일도 오래 걸리는 일이잖아요. 그사이에 어떻게 크로크에게 돈을 갚죠?"

그녀가 침을 삼키고 말을 이었다.

"가끔씩 고향으로 돌아갈까 하는 생각도 있지만 부모님이 그걸 허락하지 않으실 거예요. 남동생도 언젠가 이곳으로 보내실 모양이에요. 가족들은 더 많은 돈을 보내주기만 바라고 있어요. 죽고 싶어요."

우리는 한 시간 이상을 얘기하며 방법을 찾아보려고 해봤다. 그녀는 도와주겠다는 내 제안에 들떠 있는 것 같았다. 하지만 그녀가 그렇게 흥분하자 나는 약간 겁이 났다. 내가 성급한 건 아니었는지 궁금했다. 서로 맞지 않으면 어쩔 것인가. 그녀의 과거를 다른 사람들에게 어떻게 숨길 수 있을 것인가. 불안했다. 그러나 그녀가 콧노래를 흥얼거리며 흰 오두막에서 커다란 국자로 냄비를 젓고, 밖에서는 아이들의 목소리가 울려 퍼지는 모습이 내 머릿속에 계속 떠올랐다. 나는 크로크한테 직접 얘기를 해보고, 돈을 갚을 수 있는 다른 길이 있는지 찾아보자고 제안했다. 그녀는 집으로 들어가기 전에 내 뺨에 입을 맞추고 말했다.

"완렌, 당신을 위해서라면 무엇이든 할게요. 당신은 좋은 사람이에요."

나는 가슴이 벅찼다. 나는 축축한 바깥에 오랫동안 머물며 우리의 삶을 언제, 어떻게 새로 시작할 것인지 상상해보았다.

돈이 더 있었으면 좋겠다고 생각했다. 나는 후옹에게 같이 자자고도 생각했지만 그러지 않기로 했다. 다른 두 여자가 첸 여사에게 우리 두 사람의 관계를 일러바칠까 두려워서였다. 보름달이 흰 빛에 적셔진 조용한 도로와 벽, 집들을 비추고 있었다. 벌레들이 숨이 찬 것처럼 희미하게 울었다.

이틀 후, 나는 일찍 퇴근을 하고 후옹과 같이 크로크를 만나러 갔다. 전화로 들으니 그는 광둥 사람 같았다. 우리는 큰 도로를 건너 고속도로 옆에 있는 그곳으로 갔다. 그의 본거지는 32번가에 있는 큰 창고에 있었다. 한 명은 백인이고 다른 한 명은 남미계인 두 창녀가 브래지어와 너덜너덜한 청반바지만 입은 채 앞에서 서성거리고 있었다. 두 사람은 무슨 일인지 흥분해 있는 것 같았다. 헝클어진 머리에 이가 하나 빠진 백인 여자가 나를 향해 소리쳤다.

"헤이, 담배 하나만 줄래요?"

나는 고개를 저었다. 후옹과 나는 창고 안으로 들어갔다. 실내는 옷감과 구두가 들어 있는 커다란 상자들로 가득했다. 사무실은 구석에 있었다. 건장한 남자가 가죽의자에 누워 담배를 피우고 있었다. 그는 우리를 보자 일어나며 능글맞게 웃었다.

그가 소파를 가리키며 말했다.

"앉아."

후옹은 앉자마자 말했다.

"이 사람은 제 남자친구인 완렌이라고 해요. 부탁 좀 드리려고 왔어요."

크로크가 나를 향해 고개를 끄덕이다가 후옹을 바라보았다.

"좋아, 뭘 도와줄까?"

"시간이 좀 필요해요. 한 달에 1300달러씩 갚아도 되나요?"

그가 쥐같이 생긴 눈으로 오른쪽 왼쪽을 쳐다보며 다시 능글맞게 웃었다.

"안 돼."

"1500은 어때요?"

"안 된다고 했잖아."

"몸이 아프고 벌이도 신통치 않아, 다른 일을 해야 할 형편이에요."

그가 가느다란 콧수염을 흔들며 말했다.

"그건 내 문제가 아니야."

내가 끼어들었다.

"제가 돈을 갚는 걸 도와주겠습니다. 하지만 지금으로서는 한 달에 2000달러를 마련할 길이 없습니다. 반년만 봐주십시오."

"규칙은 규칙이야. 누군가가 아무런 벌도 받지 않고 깨뜨리면, 규칙은 더 이상 의미가 없게 되는 거야. 우리는 누구한테도 기일을 연장해준 적이 없어. 그러니 나를 말로 구슬릴 생각은 하지 않는 게 좋아. 제때에 정확한 액수를 갚지 않으면 너는 우리가 어떻게 할지 잘 알고 있을 거야."

그가 엄지손가락으로 후옹을 가리켰다.

그녀는 나를 바라보았다. 그녀의 눈에 눈물이 고이고 있었다. 나는 여기서 나가는 게 좋겠다는 의미로 그녀의 팔을 두드렸다. 우리는 일어나서 그에게 우리를 만나줘서 고맙다는 말을 하고 창고를 나왔다.

돌아오는 길에 우리는 매월 정기적으로 돈을 갚지 않으면 어떤 결과가 초래될 것인지 얘기했다. 나는 크로크와 같은 악질을 상대하는 것이 위험한 일이라는 걸 알았다. 나는 아시아 마피아들이 그들의 비위를 건드린 사람들을 어떻게 처벌하는지에 관한 끔찍한 이야기를 들었다. 그들은 한 남자를 밴에 태워 애완동물 사료를 만드는 뉴저지의 통조림 공장으로 보내 사료로 만들어버렸다고 했다. 어떤 남자가 자릿세를 내지 않는다는 이유로 딸의 코를 베어버렸다고도 했다. 중년여자의 손을 묶고 입을 틀어막고 삼베자루에 넣어 바닷속에 버렸다고도 했다. 중국인 갱들은 사람들을 협박하기 위해 마피아에 관련된 이야기들을 퍼뜨렸다. 일부는 그저 소문에 지나지 않을 수도 있었다. 크로크는 마피아가 아닐지 몰랐다. 하지만 그는 후옹과 나를 쉽게 파멸시킬 수 있었다. 그는 두목은 아닐지 모르지만 갱일 것이었다. 그리고 중국과 베트남에 있는 우리 가족들한테 해를 끼칠 수 있는 조직망을 갖고 있을 가능성이 있었다.

저녁을 먹고 나서, 나는 파인애플 냄새가 나는 후옹의 깨끗한 방으로 갔다. 창턱에는 금잔화가 꽂힌 꽃병이 있었다. 나는 그녀에게 말했다.

"그냥 뉴욕을 떠나버리면 어떨까요?"

그녀는 자신도 그런 생각을 해보고 있었던 것처럼 차분하게 말했다.

"그런데 어디로 가죠?"

"아무 곳이나 가면 되죠. 미국은 넓은 나라잖아요. 다른 이름을 쓰며 멀리 떨어진 도시에서 살 수도 있고, 돌아다니면서 멕시코 사람들처럼 농장에서 일을 할 수도 있을 거예요. 살아갈 방법은 틀림없이 있을 거예요. 우선, 노스캐롤라이나로 가서 거기서부터 움직이자고요."

"우리 가족은 어떻게 하죠? 크로크는 우리 부모님한테 책임을 물을 거예요."

"너무 걱정할 필요 없어요. 우선 자기 자신부터 돌봐야지요."

"내가 그냥 사라지면 부모님은 나를 용서하지 않으실 거예요."

"하지만 그분들은 당신을 이용하기만 한 거잖아요. 당신은 그들의 재원에 지나지 않았잖아요."

그녀는 내 말에 동요한 것 같았다. 잠시 후, 그녀가 말했다.

"맞아요. 우리 여기를 빠져나가요."

그렇게 우리는 가능한 한 빨리 떠나기로 결심했다. 그녀의 수중에는 2000달러가 있었고, 나한테는 통장에 아직도 1만 4000달러가 있었다. 다음 날 아침, 나는 출근하는 길에 케세이 은행에 들러 예금을 모두 인출했다. 나는 이제 부모님께 편지를 쓸 수도 없다는 걸 알고 마음이 조금 착잡했다. 편지를 쓰게 되면, 크로크의 부하들이 우리를 찾아낼지도 몰랐다. 내 가족에게 나는 이제 죽은 것이나 마찬가지일 것이다. 우리에겐 선택의 여지가 없었다. 어쩔 수 없는 현실을 인정하는 수밖에 없었다.

그날 오후, 후옹은 아무도 모르게 여행가방을 싸고 군용가방에 내 옷을 챙겨 넣었다. 나는 사장과 동료들에게 작별인사를 할 수 있었으면 싶었다. 그리고 첸 여사한테 예치해놓은 300달러를 돌려받았으면 싶었다. 저녁을 먹을 때, 나나와 리리는 후옹이 나를 위해 청소까지 해준다며 놀렸다. 우리 두 사람은 아무렇지도 않은 척하려고 애썼다. 나는 농담을 하기까지 했다.

다행히 그날 밤에는 걸려온 전화가 없었다. 다른 두 여자들이 잠자리에 들었을 때, 후옹과 나는 집을 빠져나왔다. 나는 그녀의 여행가방을 들고, 그녀는 내 가방을 끌었다. 벚나무가 안개 속에서 흐릿하게 보였다. 우듬지가 작은 언덕의 형상을 이루고 있었다. 트럭 한 대가 덜커덩거리며 중심가를 지나고 있었다. 우리는 뒤를 돌아보지 않고 팔짱을 끼고 휘적휘적 걸음을 옮겼다.

A Good Fall

멋진 추락

간친은 쿵후를 가르치다가 또 한 번 쓰러졌다. 그는 바닥에 주저앉아 숨을 헐떡이며 일어나질 못했다. 한 학생이 다가와 그에게 손을 내밀었지만, 간친은 손을 내둘렀다. 그가 가까스로 말했다.

"오늘은 여기까지 하겠어요. 내일 오후에 다시 오세요."

열일곱 명의 소년, 소녀들이 구석에 있던 짐을 챙겨 연습장에서 나갔다. 일부는 선생의 일그러진 얼굴을 계속 흘끔거렸다.

그날 오후 늦게, 종 주지가 간친을 작은 명상실로 불렀다. 그들은 마루에 앉았다. 턱이 두툼한 주지가 그에게 차를 따라주며 말했다.

"자네를 보내야 할 것 같네. 노력했지만 비자를 연장할 수 없었네."

그는 간친의 여권을 탁자 위에 있는 찻잔 옆에 놓았.

간친은 어안이 벙벙한지 입이 벌어졌다. 그러나 아무 소리도 나오지 않았다. 몇 주 동안 몸이 안 좋았다. 그래서 전처럼 잘 가르치지 못했지만, 그렇다고 주지가 계약이 끝나기 전에 그를 쫓아낼 것이라고는 상상하지 못했다.

간친이 말했다.

"제가 받아야 할 급료를 모두 주실 수 있으십니까?"

주지가 대답했다.

"우리는 자네한테 줄 게 없네."

그의 둥근 눈이 간친의 창백한 얼굴을 뚫어지게 바라보았다.

"계약서에 따르면 사원에서는 분명 저한테 한 달에 1500달러를 주게 돼 있습니다. 그런데 저는 지금까지 한 푼도 받지 못했습니다."

"내가 말했다시피 그것은 형식적인 것에 지나지 않네. 자네에게 비자를 받아주기 위해 써넣은 숫자란 말일세."

"주지님, 저는 지난 2년 동안 주지님을 위해 열심히 일했고 문제를 일으킨 적도 없습니다. 저를 해고하시려면 제가 돌아가서 빚을 청산할 수 있도록 적어도 급료는 주셔야지요."

"우리는 자네에게 숙식을 제공했네. 이곳은 모든 것이 비싼 뉴욕이네. 사실, 우리는 자네한테 한 달에 1500달러 이상을 썼네."

"하지만 현금이 없으면 집에 갈 수가 없습니다. 국제교류를 담당하는 승원 원로들께 청탁해서 여기까지 오는 데 많은 돈을 썼습니다."

"우리한테는 자네에게 줄 돈이 없네."

"그렇다면 저는 못 갑니다."

종은 간친의 여권을 집어 옷 속에 넣었다.

"자네가 불법적으로 있겠다면 나는 여권을 주지 못하겠네. 지금부터 자네 일은 자네가 알아서 하게. 내일 여기서는 나가야 하네. 나는 자네가 어디로 가든 상관하지 않겠네. 자네는 비자가 만료됐고 벌써 불법 체류자가 됐어."

종은 마루에서 일어나 그의 짙은 청색 BMW가 주차되어 있는 뒤뜰로 갔다. 차가 빠져나갈 때까지 간친은 그대로 앉아 있었다. 그는 주지가 롱아일랜드에 있는 집으로 가고 있다는 걸 알았다. 주지는 최근에 그 지역에 주택을 구입했다고 했다. 종과 그의 여자 사이에 아이가 막 태어났다고도 했다. 하지만 그들은 결혼할 수가 없었다. 사원의 주지로서 드러내놓고 아내를 얻을 수는 없었다. 그에게는 맨해튼 저지대에 타운하우스가 있었다. 그가 전에 살던 곳인데, 종종 그의 친구들과 친구들의 친구들을 거기에 투숙시키곤 했다.

사원 내부에 줄지어 늘어선 작은 탁자들 위에 놓인 촛불들이 미세한 후광을 드리고 있음에도 버려진 곳 같았다. 무릎에 손을 올려놓고 온화한 미소를 짓고 있는 큰 부처상이 보였다. 간친은 창문을 닫고 앞문을 잠갔다. 아프고 나서부터 밤이 더 무서워졌다. 외롭고 고향이 그리웠다. 처음에 그는 3년 계약이 끝날 때쯤 선물과 달러를 듬뿍 안고 돌아갈 수 있을 것이라고 생각했다. 하지만 지금 그에게는 한 푼도 없었다. 돌아가는 건 상상할 수도 없었다. 그의 아버지는 빚쟁이들이 찾아와 가족을 괴롭히고 있다고 하며, 돈을 충분히 벌어서 올 때까지는 서두르지 말라고 했다.

 간친은 쌀죽을 끓여 두 개의 절인 달걀과 함께 먹었다. 식사가 끝난 후, 그는 목으로 넘어오는 트림 때문에 끓인 물을 억지로 마셨다. 그는 신디에게 전화를 하기로 했다. 그녀는 그의 승원과 쿵후 도장이 있는 톈진 시에 왔을 때, 그에게 무술을 배웠던 여자였다. 신디는 미국에서 태어났지만, 중국어를 할 줄 알았다. 플러싱에서 다시 만난 그녀는 그에게 아주 친절했다. 종종 차를 마시자며 시내로 데려가기도 했다.

 그들은 알렉시스 거리 북단에 있는 술집인 러블리 멜로디스에서 만나기로 했다. 간친이 가올린 사원의 승려라는 걸 알아볼 사람이 없는 외딴 곳이었다. 그곳에 도착했을 때, 그는 바로 들어가지 않고 신디를 기다렸다. 돈이 없기 때문이었다. 곧 그녀가 도착했다. 그들은 술집으로 들어가 구석에 자리를 잡고 마실 걸 주문했다. 손님이 여남은 명밖에 없었지만 음악 소리는 컸다. 프런트 가까이에 앉아 있던 젊은 친구가 실연한 사람처럼 큰 소리로 노래를 따라 부르고 있었다.

 내가 가장 그리워하는 건
 아직도 내 꿈을 달콤하게 하는 당신의 미소예요.
 당신을 몇 번, 우연히 만났지만
 당신의 얼굴에는 더 이상 환한 미소가 없네요.

신디가 주문한 칵테일을 빨대로 마시며 주지에 관해 물었다.
"정말로 그 사람이 당신을 쫓아낸다고 했나요?"
"분명히 그렇게 말했어요. 내일 당장 나가야 돼요."
그는 희미하게 한숨을 쉬고 탁자 위에 탄산음료 잔을 놓았다.
"어디에서 묵을 건데요?"
"나를 받아주겠다고 한 고향 친구가 있어요."
"언제든 내가 있는 곳으로 오세요. 어차피 나는 대부분 여행 중이니까요."
신디는 스물다섯 살로, 밝은 얼굴과 작은 몸집을 한 여자였다. 그녀는 비행기 승무원이었다. 그래서 외국에 나가 있는 날이 잦았다. 때때로 한 주 내내 떠나 있기도 했다.
"고마워요. 당분간은 내 친구와 같이 지낼 수 있을지도 몰라요. 솔직히 말하면, 정말이지 너무 비참해요. 여기 있을 수도 없고 돌아갈 수도 없는 상황이네요."
"여기에서 사는 건 어때요?"
"주지 말로는 나는 이미 불법 체류자가 됐대요. 그가 내 여권을 갖고 있어요."
"그런 건 너무 걱정 말아요. 최악의 상황이 되면 미국 시민권자와 결혼하면 돼요."
그녀가 간친의 야윈 얼굴을 바라보며 킥킥거렸다. 그녀의 큰 눈이 따뜻하고 대담해 보였다.
그는 그녀가 자기를 좋아한다는 걸 알았다.
"나는 승려예요. 그런 건 생각할 수도 없어요."

"속세로 돌아오면 왜 안 되는 거죠?"

"나는 이미 속세의 먼지에 갇혀 있어요. 사람들은 사원이 갈등도 없고 근심도 없고 탐욕도 없는 곳이라고 생각하지만, 그건 사실이 아니에요. 종 주지는 기업의 사장처럼 살아요. 살림을 하는 데 한 달에 1만 달러 이상을 쓰는 것 같아요."

"알아요. 새 차를 타고 다니는 걸 봤어요."

"그래도 월급을 주지 않는 거예요. 그래서 화가 나는 거죠."

"돈이 얼마쯤 있어야 돌아갈 수 있나요?"

"적어도 2만 달러는 있어야 해요. 주지한테 받아야 할 돈은 4만 달러쯤 돼요."

"그 사람이 그 돈을 다 주지는 않을 것 같네요."

간친이 한숨을 쉬었다.

"알아요. 화가 나지만 나로서는 할 수 있는 게 없네요. 그는 고향에 든든한 연줄이 많아요. 그의 사촌은 경찰 서장이고요. 때때로 나는 여기에서 불법 노동자로 살고 싶을 때가 있어요. 인생을 다시 시작하고 사기꾼을 상대할 필요가 없도록 말이죠. 하지만 나는 사원 밖에서는 일을 해본 적도 없고, 별다른 기술도 없어요. 나는 여기에서 쓸모없는 사람이에요."

"무술을 가르칠 수 있잖아요."

"그렇게 하려면 영어를 좀 알아야 하지 않겠어요?"

"그건 언제라도 배울 수 있어요."

"그리고 노동허가서도 필요하고요."

"너무 걱정하지 말아요. 건강에나 더 신경 쓰세요. 몸이 좋아지면 여기에서 살 수 있는 길이 있을 거예요."
그는 더 이상 얘기하고 싶지 않았다. 미국에서 사는 건 상상할 수도 없는 일이었다.
술집을 나서면서 신디는 도움이 필요하면 언제든지 연락하라고 했다. 그녀는 도쿄에 갔다가 다음 주에 돌아올 예정이었다. 날씨가 약간 뿌옇게 흐렸다. 가게들은 대부분 닫혀 있었다. 젊은 연인들이 손을 잡거나 팔짱을 끼고 인도를 따라 걷고 있었다. 60미터쯤 떨어진 곳에서 차가 경적을 울렸다. 그 소리에 어린 묘목이 흔들리고 잎사귀도 바스락거렸다. 간친은 발작적으로 기침을 하고 티슈로 입을 닦았다. 신디가 그의 등을 두드려주며 며칠 동안 누워서 쉬라고 했다. 그의 얼굴이 찌푸려졌다. 그들은 작별인사를 하고 헤어졌다. 주황색 스커트를 입은 요정 같은 그녀의 모습이 어둠 속으로 금세 사라졌다.

사실 판쿠는 간친의 친구가 아니었다. 그들은 6개월 전쯤, 춘제 때 서로 알게 되었는데, 간친은 고향 사람을 만나서 몹시 반가웠다. 판쿠는 식당에서 요리사로 일하고 있었다. 간친이 그에게 며칠만 재워달라고 하자, 판쿠는 친구를 도와줄 수 있다는 게 자랑스럽다며 그를 환영했다.
원룸은 9층 건물의 지하실에 있었다. 플러싱 시내에서 가까운 곳이었다. 작은 욕실은 있었지만 부엌은 없었다. 가구라고는 간이침대 하나와 좁은 탁자 양쪽에 놓인 철제의자뿐이었다. 간친이 집에 오자 판쿠는 벽장에서 뭔가를 꺼냈다. 얇은 스펀지 매트리스였다. 그는 그걸 바닥에 깔고 간친에게 말했다.

"여기에서 주무세요. 마음에 드셨으면 좋겠어요."

"아주 좋아요. 고마워요."

아침에는 매트리스를 돌돌 말아 벽장에 다시 넣었다. 잠자리는 괜찮았다. 그런데 간친이 마른기침을 자꾸 하자 판쿠는 걱정이 되는지 왜 아픈 거냐고 여러 차례 물었다. 간친은 그에게 폐결핵은 아니고 쿵후 연습을 할 때 폐를 다쳐서 그런 것인데, 최근에 속을 끓이자 악화된 것 같다고 했다. 그래도 판쿠는 그가 피클 병에 뱉은 침에 피가 섞여 있지 않은지 잘 들여다봤다. 아직까지 비정상적인 건 없었지만, 간친의 마른기침이 그를 불편하게 했다. 특히 밤에 그랬다.

판쿠는 집에 있는 음식을 간친이 먹을 수 있게 해주었다. 자신은 직장에서 먹고 왔다. 집에는 라면도 몇 봉지 있었고 캐비닛에는 반 자루의 태국산 향미도 있었다. 그는 간친에게 몸이 회복될 수 있도록 좀 더 영양가 있는 걸 먹으라고 했다. 하지만 간친에게는 돈이 없었다. 그는 판쿠에게 200달러만 빌려달라고 했다. 그러나 판쿠도 간친처럼 거의 빈털터리였다. 근로 비자의 기간이 만료되어 변호사 비용으로 엄청난 돈을 쓰고 있는 상황이었다. 그는 자신의 불법적인 신분을 바꾸기 위해 노력하는 중이었다. 그럼에도 간친에게 60달러를 빌려주었다. 판쿠는 이따금 돼지고기 볶음밥, 생선 크로켓, 에그롤, 돼지갈비와 같은 음식을 가져다주었다. 이제 간친은 고기와 생선을 먹기 시작했다. 다음 식사를 언제 하게 될지 알 수 없는 마당에 채식주의자로 있기는 힘들었다. 판쿠는 그러한 음식들을 싼값에 사온 거라고 했지만, 간친은 그게 남은 음식일지도 모른다고 생각했다. 하지만 그런 생각이 들 때마다 그런 생각을 버리고 고마워해야 한다는 걸 자신에게 상기시켰다.

어느 날 아침, 판쿠가 말했다.

"제가 당신을 압박하려고 이 말을 하는 게 아니라는 걸 알아주세요. 집으로 가져오는 음식값을 제가 계속 낼 수는 없을 것 같아요. 변호사가 월말까지 3500달러를 입금하라고 했거든요. 이제 완전히 무일푼이에요."

간친은 눈길을 돌리며 말했다.

"당신이 나한테 쓴 돈의 액수를 적어두세요. 갚을게요."

"제 말을 오해하고 계시네요. 제 말은 저한테 현금이 없다는 뜻이에요. 변호사가 정말로 저를 도와줄 수 있을지도 의문이에요. 미용실에서 일하는 여자는 변호사 비용으로 8만 달러를 썼지만 아직도 영주권이 안 나왔대요. 돈이 너무 급해서 은행이라도 털고 싶은 기분이에요. 고향에 있는 아내와 딸에게도 돈을 보내야 하고요."

"당신이 일하는 식당에서 나도 일할 수 있을까요? 설거지도 할 수 있고 바닥 청소도 할 수 있어요."

"당신은 몸이 아프잖아요. 어느 곳에서도 당신을 쓰려고 하지 않을 거예요. 당신이 할 수 있는 최선의 일은 푹 쉬면서 몸조리를 하는 거예요."

간친은 잠시 말없이 있다가 입을 열었다.

"돈을 좀 구해볼게요."

판쿠는 더 이상 아무 말도 하지 않았다. 그는 하품을 했다. 그는 간친이 온 후로 잠을 제대로 못 잤다. 판쿠는 마흔한 살밖에 안 됐지만 정수리의 머리카락이 빠지고 노인처럼 늙어 보였다. 내내 두려움과 근심 속에서 살아온 게 틀림없었다. 그는 구석에 있는 빨래걸이에 수건을 널고 일을 하러 갔다.

단팥빵 두 개와 홍차로 아침식사를 하고 난 후, 간친은 가 올린 사원을 향해 출발했다. 다리가 약간 후들거렸다. 전날 밤 소나기가 내려 거리는 깨끗했다. 썩은 생선과 채소 냄새도 없어져서 공기는 더 상큼했다. 그는 골목으로 들어섰다. 도로에는 통통한 참새 일곱 마리가 땅에 떨어진 팝콘을 먹고 있었다. 참새들은 팝콘이 쪼개지지 않자 짜증이 나는 듯 쨱쨱거렸다. 사람과 자동차가 지나가고 있음에도, 새들은 팝콘을 먹느라 정신이 없었다. 사원이 가까워지면서 벽돌 건물 안에서 사람들이 일제히 소리를 지르며 발을 구르는 소리가 들렸다. 새로 온 코치가 쿵후를 가르치고 있었다.

간친을 본 종 주지는 미소를 지으며 말했다.

"얼굴색이 좀 돌아왔군. 이제 좀 괜찮아졌기를 바라네."

주지는 그를 데리고 건물 뒤편으로 갔다. 걷는 모습이 약간 구부정했다.

간친은 명상실의 대나무 돗자리에 앉으며 이렇게 말했다.

"주지님, 제 급료를 주실 수 있는지 여쭈러 왔습니다. 아시다시피, 저는 불법 체류를 할 수도 없고, 빈손으로 고향으로 돌아갈 수도 없습니다."

종은 계속 미소를 짓고 있었다. 반짝이는 이가 드러나 보였다. 간친은 주지의 이를 볼 때마다 어떤 치약을 사용하는지 궁금했다.

"다시 말하지만, 우리 사원은 자네한테 빚진 게 없네."

"주지님은 저를 절벽으로 내몰았습니다. 저는 이제 갈 곳이 없습니다. 간핑처럼 해야 할지도 모르겠습니다."

간핑은 그 사원에 있었던 승려였는데 3년 동안 일을 했음에도 한 푼도 받지 못했다. 그러니 집으로 돌아갈 수도 없었다. 종 주지가 나가라고 하자, 그는 공원으로 가서 목을 맸다.

살찐 얼굴이 반들반들한 주지가 차분한 어조로 말했다.

"자네는 간핑 같지는 않지. 그는 미친 데다 어리석었어. 목매달아 죽는 것도 깔끔하게 처리하지 못했으니 말이야. 그래서 지금 감옥에 있는 거야."

간핑이 떡갈나무 가지에 천으로 목을 매고 다리를 버둥거리는 순간, 사람들이 경찰에 신고를 했다. 경찰은 그를 사원에 데려다주었고, 얼마 후 그는 중국으로 보내졌다. 하지만 그는 자신이 없는 사이에 여자친구가 다른 남자를 만났다는 걸 알고 정신이 나가 여자의 목을 졸라 죽였다. 그는 처음부터 낭만적인 관계를 시작하지 말았어야 하는 사람이었다.

멋진 추락

간친은 울고 싶었지만 참았다.

"주지님, 저를 과소평가하지 마세요. 더 이상 살 가치가 없다고 느끼면 사람은 아무 후회 없이 삶을 끝낼 수 있는 겁니다."

"자네한테는 자네가 돌아오기를 바라는 부모님이 계시지 않은가. 그렇게 겁쟁이처럼 목숨을 끝낼 생각은 하지 말아야지."

"빈손으로 돌아가면 제 부모님은 몹시 실망하실 겁니다. 여기에서 죽는 게 낫습니다."

"죽겠다는 얘기는 하지 말게. 승려는 모든 생명을 소중히 해야 하네. 삶은 우리에게 한 번밖에 주어지지 않으니까 말일세. 그걸 파괴하는 건 죄야. 자네는 이 모든 걸 알고 있지 않나. 내가 이런 것에 대해 길게 얘기할 필요는 없겠지."

"주지님, 안녕히 계세요. 다음 세상에서 뵙겠습니다."

"엄포 놓지 말게. 솔직히 말하면, 나한테는 자네가 소속된 승원과의 계약에 따라 자네를 집으로 돌려보낼 책임이 있어. 하지만 강요하지는 않겠네. 하고 싶은 대로 하게."

주지는 큰 소리로 트림을 했다.

"제 영혼이 고향에 갈 수 있기를 바랄 뿐입니다. 안녕히 계십시오."

간친이 대나무 돗자리에서 일어나며 문 쪽으로 갔다.

종이 말했다.

"고집불통 같으니라고."

간친은 사원에서 나왔다. 번개가 남쪽 하늘을 갈랐다. 검은 구름이 모여들고 있었다. 바람이 불면서 가게 간판들이 흔들렸다. 거세지는 비를 피하기 위해 사람들이 길을 서두르고 있었다. 어떤 뚱뚱한 여자가 머리를 신문으로 가리고 뛰어갔다. 그러나 간친은 판쿠의 아파트를 향해 느릿느릿 걸음을 옮겼다. 굵은 빗방울이 나뭇잎과 그의 얼굴을 때렸다. 그의 옷이 바람에 날렸다.

다음 날 오후, 신디가 그를 찾아왔다. 그의 기침은 더 심해졌다. 전날 비에 흠뻑 젖은 탓이었다. 간친은 지난주보다 더 야위어 있었다. 그녀는 그를 식당으로 데려가 채식요리를 주문했다.

그는 채소가 입에 맞지 않았다. 고기나 생선이 더 좋을 것 같았다. 말에도 힘이 들어가지 않았다. 그녀는 그의 기분을 풀어주려고 했다.

"끝났다고 생각하지 말아요. 당신은 아직 젊어요. 언제든 다시 시작할 수 있어요."

"무슨 말이에요?"

그는 하트 모양인 그녀의 얼굴을 멍한 표정으로 바라보았다.

"끝났다고 생각하는 건 어리석다는 말이에요. 이곳에 있는 많은 사람들이 불법 체류자들이에요. 그들은 힘들게 살지만 그래도 그럭저럭 버티고 있어요. 그리고 2년쯤 지나면 사면령이 내려져 합법적인 이민자가 될 수 있을지도 몰라요."

그는 두부 한 조각을 젓가락으로 잘라 입에 넣고 씹었다.

"정말로 어떻게 해야 할지 모르겠어요. 집에 갈 수 있었으면 좋겠어요."

그녀가 이상한 미소를 지으며 말했다.

"계속 스님 생활을 할 건가요?"

"나는 자라면서부터 다른 생활을 해본 적이 없어요."

"언제라도 바꿀 수 있잖아요. 여기는 다시 시작해도 늦을 게 없는 미국이에요. 그래서 제 부모님도 이곳으로 오신 거고요. 제 어머니는 시어머니를 몹시 싫어하셨어요. 그러니까 제 할머니 말이죠. 그래서 시어머니로부터 멀리 떨어진 곳에서 다시 시작하고 싶으셨대요."

그는 무슨 말을 해야 할지 몰라 다시 얼굴을 찡그렸다. 그는 신디한테 돈을 빌려 판쿠에게 빚지고 있는 60달러의 빚을 갚을까도 생각해봤지만 참았다. 그는 그녀에게 좋은 기억만 남겨주고 싶었다.

그녀가 그의 머리를 가리키며 말했다.

"머리가 좀 자라니까 더 좋아 보여요."

그의 머리는 보통 빡빡 깎여 있었다.

"머리를 이런 식으로 둘 생각은 아니었어요."

"머리를 더 기르는 게 좋겠어요. 그렇게 되면 얼굴이 더 강해 보일 거예요. 그러니까 더 남자다워 보일 거라는 얘기죠. 지금 살고 있는 곳은 괜찮은가요?"

그는 박하와 버섯, 밀가루로 만든 미트볼을 한 입 깨물며 말했다.

"지금까지는 괜찮아요. 얼마나 오랫동안 판쿠의 집에서 살 수 있을지는 모르겠어요. 벌써 그에게 짐이 되고 있는 것 같아요."

"제가 사는 곳으로 언제라도 오실 수 있다는 걸 기억해두세요. 저는 요즘 비행기와 호텔에서 살아요."

"고마워요."

그의 눈에 물기가 돌았다. 하지만 그는 그녀의 얼굴을 외면하고 눈을 질끈 감았다.

그가 한숨을 쉬며 말했다.

"내가 이곳에서 태어났다면 얼마나 좋았을까요."

"인디언들을 제외하고 미국이 자기 나라인 사람은 아무도 없어요. 그러니 자신을 이방인이라고 생각하시면 안 돼요. 당신이 여기에서 살고 일하면 당신 나라인 거죠."

"바꾸기에는 내 나이가 너무 많아요."

"그런 말이 어디 있어요. 당신은 스물여덟 살밖에 안 됐어요!"

"그래도 마음이 너무 늙어버렸어요."

"당신은 앞으로 적어도 50년은 더 살 거예요."

그녀가 킥킥거리며 그의 손을 살짝 두드렸다. 그가 미소를 지으며, 자신이 구제불능이라는 걸 시인하기라도 한듯 고개를 저었다.

신디와 얘기를 하고나서, 그는 종 주지가 자신의 여권을 주지 않는 것은 그가 신분을 바꾸지 못하게 하기 위해서라는 걸 깨달았다. 미국 대통령이 사면령을 내릴 때, 불법 체류자들이 혜택을 받기 위해서는 서류를 제출해야 하기 때문이다. 어느 나라에서 왔으며 미국에 입국한 날짜가 언제인지 증명할 수 없으면 제때 영주권을 신청하는 게 불가능할 것이다. 종은 그를 중국으로 돌려보낼 작정을 하고 있는 게 분명했다.

다음 날 아침, 판쿠는 간친에게 나가지 말고 집에 좀 있어달라고 했다. 건물 관리인이 화재감지기를 점검하러 11시경에 올 거라고 했다. 간친은 그 사람이 오기 전에는 나가지 않겠다고 했다. 그는 간이침대에 누워 주지에게 원래보다 적은 액수, 예를 들어 2만 5000달러 정도만 달라고 하는 게 어떨지 생각해보고 있었다. 사원에서는 승려에게 급료를 주지 않는 게 분명했다. 여기에 오려고 그렇게 열심히 노력했던 것이 후회스러웠다. 미국에 가면 한몫 잡을 수 있다고 허풍을 떨며 그들이 여기에서 겪었던 어려움에 대해서는 아무 말도 하지 않았던 사람들 때문에 그는 길을 잘못 든 것이었다. 그들은 모두 고향 사람들의 눈에 부자이고 성공한 것처럼 보이고 싶었던 것이다. 어리석었다. 너무나 어리석었다. 돌아가면 그는 진실을 말해주고 싶었다. 미국식 성공이라는 것은 모든 사람을 위한 것이 아니었다. 여기서는 자신을 파는 법을 배우고 새로운 삶을 시작할 수 있도록 스스로를 바꿔야 했다.

이런저런 생각을 하고 있을 때, 누군가가 문을 두드렸다. 그는 문을 열어주려고 일어났다. 그가 문을 연 순간, 두 남자가 쳐들어왔다. 한 사람은 종 주지였고 다른 사람은 그가 만난 적이 없는 건장한 젊은이였다. 그들이 그의 팔을 잡았다.

종이 말했다.

"저항하지 마. 해치지는 않을 테니까. 네가 부랑자가 될까 봐 네가 고향으로 돌아가는 걸 도와주는 거니까."

간친이 숨을 헐떡였다.

"저를 어디로 데려가려는 거죠?"

그를 끌며 종이 말했다.

"공항으로."

간친은 너무 힘이 없어서 몸부림을 칠 수도 없어 순순히 따랐다.

그들은 간친을 차 뒷좌석에 태우고 벨트를 채웠다. 그리고 침이 흐르지 않도록 두 장의 종이 냅킨을 그의 무릎에 놓아주었다. 그리고 나서 그들은 앞좌석으로 가서 차를 몰고 나갔다. 종이 조용하게 말했다.

"기분 나빠 할 필요 없네. 자네의 비행기표를 사뒀네. 비행기 탈 때 돈도 좀 주지. 카운터에서 체크인을 할 때, 여권도 줄 거고."

"당신은 나를 납치했어요. 이건 불법입니다."

두 사람이 너털웃음을 터뜨렸다. 사팔눈의 젊은 남자가 말했다.

"우리를 비난하지 마세요. 당신은 중국인이니 중국행 비행기에 타는 거예요."

종이 그에게 말했다.

"그래, 승원 원로들한테 가서 불만을 실컷 늘어놓게나."

말을 해도 소용이 없다는 걸 깨닫고, 간친은 내내 입을 다물었다. 하지만 그는 어떻게 빠져나갈지 열심히 궁리를 해보고 있었다.

그들이 차를 세우고 그를 중국항공으로 데리고 갔다. 유니폼을 입은 몸집이 큰 흑인 여자가 카운터가 있는 입구에 서 있었다. 간친은 소리를 질러 그녀의 관심을 끌어볼까 생각하다가 그만두기로 했다. 세 사람은 지그재그로 비상선이 쳐진, 사람들로 가득한 통로로 들어갔다. 종 주지가 그에게 이건 개인적인 일이 아니라는 말을 계속 했다. 황토색 옷을 입은 승려가 뉴욕 거리를 배회하면서 중국의 이미지를 훼손시키는 걸 막기 위해서 그럴 뿐이라고 했다. 승려가 그렇게 돌아다니면 사원의 명성에도 먹칠을 하게 될 것이라고 했다.

간친은 어떻게 해야 할지 생각해보았다. 속에 헐거운 바지를 입었으니 승복은 벗을 수 있었다. 화장실에 가서 탈출할 수 있는 길이 있는지 볼까. 그럴 수 없을 것 같았다. 그들이 따라붙을 것이었다. 커다란 독일산 셰퍼드를 데리고 완전무장을 하고 검문소 가까이에 있는 안전요원들한테 소리를 지르는 건 어떨까. 안 될 말이었다. 종 주지는 간친이 정신병을 앓고 있어 테러리스트처럼 위험하기 때문에 고향으로 돌려보내 치료를 받게 해야 한다면서 그를 비행기에 태울지도 몰랐다.

그가 이런 생각들을 하고 있을 때, 탑승객들이 모이기 시작했다. 승객이 탄 카트 첫 줄에는 노부부가 앉아 있었다. 간친은 그의 납치범들을 흘깃 쳐다보았다. 두 사람은 젊은 여직원들이 짐을 컨베이어 벨트에 올려놓고 있는 카운터 쪽을 보고 있었다. 간친은 그의 옆에 있는 청색 비상선을 살짝 들고 통로를 빠져나가 카트 뒷좌석에 올라타고 아래로 몸을 숙였다. 납치범들에게 안 보이도록 발도 안으로 모았다. 배터리로 움직이는 카트가 그곳에서 멀어질 때, 종이 소리치는 소리가 들렸다.

"간친, 간친, 어디 있는가!"

젊은 남자도 소리를 질렀다.

"간친, 이 개 같은 새끼, 이리 오지 못해!"

종이 소리를 질렀다.

"간친, 이리 오게. 협상을 하세."

간친은 그들이 자신을 발견하지 못했다는 걸 깨달았다. 카트는 방향을 바꿔 다른 터미널로 가고 있었다. 그는 가능한 한 그곳에서 멀어지도록 가만히 있었다.

마침내 카트가 멈췄다. 그가 고개를 들어 주위를 둘러보았다. 흑인 운전사가 노인들이 내리는 걸 도와주고는 그를 향해 미소를 지으며 말했다.

"이보시오. 이건 몸이 불편한 사람들만 타는 거요."

간친은 그 사람이 무슨 말을 하는지는 알지 못했지만 이렇게 말했다.

"땡큐."

그것이 '굿바이' 말고 그가 알고 있는 영어의 전부였다. 그는 카트에서 내려 화장실로 가서 옷을 벗었다. 그리고 쓰레기통에 옷을 던지고 헐렁한 검정색 바지에 회색 스웨터를 입은 모습으로 나왔다.

 그는 타이완에서 온 중년여성이 알려준 대로 호텔 셔틀버스를 타고 플러싱으로 돌아오는 데 성공했다. 무서워서 판쿠의 아파트로는 돌아갈 수 없었다. 종 주지와 젊은 남자는 한 패인 게 분명했다. 이제 어디로 가지? 어디가 안전한 곳일까? 간친은 종이 강제로 그를 비행기에 태울 것이라고는 상상하지 못했다. 가슴에 통증이 몰려왔다. 다시 기침이 나왔다.
 호주머니에 아직 몇 달러가 남아 있었다. 그는 가올린 사원에서 멀지 않은 중국음식점으로 들어갔다. 셔츠만 입은 호리호리한 남자가 그를 맞았다. 주인인 것 같았다. 그가 집게손가락을 들어올리며 씩씩하게 말했다.
 "한 분인가요?"
 그가 막 안으로 안내하려고 할 때, 간친이 물었다.
 "잠깐만요. 전화 좀 사용할 수 있을까요?"
 남자가 사원이 있는 방향을 가리키며 말했다.
 "길 아래쪽에 공중전화가 있어요. 그걸 사용하시지 그래요?"
 "공중전화를 어떻게 사용하는지 몰라서요."
 "보통 것과 비슷해요. 25센트짜리 동전을 하나 넣고 번호를 돌리면 돼요. 이 근방에 전화를 하실 거죠?"

"전화를 사용할 필요도 없겠네요. 제 이름은 간친이라고 합니다. 가올린 사원에 있던 승려이지요. 그 사원의 주지님께 전할 말이 있어서 그럽니다. 대신 좀 전해주시겠습니까?"

"나는 당신을 모릅니다."

간친은 얇은 판 모양의 사진 한 장을 꺼내 그에게 보여주었다.

"여기 보세요, 이게 접니다."

사진 속의 간친은 검정색 운동화를 신고 막 날아오려고 하는 독수리 같은 자세를 취하고 있었다. 바짝 깎은 반들반들한 머리 위로 노란 깃발이 바람에 흩날리고 있었다. 그는 영화배우 같았다. 용기로 충천한 영웅 같았다.

작은 몸집의 남자가 사진을 보고 다시 그를 보며 말했다.

"아, 당신이군요. 그런데 무슨 말을 전해달라는 겁니까?"

"내일 아침 해가 뜨기 전에 제 영혼을 위해 기도하고 제를 지내달라고 해주세요."

"무슨 말을 하는 겁니까? 이미 죽은 사람이라도 되는 것처럼 말하는군요."

"곧 죽을 겁니다. 내일 아침 6시 이전에 제 영혼을 위해 기도해달라고 종 주지께 전해주세요. 아시겠습니까?"

"이보시오. 그런 생각하지 마세요. 삶을 그렇게 쉽게 단념해서는 안 돼요. 자, 나하고 가서 얘기 좀 합시다. 이 늙은이가 무슨 도움이 될 수 있는지 얘기 좀 합시다."

간친은 그를 따라 안으로 들어갔다. 중앙에 있는 둥근 식탁 위에는 회전하는 2단 쟁반이 놓여 있었다. 연회를 하기 위한 곳이 분명해 보였다. 커다란 탁자에 앉으며, 간친은 자신이 오늘 자살하기로 결심했다고 말했다. 아프고 돈도 없는데, 사원의 종 주지는 급료를 한 푼도 주지 않고 중국으로 돌려보내려 한다고 말했다. 남자는 말없이 그의 말을 들었다. 간친은 얘기를 하면 할수록 가슴이 더 미어졌다. 나중에는 더 이상 말을 하지 못하고 흐느끼기만 했다.

식당 주인이 한숨을 쉬며 큰 머리를 저었다.

"잠깐만요. 금방 돌아올게요."

간친은 마음이 좀 진정되었다. 하지만 아직도 눈에는 눈물이 글썽거렸다. 그는 오늘이 세상에서의 마지막 날이라고 생각했다. 연로한 부모님을 생각하자 가슴이 미어지는 것 같았다. 그가 죽으면 얼마나 힘들어 하실까! 외아들이 없어지면 그들의 여생은 얼마나 비참할까! 하지만 그에게는 출구가 없었다. 여기서 죽으면, 적어도 일부 빚쟁이들이 부모를 동정하여 빚을 탕감해줄지 몰랐다. 이것이 가족을 도울 수 있는 유일한 방법이었다.

주인이 큰 그릇에 해물튀김과 채소를 얹은 쌀밥을 담아 왔다. 그가 간친에게 말했다.

"배고프죠? 이걸 먹고 나면 달리 생각하게 될지 모르니 어서 먹어요. 이런, 당신이 채식을 하는 스님이라는 걸 내가 깜빡했네요. 미안해요. 내가 가서……."

"해물은 먹습니다."

"그럼 이걸 먹어요. 당신이 느끼는 슬픔이 최악의 것이 아니라는 것만 기억하세요. 삶은 괴로움과 고통도 있지만, 값지고 놀라운 것으로 가득하답니다."

그가 중얼거렸다.

"고맙습니다. 저세상에 가서 부처님을 뵈면 당신에 대해 좋은 말을 해드리겠습니다."

그는 젓가락을 들어 음식을 먹기 시작했다.

음식은 너무 맛이 좋았다. 최근 몇 년에 걸쳐 먹은 것 중 가장 맛있었다. 그는 새우와 가리비를 집어 씹을 필요도 없다는 듯 삼켜버렸다. 완두콩은 파삭파삭했고 죽순은 아삭아삭했으며 버섯은 촉촉하고 완벽했다. 그는 먹고 또 먹었다. 그래서 금세 다 먹어치웠다. 그는 그릇을 들고 남아 있는 양념까지 후루룩 마시려다가 참고 내려놓았다.

"친절하고 너그러우신 분이네요. 낯선 사람의 불만에 귀를 기울여주셨고, 제가 배고프다는 걸 알고 음식을 주셨어요. 동정심이 많은 분이시군요. 여기에 돈이 좀 있어요. 받아주세요."

그는 호주머니에 있는 돈을 다 꺼내 식탁 위에 놓았다. 5달러 지폐 한 장과 1달러 지폐 석 장이었다.

주인이 그루터기 같은 손가락을 흔들며 말했다.

"당신한테 음식을 팔려고 한 게 아니에요. 나는 당신 돈은 필요 없어요. 이 세상의 좋은 것들만 생각해보세요. 슬픔에만 잠겨 있지 말아요."

"내일 아침, 해가 뜨기 전에 기도를 해달라고 종 주지님한테 전해주세요. 부탁드려요. 안녕히 계십시오."

간친은 서둘러 그곳을 나섰다. 주인이 그의 등을 쳐다보는 게 느껴졌다.

어디로 가야 하지? 그는 뛰어내려 죽을 수 있는 건물을 찾고 싶었다. 사원은 어떨까? 안 될 일이었다. 사원은 2층밖에 되지 않아 너무 낮았다. 초등학교는 어떨까? 그것도 안 될 일이었다. 거기에서 죽으면 그의 귀신이 아이들에게 겁을 줄지도 모른다. 그렇게 되면 사람들은 그를 비난할 것이다.

노던 대로를 건너자, 오른쪽으로 벽돌 건물이 보였다. 곳곳에 판자가 대어져 있었다. 그는 빨리 계산을 해보았다. 5층이니 높이는 충분했다. 또한 이곳은 한적한 곳이었다. 그가 죽는다 해도 많은 사람들을 혼란스럽게 하지는 않을 것 같았다. 그래서 그는 이 건물을 이용하기로 했다. 그곳은 한때 공장으로 사용됐는지 아직도 옥상에 환기통들이 달려 있었다.

그는 휘어진 계단을 힘들게 올라갔다. 한 떼의 비둘기들이 날개를 요란하게 퍼덕이며 날아갔다. 몇 마리의 박쥐들도 석양빛 속에 금속성 소리를 내지르며 모기를 잡아먹고 있었다. 멀리 있는 집과 교회의 뾰족한 꼭대기 지붕이 금색 스모그에 반쯤 가려 잘 보이지 않았다. 층계참 부근의 마루에는 바늘이 없는 주사기, 음식 그릇, 담배꽁초, 맥주 캔이 흩어져 있었다. 노숙자들이 여기에서 자는 듯싶었다. 그나마 추워지면 잘 수도 없을 것 같았다. 그는 꼭대기 층에 올라가 판자로 막혀 있지 않은 창문 너머로 건물 아래를 살펴보았다. 텅 빈 주차장에는 날개 끝이 검은 갈매기 한 마리가 종이봉지를 부리로 밀치며 그 안에 있는 돌돌 말린 냅킨과 패스트푸드 용기를 끌어내고 있었다. 거기에 붙은 튀김 조각을 쪼아 먹으려는 것이었다. 간친은 앞 도로에 있는 차들을 피하기 위해 뒤뜰을 이용하기로 했다. 그는 나무로 된 창틀이 떨어져 나가고 벽돌만 남아 있는 창턱에 두 개의 두꺼운 판자를 댔다. 그는 뛰어서 판자를 딛고 올라가 머리부터 뛰어내리는 자신의 모습을 상상해보았다. 그렇게 되면 확실히 끝날 것 같았다. 그는 몇 발자국 뒤로 물러나 달려갈 준비를 했다.

갑자기 배가 뒤틀리며, 완전히 씹지 않고 삼켰던 가리비와 밥알들이 넘어왔다. 목으로 넘어온 것들도 여전히 맛은 좋았다! 그는 넘어온 음식을 다시 삼켰다. 눈물이 볼을 타고 흘러내렸다. 그는 위로 달려가기 시작했다. 그리고 공중으로 몸을 날렸다. 그는 얼굴부터 떨어지고 있었다. 그런데 오랜 세월 동안 연습해온 무술 감각이 본능적으로 작동했다. 그의 몸은 본능적으로 자세를 바로잡고 팔까지 펼치고 착지를 위해 몸을 돌렸다. 쿵 하는 소리와 함께 그의 발이 바닥에 닿았다.

그는 자신이 방금 죽음을 속였다는 사실에 깜짝 놀라며 소리를 질렀다.

"아!"

그의 오른쪽 다리에 경련이 일면서, 왼쪽 허벅지에 날카로운 통증이 느껴졌다.

그가 소리를 질렀다.

"사람 살려! 사람 살려!"

모든 게 너무 우습게 되어버렸다. 그는 계속 소리를 질렀다. 몇몇 사람들이 다가왔다. 대부분은 근처에서 농구를 하던 고등학생들이었다. 한 학생이 응급구조대에 전화를 했고, 어떤 사람은 그를 위로하며 말했다.

"움직이지 말아요. 모든 게 괜찮아질 거예요. 몹시 아프겠지만 곧 구조요원이 올 거예요."

"아, 날 죽게 놔둬! 내 목숨을 끝내게 놔둬!"

간친은 눈을 감은 채, 소리를 지르며 머리를 흔들고 있었다. 하지만 중국어를 아는 사람은 아무도 없었다.

의사들은 한쪽 다리가 부러진 데다 기관지염까지 걸려 있다고 진단했다. 그러고 보면 그가 열이 나고 기침을 끊임없이 했던 것도 놀랄 일은 아니었다. 그는 열이 떨어질 때까지 사흘간 입원해 있었다. 그사이, 그의 자살소동이 북미 전역의 중국인들 사이에서 뉴스가 되었다. 여러 개의 군소 신문들이 그 소식을 기사화한 탓이었다. 한 자선단체는 그의 의료비를 자기들이 내주겠다고 제안했다. 그가 마지막으로 들렀던 중국음식점 주인도 한 주 내내 유명세를 탔다. 그는 지역 텔레비전 방송에 두 번이나 출연했다. 가올린 사원의 주지가 젊은 스님들을 착취하고 그들의 급료를 착복했다는 사실을, 이제는 모든 사람이 알게 되었다. 많은 사람들이 나시는 사원에 기부하지 않겠다고 선언했다. 주 상원의원 선거 캠프에 있는 에이미 록이라는 아름다운 삼십 대 여자는 간친을 찾아와 도움이 필요하면 언제든지 자기 사무실로 오라고 말했다. 여러 명의 변호사들이 사원을 상대로 소송하는 일을 도와주겠다고 했다. 이렇게 유명세를 타게 되자 간친은 어리둥절하고 혼란스러웠다.

신디는 목발을 짚고 퇴원한 그를 집으로 데리고 갔다. 그녀는 변호사들이 간친을 이용하지 못하도록 자기가 대신 그들을 상대하겠다고 그를 설득했다. 그녀는 그에게 존 마라는 변호사를 추천했다. 존 마는 나이가 많고 중국어와 한국어에 능통했으며, 이런 종류의 사건을 잘 처리하는 것으로 유명한 변호사였다. 간친은 비용이 걱정되었다. 하지만 마 변호사는 그에게 이렇게 말했다.

"당신은 피고에게서 손해배상을 받기 전에는 돈을 낼 필요가 없어요."

신디가 간친에게 말했다.

"변호사는 당신이 받는 배상액의 3분의 1을 가져갈 거예요."

마 변호사가 다시 말을 이었다.

"여기는 법의 지배를 받는 미국 땅입니다. 처벌을 받지 않고 다른 사람을 혹사시킬 권리를 가진 사람은 아무도 없습니다. 우리가 잘 처리할 테니 안심하세요."

변호사가 돌아간 후, 여전히 불안함을 느끼던 간친이 신디에게 물었다.

"이민국에서는 어떻게 처리할까요? 그들이 나를 추방하면 고향에 있는 빚을 갚을 만한 돈을 받을 수 있을까요?"

"추방을 피할 방법들이 있을 거예요. 정치적인 망명을 신청할 수도 있고, 시민권자나 영주권자와 결혼할 수도 있어요. 당신은 부자가 될 거예요. 전혀 일을 할 필요가 없는 백만장자처럼 무지막지하게 부자는 아니겠지만요."

간친은 깜짝 놀라며 그녀가 한 말을 생각해보고 한숨을 쉬었다.

"나는 더 이상 승려는 아닌 것 같아요. 어떤 사원에서도 나를 받아주지 않을 거예요."

그녀가 주먹으로 코를 비비며 킥킥거렸다.

"그건 당신이 자유롭게 여자와 데이트를 할 수 있다는 말이기도 해요."

그가 그녀를 바라보며 미소를 지었다.

"나도 그걸 배울 수 있으면 좋겠어요."

서른 살이 넘어 미국에 정착해 글을 쓰며 살아간다는 게 보통 모험이 아니었겠지만, 그는 그 모험에 따르는 두려움을 잘 극복하고 성공적인 삶을 살아온 작가다. 에머리 대학 교수이자 유명 극작가인 프랭크 맨리Frank Manley는 1998년, 하 진을 가리켜 자신이 지금까지 알았던 "유일한 천재 작가"라며 "그는 정말로 위대한 생애의 출발점에 서 있다"고 했다. 이보다 좋은 평이 어디 또 있을까. 과장이라고 생각될 정도다. 그러나 그로부터 십여 년이 흘러, 하 진이 더 이상 '젊은' 작가가 아니라 오십 중반에 들어선 현시점에서 돌아보면, 그것이 과장된 말이 아니었다는 게 드러난다. 그는 그사이에 전미 도서상, 플래너리 오코너상, 펜 헤밍웨이상, 펜 포크너상(2회), 오 헨리상, 아시아계 미국문학상 등을 받았음은 물론이고 두 번에 걸쳐 퓰리처상 후보에 오르며 작가로서의 입지를 탄탄하게 구축해왔다. 2006년에는 메트로폴리탄 오페라하우스에서 공연된 〈초대 황제The First Emperor〉의 대본을 썼고, 그의 시와 소설은 《노튼 문학 입문》《시의 이해》《롱맨 시 입문》 등 수많은 문학 교재에 수록되었다. 이처럼 탄탄한 창작활동에 힘입어, 그는 에머리 대학 영문과 교수를 거쳐 현재는 보스턴 대학의 영문과 교수로 재직 중이다. 그러나 이러한 성취는 그가 이후로 성취하게 될 것에 비하면 사소한 것일지 모른다.

하 진의 소설은 아주 단순하다. 사용하는 문장도 그렇고 구조도 그렇다. 그는 복잡하고 현학적인 문장보다는 단순하고 간결하고 서술적인 문장에 삶의 면면을 담아내는 걸 선호한다. 그래서 그의 소설을 읽고 있으면, 누군가가 옆자리에 앉아서 얘기를 해주는 것 같은 느낌을 받는다. 단순하고 간결한 문장을 사용한 데서 생기는 효과라고 할 수 있다.

그런데 그는 우리가 의식하지 못하는 순간에 '평범하고 서술적인 문장들 속에 감정의 힘을 슬그머니 집어넣는다.' 그렇게 이입된 '감정의 힘'은 스토리가 극적으로 진행되면서 우리의 마음에 큰 반향을 일으키게 된다. 그리고 스토리가 극적이지 않은 경우라 하더라도, 세부적인 것들이 모두 응집되면서 모든 것이 어떻게 해서든 통일성을 갖추게 된다. 놀라운 예술적 감각이 아닐 수 없다. 그를 고전적인 스토리텔러로서의 면모를 지닌 작가라 부를 수 있는 것은 이러한 이유에서다.

그런데 평범하고 간결하고 서술적인 문장을 사용하다 보니, 하 진의 소설은 얼핏 보면 전혀 힘을 안 들이고 쓴 것 같은 인상을 준다. 쉽게 읽히는 탓이다. 그러나 우리는 그것이 아주 고도로 계산된 평범함과 간결성과 서술성이며, '적어도 스무 차례'에 걸친 교정의 결과라는 사실을 유념해야 한다. 이는 작가가 일정한 미학적 효과를 위해서 간결하고 평범하며 서술적인 문장을 의도적으로 사용하고 있다는 말이다. 그의 소설이 늘 감정이 절제된 리얼리즘 소설인 것은 바로 이러한 이유에서다.

《멋진 추락》은 2009년에 발표된 하 진의 새로운 단편집이다. 이 단편집은 2007년에 나온 장편소설 《자유로운 삶A Free

Life》과 더불어 작가의 관심사가 변하고 있다는 걸 우리에게 말해준다. 이전 소설들이 한결같이 작가의 조국인 중국을 배경으로 했던 것과 달리 《멋진 추락》과 《자유로운 삶》은 미국, 그중에서도 특히 아시아계 이민자들이 많이 사는 뉴욕 플러싱이 주 무대이다. 그곳에서 살아가는 중국계 이민자들, 특히 이민 1세대들이 이 소설의 주인공이다. 드디어 그가 미국을 배경으로 소설을 쓰기 시작한 것이다. 지금까지 이민자들을 그린 대부분의 미국소설이 자국어를 모국어로 쓰는 이민 1세대가 아니라, 영어를 모국어로 하는 이후 세대들에 의한 것이었다는 점을 감안하면, 1세대 작가인 하 진이 자신이 속한 이민 1세대를 소재로 소설을 썼다는 건 의미심장하다.

《멋진 추락》은 뉴욕 플러싱에서 하루하루를 살아가는 중국계 이민자들의 고단한 삶을 때로는 진지하게, 때로는 코믹하게 보여주는데, 그들의 삶은 이상적인 아메리카드림과는 거리가 멀어도 너무 멀다. 어떤 사람은 몸을 팔고, 어떤 사람은 계약 커플을 맺는 등 다양한 일탈을 하기도 한다. 어떤 사람은 착취를 당하고, 어떤 사람은 고부간의 갈등으로 고민한다. 그들은 장밋빛 미래에 대한 희망 부푼 삶이 아니라 언어 소통의 문제, 금전적인 문제, 문화적 차이와 세대 간 갈등의 문제, 고국에 있는 가족들과의 문제 등으로 힘겹게 살아간다. 하 진은 소설 속에서 이민자들의 그러한 삶을 미화하지 않고 있는 그대로 응시한다. 리얼리스트이기 때문이다. 그러나 여기에서 중요한 것은 이민 1세대들의 삶을 있는 그대로 응시하는 하 진의 눈이 따뜻하다는 것이다. 형태는 비록 다를지 몰라도 크고 넓게 보면, 그들이 겪고 체험한 것들이 이민 1세대인 그가 경험한 것들과 다르지 않기 때문은 아닐까.

나는 지난 2004년에 잠깐 미국을 방문했을 때, 우연히 지인의 서가에서 하 진의 소설을 발견하고 무심코 읽기 시작하면서 그의 소설에 빠져들었다. 그렇게 시작된 하 진과의 인연은 이듬해 인터뷰로 이어졌고, 그것은 다시 번역으로 이어졌다. 그래도 그의 소설을 이렇게 많이 번역하게 될 줄은 몰랐다. 그의 소설과 소설집을 거의 모두 번역했고 현재도 그러하고 있으니 나로서는 그의 작품에 상당한 품과 시간을 할애한 셈이다. 나와 같은 나이의 그를 향한 존경심이 없었다면 장시간에 걸친 번역은 불가능하지 않았을까 싶다.

나는 그의 천재성보다는 장인정신을 존경한다. 그가 2005년에 행한 인터뷰에서 "소설을 쓰고 난 다음, 교정을 많이 하는 편이냐?"는 내 질문에, "적어도 스무 차례 작품을 읽으며 교정한다"며 글쓰기가 "고통"일 수 있지만 자신에게 그것은 "견뎌내야 하는" "일종의 실존"이라고 답했을 때, 나는 숙연해졌다. 그건 지금도 마찬가지다. 오십 대 중반이 되어 원숙해진 그가 이후로 어떤 작품을 발표하고 어떤 예술적 행보를 보여줄지 자못 궁금하다.

2011년 1월
왕은철

옮긴이 **왕은철**

전북대학교 영문과를 졸업하고 클래리언 펜실베이니아 주립대학에서 영문학 석사를, 메릴랜드 주립대학에서 영문학 박사 학위를 받았다. 이어하트 재단과 케이프타운 대학, 풀브라이트 재단의 펠로, 케이프타운 대학과 워싱턴 대학의 객원교수를 역임했다. 현재 문학평론가이자 전북대학교 영문과 교수로 재직 중이다. 옮긴 책으로는 J. M. 쿳시의 《야만인을 기다리며》《마이클 K》《철의 시대》《추락》《어둠의 땅》《엘리자베스 코스텔로》《페테르부르크의 대가》《어느 운 나쁜 해의 일기》《나라의 심장부에서》, 하 진의 《광인》《전쟁 쓰레기》《남편 고르기》《피아오 아저씨의 생일파티》《니하오 미스터 빈》《카우보이 치킨》, 할레드 호세이니의 《천 개의 찬란한 태양》《연을 쫓는 아이》 등이 있으며, 지은 책으로는 《J. M. 쿳시의 대화적 소설》(문화관광부 우수도서) 《문학의 거장들》 등이 있다.

A Good Fall
멋진 추락

2011년 1월 27일 초판 1쇄 발행
2013년 3월 5일 초판 3쇄 발행

지은이 | 하 진
옮긴이 | 왕은철
발행인 | 전재국

발행처 (주)시공사
출판등록 1989년 5월 10일(제3-248호)

주소 | 서울특별시 서초구 사임당로 82(우편번호 137-879)
전화 | 편집(02)2046-2869 · 영업(02)2046-2800
팩스 | 편집(02)585-1755 · 영업(02)585-0835
홈페이지 www.sigongsa.com

ISBN 978-89-527-6053-1 03840

본서의 내용을 무단 복제하는 것은 저작권법에 의해 금지되어 있습니다.
파본이나 잘못된 책은 구입하신 서점에서 교환해 드립니다.